KB108818

메데이아

메데이아

에우리피데스

강대진 옮김

민음사

일러두기

번역의 대본으로는 디글(J. Diggle)이 편집한 옥스포드 판(Euripidis Fabulae I, II, 1981-1984)을 기본으로 삼았다. 그리고 네 작품 모두에 걸쳐, 하버드대학교 로엡(Loeb) 시리즈의 원문과 번역(A. S. Way, 1912)을 참고하였으며, 이따금 브리태니커 그레이트북스(Britannica Great Books) 시리즈 5권의 번역(E. P. 콜리지 번역, 1952년)도 참고하였다. 그 밖에 각 작품별로 참고한 책들은 다음과 같다.

M. L. Earle, *The Medea of Euripides*, American Book Company, 1904 (원문과 주석)
D. L. Page, *Euripides Medea*, Oxford University Press, 1938 (원문과 주석)
W. S. Barrett, *Euripides Hippolytos*, Oxford University Press, 1964 (원문과 주석)
J. D. Denniston, *Euripides Electra*, Oxford University Press, 1939 (원문과 주석)
M. J. Cropp, *Euripides Electra*, Aris & Phillips, 1988 (원문과 번역, 주석)
A. M. Dale, *Euripides Alcestis*, Oxford University Press, 1954 (원문과 주석)
D. J. Conacher, *Euripides Alcestis*, Aris & Phillips, 1988 (원문과 번역, 주석)

차례

옮긴이 서문

이 책은 현재까지 전해지는 에우리피데스의 비극 열아홉 편 중, 가장 널리 읽히는 작품 네 편을 옮겨 묶은 것이다. 에우리피데스는 기원전 5세기 중후반에 활동했던 사람으로, 희랍(그리스)의 3대 비극 작가 중 한 명으로 꼽힌다.

그의 작품들은 대개 우리가 비극이라는 장르에서 기대하는 것과는 다른 효과를 추구하고 있어서, 그런 사실을 모르는 일반 독자가 보기에는 '감동이 부족'하고 별로 '비극적이지 않은' 것으로 여겨지기도 한다.

하지만 그는 매우 지적인 작가로, 자신의 창작 행위에 대해 뚜렷한 자의식을 지니고 있었으며, 당대의 지적 풍토를 작품에 반영하기도 하고, 이전부터 내려온 장르의 관행을 비틀기도 하면서 한편으로 관객들에게 놀라움을 선사하고, 다른 한편 일부러 그들의 주의를 흐트러뜨림으로써 헬레니즘 시대와 로마 시대로 이어질 새로운 경향을 미리 보여주기도 한다. 여기 묶인 작품 중에서는 특히 「엘렉트라」가 그런 특징들을 잘 보여주지만, 자세히 뜯어보면 그의 대표작 「메데이아」에서도 비슷한 특성들이 나타난다.

한편 「힙폴뤼토스」에는 현대까지 이어질 새로운 발전 방향이 처음으로 모습을 드러낸다. 보통 희랍 비극은 신화에서 소재를 취하는 게 전통이었고, 작가가 새로 만들어낸 가공의 인물은 전령이나 하인 같은 주변적인 존재에 그치고 대사 배당도 많지 않았었는데, 「힙폴뤼토스」에서는 부차적 인물이라고 할 유모에게 다른 주인공들만큼의 대사를 배당하고 있기 때문이다.

또 「알케스티스」는 행복한 결말을 갖는, 그래서 흔히들 '슬픈극'이라고 믿고 있는 비극의 개념에 들어맞지 않는 작품인데, 사실 희랍 비극에는 이런 결말이 꽤 많고, 특히 에우리피데스의 작품들의 경우에 더욱 그러하다. 이 작품은 결말뿐 아니라 진행 과정에도 희극적인 요소가 많은데, 독자들은 이 작품을 보면서 왜 많은 학자들이 에우리피데스를 신희극의 원조로 꼽는지 이해하게 될 것이다.

번역의 대본으로는 디글(J. Diggle)이 편집한 옥스포드 판(*Euripidis Fabulae I, II*, 1981-1984)을 기본으로 삼았지만, 이따금 그 판본을 벗어나 다른 편집본들을 따르기도 했다. 특히 코로스의 노래는 학자마다 분석을 달리하고 있어서 행(行) 수를 적는 방식도 저마다 다른데, 이 책에서는 되도록 덜 극단적인 분석을 따랐다.

이따금 본문 옆에 아라비아숫자로 인쇄된 행수와 실제 줄 수가 맞지 않는 경우도 있다. 인쇄된 숫자로는 5행 진행했는데, 실제 줄 수는 넉 줄, 또는 여섯 줄인 경우도 있다는 말이다. 처음 인쇄본이 나왔을 때의 운문 분석과 현대 학자의 분석이 일치하지 않아서 그렇게 된 것이다. 줄 바꿈은 현대 학자의 분석을 따르고, 행수는 전통적인 방식대로 적은 것이다. 특히 문장 맨 앞의 감탄사는 한 줄로 따로 인쇄하는 것이 일종의 관행이다. 그리고 이따금 한 줄을 두 명 이상의 인물이 나눠서 말하는 경우(antilabe)가 있어서, 이럴 때는 사람 이름이 행 중간에 나오도록 인쇄했다. 오식이 아니니 그리 이해하시기 바란다. 또 본문에 [ ]나 〈 〉 표시도 사용되었는데, [ ]는 전해지는 필사본에는 있는 내용이지만 학자들이 볼 때 나중에 끼어든 것 같아서 지우자는 제안이고, 〈 〉 표시는 사본에 없는 내용이지만 넣자는 제안을 뜻한다. 국제적으로 통용되는 기호이니 알고 있으면 좋다.

현대의 편집자가, 전해지는 필사본의 내용을 다른 위치로 옮긴 경우에는, 원래 사본의 행수도 함께 옮겨 적었다. 일반 독자가 이런 것까지 알아야 하나 싶기도 하겠지만, 인용할 때 사람마다 다른 판본의 다른 행수를 제시하면 곤란하기 때문에 생긴 관행이다. 이 역시 양해 바란다.

사실 이것은 학문적으로 엄밀한 방법이라고 할 수는 없는데, 어차피 이 책은 일반 독자를 위한 것이고, 또 우리말의 어순이 희랍어와 달라 원문의 단어 순서를 그대로 맞추기는 어렵기 때문에 다소간의 편법도 용인이 되리라 생각한다.

이 번역을 통해 독자들이 에우리피데스의 가치를 발견(또는 재발견)하고, 인류의 빛나는 성취인 고대 희랍 문화, 그중에서도 한 절정이라고 할 수 있는 비극의 참맛을 만끽하시길 기원한다.

2022년 5월, 강대진

메데이아

유모   아, 아르고호 작은 배가 콜키스인들[1]의 땅을 향해

검푸른 쉼플레가데스[2] 사이로 치닫지 않았더라면!

펠리온산[3]의 골짜기에서 소나무가 베어져

쓰러지지 않았더라면! 펠리아스[4]의 명을 좇아 온통

금으로 된 털가죽을 얻으려고, 뛰어난 자들의 손이   5

노를 젓지 않았더라면! 그랬더라면 나의 여주인 메데이아께서

이아손님을 향한 사랑으로 온 마음에 타격을 입고

이올코스 땅의 탑들을 향해 항해하지도 않았을 텐데!

아버지를 죽이도록 펠리아스의 딸들을 설득한 후에,[5]

남편과 아이들과 함께 이곳 코린토스 땅으로   10

옮겨 와 사는 일도 없었을 텐데! 하지만 그녀는 이 망명으로써

자기가 옮겨 간 땅의 시민들을 흡족하게 했지요,

이아손님을 위해 이 모든 일을 행한 것이고요.

그런데, 여자가 남자와 대립하지 않을 때,

---

1   흑해 동쪽에 사는, 메데이아의 고향 부족.
2   에게해에서 흑해로 들어가는 입구에 있었다는 거대한 한 쌍의 바위. 그 사이로 지나가는
    것은 무엇이든 으깨어 부수었다고 한다. 아르고호의 영웅들은, 비둘기를 날려 그것이
    무사히 빠져나가는 것을 보고 자신들도 이 바위를 통과하였다고 한다.
3   희랍 중동부 이올코스 인근의 산.
4   이아손에게 황금 양털 가죽을 가져오라고 명한 이올코스 왕.
5   메데이아는 마법의 약을 이용하여 늙은 왕 펠리아스를 다시 젊게 만들어주겠다며,
    왕의 딸들에게 아버지를 죽이도록 설득했다. 하지만 메데이아는 약속을 지키지 않았고,
    펠리아스는 속절없이 토막 나 죽고 말았다.

그때에 가장 큰 안정이 있는 것인데요,   15
지금은 온통 미움뿐이고, 애정은 병든 상태랍니다.
자기 아이들과 나의 여주인을 버리고서
이아손님이 왕가의 결혼 침상을 취했기 때문이지요.
이 땅을 통치하는 크레온의 딸과 혼인해서 말이죠.
불쌍한 메데이아님은 이 모욕을 당하여   20
"맹세들이여!"라고 외치며, 오른손의 큰 약속을 불러
상기시키고, 신들을 증인으로 청하고 있습니다,[6]
자신이 이아손님으로부터 어떤 대가를 받아낼지에 대하여.
그러고는 누워 있어요, 음식도 먹지 않고, 고통 속에 몸을 던진 채,
온종일 내내 눈물로 녹아가면서,   25
남편에게서 부당한 일을 당했다는 걸 안 이후로 말이죠.
눈을 쳐들지도 않고, 얼굴을 땅에서 돌리지도
않으면서요. 마치 바위나 바다의 파도인 양
친구들의 말을 전혀 귀담아듣지 않아요.
그저 이따금 희디흰 목을 돌려   30
스스로 자신을 향해 자기 아버지에 대해 탄식할 뿐이죠,
그리고 고향 땅과 집에 대해서도요. 그녀는 그것들을 저버리고,
지금 자기를 무시하고 있는 그 남자와 함께 떠나왔지요.

---

6   이전에 이아손이, 메데이아와 오른손을 맞잡고 신들을 증인으로 세우고서 했던 맹세의
    말을 상기시키는 것이다.

불쌍한 그녀는 불행을 당하고서야 조국 땅을

떠나지 않는 것이 얼마나 좋은 일인지 깨달았어요.   35

그녀는 아이들을 미워하고, 그들을 보아도 즐거워하지 않아요.

저는 두려워요, 혹시 그녀가 뭔가 새로운 일을 꾸미지 않을까

해서요.

[그녀는 앙심이 깊고, 나쁜 일을 당하면

참지 않을 테니까요. 저는 그녀를 알아요. 그래서 무서워하고

있지요.

혹시 침상이 펼쳐져 있는 집 안으로 조용히 들어가서   40

날카로운 칼로 자기 간을 찌르지나 않을까,

아니면 왕도 죽이고, 결혼한 그 남자도 죽이고서

그 후에 더 큰 재난을 당하지나 않을까 해서 말이죠.]⁷

그녀는 무서우니까요. 사실 누구도 그녀에게 적대하고서

쉽사리 승리의 노래를 부를 수 없을 거예요.   45

한데 이 아이들은 달리기 놀이를 그치고

들어서는구나, 엄마의 불행에는

전혀 아랑곳없이. 어린 마음은 잘 괴로워하지 않는 법이니까.

---

7 여러 학자들이, 이 부분은 나중에 가필된 것으로 생각해서 삭제하는 게 옳다고 보고 있는데, 어떤 학자는 조금만 삭제하자고, 또 어떤 학자는 많이 삭제하자고 제안한다. 이 번역에서는 가장 많이 삭제하자는 학자의 의견을 좇아 [ ]로 표시해 놓았다.

가정교사	내 여주인 가정의 오래된 재산이여,
	그대는 왜 이렇게 외따로 문가에 50
	서 계시오, 불행에 대하여 혼자 고심하면서?
	어쩐 일로 메데이아께서 그대와 떨어져 홀로 있기를 원하신다오?

유모	이아손의 아이들의 연로한 보호자여,
	충직한 하인들이라면 주인들에게 불행하게 떨어진
	재난이 그 마음에 들어붙는 법이오. 55
	나는 그토록 큰 슬픔에 빠졌으니 말입니다,
	이리 나와서 메데이아님의 불운에 대해
	땅과 하늘에 하소연하고픈 열망이 닥칠 만큼 말이오.

가정교사	불쌍한 그분은 아직도 괴로워하기를 그치지 않았소?
유모	당신이 부럽구려. 고통은 이제 시작이고, 아직 중간도 못 갔다오. 60
가정교사	아, 어리석군요! ── 주인들에 대해 이렇게 말해도 된다면
	말이지만 ──
	그녀는 새로운 불행에 대해서는 전혀 모르고 있으니까요.
유모	대체 무슨 일이오, 노인장? 말해 주는 걸 아깝게 여기지 마시오.
가정교사	아무것도 아니오. 나는 이미 튀어나온 말조차도 후회스럽소.
유모	당신 수염에 걸고 부탁하니, 당신의 동료 하인에게 숨기질랑
	마세요. 65

필요하다면 이 일에 대해서는 내 침묵할 테니 말이오.

가정교사   나는 어떤 사람이 이렇게 말하는 걸, 안 듣는 척하면서 들었다오,

페이레네의 신성한 샘 근처, 노인들이

앉아서 장기 두는 데를 지나다가요,

그 내용은, 이 아이들을 코린토스 땅에서   70

어미와 함께 쫓아낼 것이라는 거죠, 이 땅의 통치자

크레온께서요. 하지만 이 얘기가 확실한 것인지 그 점은

나도 모른다오. 그저 그렇지 않기를 바라고 싶소.

유모   이아손님께서 아이들이 그런 일까지 당하는 걸

참고 견디시겠소, 애들 어머니와는 다툼이 있다 하더라도?   75

가정교사   새 관심 앞에 옛것은 뒤처지기 마련이오,

그리고 저분은 이 집에 더는 우호적이지 않다오.

유모   그럼, 우리는 망했구려, 옛 재난을 떨어내기도

전에 새것까지 덧붙여 가진다면.

가정교사   하지만 당신은, 마님께서 이걸 아시는 게   80

적절치 않으니, 조용히 하고 침묵을 지키시오.

유모   오, 얘들아, 아버지가 너희들에게 어떠한지 들었느냐?
       그가 망하지는 않았으면! 그는 내 주인이시니까.
       그래도 그분은 친구들을 향해 나쁜 사람으로 판정되었구나.

가정교사 인간 중 누가 그렇지 않겠소? 당신은 이걸 금방 알 것이오,   85
       모두들 이웃보다는 자신을 더 사랑한다는 걸 말이오,
       [어떤 이는 정당하게, 어떤 이는 이득 때문이지요,]
       애들 아버지가 결혼 때문에 이들을 사랑치 않는 걸 보면.

유모   얘들아, 집 안으로 들어가자, 그게 좋겠다.
       (가정교사를 향해) 당신은 이 아이들을 되도록 따로 데리고
       있으시오,   90
       사나운 마음을 품은 어머니에게 가까이 가지 않게끔.
       나는 이미 그녀가 이들을 향해 무언가 저지르려는 듯
       소처럼 눈을 부라리는 걸 보았으니까요. 내가 잘 알아요,
       그녀는 누군가를 파멸시키기 전엔 분노를 그치지 않을 거여요.
       하지만 무슨 일을 저지르더라도, 친구들이 아니라 적들을 향해
       그랬으면!   95

메데이아(집 안에서)   아,

나는 불행하고, 재난으로 비참하구나!
아, 내 신세, 내 신세여, 차라리 죽어버렸으면!

유모   저게 그거란다, 사랑스런 아이들아! 엄마가
         마음을 뒤흔들고, 분노 또한 뒤흔들고 있구나!
         얼른 집 안으로 서둘러 들어가라,   100
         그리고 엄마 눈 가까이 가지도 말고
         다가서지도 말고, 조심하거라,
         그녀의 사나운 성품과, 고집스런 마음의
         밉살스런 성정을!
         지금 가거라, 얼른 안으로 움직여라!   105
         분명코 비탄의 구름이
         시작되어 일어나자마자 금방
         남달리 격한 감정에 불을 붙이겠지. 대체 무슨 일을 삼가겠는가,
         담이 크고 통제하기 어려운
         영혼이 불행들로 상처까지 입었다면!   110

메데이아   아아,
         불행한 나는 당했구나, 당했구나, 크게
         비통해 마땅한 일들을! 오, 미움받는 어미의
         저주받은 아이들아, 너희가 아비와 함께

파멸해 버렸으면! 그리고 온 집이 무너져버렸으면!

| 유모 | 아, 내 신세, 내 신세여, 아, 불행하구나! | 115 |

아버지가 당신께 잘못한 것에 대체 아이들이 무슨
몫을 가졌단 말인가요! 왜 그대는 이들을 미워하나요? 아아,
얘들아, 행여 너희가 고통을 당할까 얼마나 걱정되는지!
지배자들의 성품은 무서워요, 그들은
다스림은 적게 받고, 권력은 많이 휘두르며,　　　　　　　　　120
감정을 격하게 바꾸지요.
그저 동등한 사람들 사이에서 살아 버릇하는 것이
좋은 일입니다. 그러니 나로서는 높은 분들 가운데서 말고
그저 평온하게 늙어갔으면 좋겠습니다.
'정도에 맞는 것'이라는 평판이 우선 듣기에　　　　　　　125
으뜸이고, 사람들 사이에 오래 유용하기도
제일 낫지요. 반면에 도를 넘어선 것은
결코 인간에게 적절한 게 될 수 없어요.
한데 어떤 신이 분노하면, 그것은 집들에
더 큰 재난을 안겨주는 법이지요.　　　　　　　　　　　　130

| 코로스 | 나는 목소리를 들었어요, 들었어요, 불행한 |

콜키스 여인의 외침을. 그것은 전혀 부드러운 게

아니었지요. 하지만, 오 늙은 여인이여, 이야기해 주시오.
두 짝 문이 달린 방에서부터 비탄이 흘러나오는 걸   135⁸
나는 들었으니까요. 나는 전혀, 오 여인이여,
이 집의 고통이 즐겁지 않구려.
이 집에 대한 애정이 내게 깃들어 있기 때문이라오.

유모   집은 더는 존재하지 않아요. 그것은 진작 없어졌다오.
        남편은 지배자들의 침상이 차지했고,   140
        우리 마님은 침실에서 자기 생명을
        녹여 내리고 있지요, 친구 중 누구의 말에도
        전혀 마음을 누그러뜨리지 않으면서.

메데이아 아이아이,
        내 머리 위로 하늘의 불길이 떨어져
        내렸으면! 이제 내게 사는 게 무슨 이득이 된단 말인가!   145
        아아 아아, 죽어서 흩어져버렸으면 좋겠구나,
        이 밉살스런 삶을 떠나서!

---

8 합창단의 노래는 학자마다 행갈이를 달리하고 있어서, 인쇄된 행 수와 숫자 표시가 안 맞는
   경우도 있으니 양해하시기 바란다. 이 번역에서는 대체로 J. 디글이 편집한 옥스퍼드 판에
   따라서 행 수를 표시했다.

코로스	(좌)

들으십니까, 오 제우스여, 땅과 빛이여,

저 불행한 신부가 어떤

외침을 노래하는지?   150

대체 무서운 잠에 대한

이 무슨 열망이 그대에게 닥친 건가요, 오 불행한 여인이여?

그대는 죽음의 종말을 향해 치달아 가려나요?

그것은 결코 기원하지 마세요.

그대 남편이 새로운 결혼 침상을 섬긴다 하더라도

이 때문에 그에게 날 세우지 마세요.

제우스께서는 이 일들에 대해 당신과 함께 복수하실 거여요.

그대의 배우자 때문에 지나치게 괴로워하며 시들지 마세요.

메데이아   오 크신 테미스여, 여주인 아르테미스여,   160

제가 어떤 일을 겪는지 살피소서, 크나큰 맹세로써

저 저주받을 남편을

묶어두었지만서도! 언젠가 내가, 그와 신부가 집 자체와 함께

부서져 내리는 것을 똑똑히 볼 수 있기를!

그들이 먼저 그만큼의 불의를 내게 감히 저질렀으니!   165

오 아버지, 오 내 나라여, 그들을 나는 떠나왔구나,

부끄럽게도 나 자신의 오라비를 죽이고서!

유모   그대들은 들으시오? 그녀가 어떤 말을 하면서,

기도를 들으시는 테미스와, 죽을 인간들을 위해

맹세를 수호하시는 제우스를 외쳐 부르는지?   170

마님께서 아주 조금이라도 분노를

가라앉힐 방도는 전혀 없다오.

코로스   (우)

어떻게 하면 그녀가 우리 눈앞에

모습을 드러내어, 말 걸어 얘기하는

우리 소리를 들을까,   175

그래서 혹시나 마음속 깊은 분노를,

가슴속의 앙심을 놓아 보낼까?

어쨌든 친구들을 위한 충정이

내게서 떠나지 않기를!

(유모에게) 한데 당신은 가서 그녀를   180

이리로 집 밖으로

데려오시오, 그리고 이 호의적인 뜻을 전하시오.

서두르시오, 안에 있는 사람들에게 뭔가

나쁜 일이 생기기 전에. 지금 이 격정이 강렬히 일어나고 있으니

말이오.

유모	내 그렇게 하리다. 하지만 우리 마님을	
	설득해 낼 수 있을지 두려움이 있다오.	185
	그래도 애정이 있으니 그 일을 감행하겠소.	
	한데 그녀는, 누군가 말이라도 걸려고 가까이 다가가면,	
	그 하인들에게 새끼 딸린 암사자처럼 무섭게	
	황소 같은 눈길을 쏘아 보낸다오.	
	누군가 예전 사람들이 어리석었다고,	190
	전혀 현명하지 못했다고 말해도 잘못이 아닐 거여요,	
	그들은 찬양 노래들이 잔치와	
	술자리, 그리고 만찬에서 인생의 즐거움인	
	들을 거리라 했으니까요.	
	하지만 인간 중 누구도 밉살스런 고통이	195
	음악으로, 여러 현(絃)의 노래들로	
	멈춘다고 생각지는 않아요, 바로 그 고통에서 나온	
	죽음과 무서운 불운이 집들을 뒤엎어버리니까요.	
	물론 인간들이 가무로써 치유된다면	
	그것이 이득이 되긴 하겠죠. 하지만 향연이 잘	200
	차려졌다면, 공연히 소리 높여 노래할 이유가 어디 있겠어요?	
	벌써 향연 자체로부터 사람들을 위한	
	즐거움이 충만히 있을 테니 말이어요.	

코로스   신음 가득한 탄식의 외침을 나는 들었어요,   205
        신부를 불행하게 만든 결혼 침상의 배신자를
        괴로운 비명이 날카롭게 외쳐 부르네요.
        부당한 대접을 받은 그녀는 신께 듣기를 청하네요,
        제우스의 맹세를 지키는 테미스를. 그 여신은 그녀를
        멀리 떨어진 헬라스로 보냈지요,   210
        한밤중 짠 바닷길을 통해
        건널 수 없는 폰토스의 길목으로.

        (메데이아 등장)
메데이아 코린토스의 여인들이여, 나는 집에서 나왔어요,
        혹시 당신들이 나를 비난할까봐요. 나는 알고 있으니까요, 많은
        사람들이   215
        오만한 자가 되고 말았다는 것을요, 어떤 이들은 사람들의 시야를
        벗어나서,
        또 어떤 이들은 문밖으로 나서서지요. 한편 어떤 이들은 조용한
        생활 방식 때문에
        악평을 얻고 나태하다고까지 알려졌지요.
        저 사람들의 눈에는 정의가 없으니까요,
        상대의 가슴속을 분명히 알아보기도 전에,   220

아무 해도 입지 않았으면서 노려보고 미워하는 사람들 말입니다.

외국인은 특히 도시에 가까이 다가가야만 해요,

또 나는, 자족적으로 살다 보니 자기도 모르게

시민들에게 적대적인 자가 되어버린 도시 사람도 칭찬하지 않아요.

그런데 이 일은 내게 예상치 못하게 떨어져 내려서는   225

내 영혼을 파멸시켰어요. 나는 망했어요, 삶의

기쁨을 내동댕이치고 죽어버렸으면 싶어요, 친구들이여.

나의 모든 것이 달려 있던 그 사람이 — 나는 잘 알고 있어요 —,

나의 남편이 인간들 중 최악인 자로 밝혀졌으니 말이어요.

사실 생명이 있고 뜻을 지닌 모든 존재 중   230

우리 여자들이야말로 가장 불쌍한 족속이지요.

우선 우리는 엄청난 값을 치르고서

남편을 사서, 우리 몸의 주인으로

삼아야 해요. 하지만 그보다 더 힘든 어려움은 이거지요.

여기에 가장 큰 문제가 놓여 있어요, 즉 나쁜 남자를 얻느냐,   235

아니면 쓸모 있는 남자를 얻느냐 하는 것이지요. 왜냐하면 이혼은

여자에게 명예롭지 못하고요, 여자가 신랑감을 퇴짜 놓을 수도

없으니까요.

게다가 낯선 생활 방식과 관습으로 옮겨 가서는

친정에서 배운 바도 없이, 예언자가 되어야만 해요,

대체 어떻게 배우자에 맞춰 살아갈 것인지요.   240

그리고 이걸 어렵사리 해냈을 때, 남편이

멍에를 억지로 지지 않고 함께 잘 살아주면,

그건 남들이 부러워할 만한 삶이어요. 그러지 못하면 차라리 죽는
게 낫고요.

하지만 남자는, 집 식구들과 함께 있기 성가시면

밖으로 나가서 피곤으로부터 마음을 쉬게 할 수 있지요. 245

[어떤 친구나 동기들을 찾아가서 말이죠.]

반면에 우리는 한 사람만 바라봐야 해요.

그런데 사람들은, 남자들은 창을 들고 싸우는데,

우리는 집 안에서 위험 없이 산다고 말하지요.

어리석은 생각이어요. 나라면 아이 한 번 낳느니, 250

차라리 세 번 방패 들고 서서 싸우겠어요.

하지만 사실 당신들과 나는 사정이 다르지요.

당신들에게는 이 도시와 아버지 집,

인생의 즐거움과 친구들의 교분이 있지만,

나는 외톨이로 나라도 없이, 남편에게서 255

학대를 당하고 있으니까요, 다른 말을 쓰는 나라에서 붙들려 와서,

이 재앙을 피해 찾아갈

어머니도, 형제도, 친척도 없이 말이어요.

그러니 당신들에게서 이것 정도나 얻기를 바라겠어요,

이 악행들에 대한 정의를 남편에게 갚아줄 260

어떤 길이나 방법을 내가 발견한다면,

[그에게 딸을 준 자와, 그와 결혼한 여자에게도 그럴 길을

발견한다면]

침묵하라고요. 왜냐하면 여자는 다른 일들에는 두려움으로

가득하고,

폭력과 칼을 주시하는 데도 약하지만,

결혼 침상에 관해 부당한 일을 만나면,   265

그녀의 마음보다 더 피를 부르는 것은 없으니까요.

코로스   그렇게 하리다. 당신은 남편을 정당하게 징벌하는 것이니까요,

메데이아여. 당신이 불운에 괴로워하는 것도 나는 놀랍지 않아요.

그런데 크레온님이, 이 땅의 왕께서

새로운 계획을 알리려는 듯, 다가오는 게 보이네요.   270

(크레온 등장)

크레온   그대, 음울한 표정을 한, 남편에게 화가 난 여자

메데이아여, 나는 그대가 이 땅 밖으로 나가도록 명하였노라,

추방자로서 자신과 함께 두 아이를 데리고서,

그리고 조금도 지체하지 말라고. 나 자신이 이 명령의

감독자이고, 그대를 땅의 경계 밖으로 내쫓기 전에는   275

집으로 다시 돌아가지 않을 것이니 말이오.

메데이아 아이아이, 불행한 나는 완전히 파멸하는구나!

적들은 돛 줄을 한껏 늦추어 달리는데,

내게는 재앙에서 벗어나 쉽게 다가갈 곳조차 없구나!

그러나, 내가 불행을 당하고 있긴 해도 묻겠습니다, 280

대체 무엇 때문에 나를 이 땅에서 몰아내는 건가요, 크레온이여?

크레온 나는 당신이 두렵소, ─ 말을 돌려서 할 필요도 없지 ─ ,

당신이 혹시 내 딸에게 뭔가 치유할 수 없는 해악을 가할까봐 말이오.

이 두려움에 대한 많은 근거들이 서로 일치하고 있소.

우선 당신은 영리하고 많은 나쁜 것들을 알고 있는데, 285

부부의 침상에서 남편을 빼앗기고 앙심을 품고 있소.

그리고 사람들이 전하는 것을 듣자니, 당신은 딸을 준 자와,

그녀와 결혼한 남자, 그리고 결혼으로 주어진 여자에게 무슨 짓인가 행하겠노라고

위협한다 합디다. 그래서 나는 이것들을 당하기 전에 막으려는 거요.

내게는 지금 당신에게 미움을 받는 것이, 여자여, 290

온화하게 대하다가 나중에 후회하는 것보다 낫겠소.

메데이아   아아 아아,

명성이 내게 피해를 주고 큰 해악을 끼친 게

이번이 처음도 아니고, 자주 그랬지요. 크레온이여.

그러니 제정신 가진 사람이라면 누구도

아이들을 너무 영리하게 교육시키지 말아야 해요.   295

왜냐하면 그 아이들은 이미 듣고 있는, 무심하다는 악평에
덧붙여서

적대적인 질시를 시민들에게서 받을 테니까요.

무지한 이들에게 그대가 새로운 지혜를 제시해 주면,

그대는 별 쓸모 없고 현명치 못한 자로 보이게 될 것이고,

반면에 그대가, 뭔가 교묘한 걸 안다고 소문난 자들보다   300

더 뛰어난 걸로 판정된다면, 그대는 도시에 성가신 존재로 비칠
테니 말이오.

그런데 나 자신은 이 불운을 함께 나누고 있어요.

나는 영리하다고 해서, 어떤 이들에게는 질시를 받고,

[어떤 이들에게는 너무 숨어 산다고, 어떤 이들에게는 남다른
성향이라고]

어떤 이들에게는 적대를 받으니까요. 하지만 나는 지나치게
영리하지 않아요.   305

그런데도 당신은 나를 두려워하나요, 뭔가 타격을 입고 해를
당할까봐?

우리를 두려워하지 마세요, 크레온이여, 나는
통치하는 이들을 향해 죄를 짓는 그런 사람이 아니어요.
사실 당신이 내게 무슨 부당한 짓을 했나요? 당신은 당신 마음이
이끌어가는 사람에게 딸을 주었을 뿐이어요. 하지만 나는 내
남편을   310
미워해요. 반면에 당신은, 내 생각에, 이 일을 현명하게 행했어요.
그리고 나는 지금 당신 일이 잘되어가는 것을 질시하지 않아요.
결혼식을 치르세요, 그리고 잘 사세요. 하지만 그저 내가 이 땅에
사는 것을 허용해 주세요. 우리는 부당한 처사를 당했어도
침묵할 테니까요, 더 강한 이들에게 패배한 자로서.   315

크레온   당신은 듣기에 부드러운 말을 하지만, 나는 두렵소,
당신이 마음속으로 뭔가 나쁜 일을 꾸미지나 않을까 하는 거요.
그런데 다음과 같은 이유로 나는 당신을 이전보다 더 불신하오.
즉, 격한 성품의 여자는, 남자도 마찬가지지만,
조용히 영리한 여자보다 감시하기가 쉽기 때문이오.   320
어쨌든 얼른 떠나시오, 여러 소리 할 것 없이!
그렇게 결정되었고, 당신이 나에게 적대하면서
우리 곁에 머물 방도는 없소.

메데이아   그러지 마세요, 당신의 무릎에,[9] 그리고 새로 결혼한 따님의

이름으로 청합니다.

크레온   그대는 언어를 낭비하고 있소. 결코 나를 설득하지 못할 테니
           말이오.   325

메데이아   하지만 당신은 나를 쫓아내고, 탄원을 전혀 존중치 않을 건가요?

크레온   내 집보다 그대를 더 많이 사랑하지는 않기 때문이오.

메데이아   오 조국이여! 지금 네가 정말로 그립구나!

크레온   사실 내게도 조국이 내 자식들 다음으로 가장 소중하다오.

메데이아   아아 아아, 사랑은 인간들에게 얼마나 큰 해악인가!   330

크레온   사랑이 어떠한지는, 내가 보기엔, 운수에 달렸소.

메데이아   제우스시여, 이 악행에 책임 있는 자가 그대 눈길을 벗어나지 않게
           하소서!

크레온   떠나시오, 헛힘 쓰지 말고! 내게서 고생을 덜어주시오!

메데이아   나도 이미 고생하고 있어요, 새로운 고생은 더 필요치 않아요.

크레온   그대는 곧 시종들의 손아귀 힘에 밀려나게 될 것이오.   335

메데이아   그것만은 하지 말아주세요, 크레온이여, 당신께 청합니다.

크레온   여인이여, 당신은 소동을 일으킬 모양이구려.

메데이아   추방을 받아들이겠어요, 그걸 얻으려고 당신께 탄원하는 건
           아니어요.

크레온   그런데 왜 힘을 쓰고, 손을 놓지 않는 거요?

---

9   상대의 무릎을 잡고 탄원하는 것이 옛 관습이었다.

메데이아　　　하루만, 오늘만 내가 머물도록 허락해 주세요,　　　　　340
　　　　　　그리고 어떻게 망명할지 생각해 보도록,
　　　　　　내 아이들과 함께 떠나서. 아비는
　　　　　　자식들을 위해 대책을 마련할 뜻이 전혀 없으니까요.
　　　　　　그 아이들을 불쌍히 여겨주세요. 당신도 아이들의
　　　　　　아버지잖아요. 그러니 당신이 이 애들에게 호의를 보이는 게
합당합니다.　　　　　　　　　　　　　　　　　　　　　　345
　　　　　　내가 걱정하는 건 ─ 나도 추방될 터이지만 ─ 나 자신이 아니고,
　　　　　　나는 저들이 불행해지는 것을 슬퍼하는 거예요.

크레온　　　나는 전혀 폭군 기질을 타고나질 못했고,
　　　　　　염치를 찾다가 벌써 많은 일을 망쳤소.
　　　　　　지금도, 여인이여, 내가 잘못하는 걸 알긴 하지만,　　　350
　　　　　　그대는 그걸 얻을 것이오. 그러나 그대에게 경고하겠소,
　　　　　　만일 내일 떠오르는 신의 햇살이 당신과
　　　　　　아이들을 이 땅의 경계 안에서 보게 된다면,
　　　　　　그대는 죽을 것이오. 이 말은 거짓 없이 선포되었소.
　　　　　　[이제, 머무는 게 필요하다면, 하루 동안만 머무시오,　　355
　　　　　　당신이, 내가 두려워하는 무서운 어떤 짓을 저지르진 못할 터이니.]
　　　　　　(크레온 퇴장)

| 코로스 | 아아 아아, 그대 고통으로 불행한 이여, | 358 |

코로스　　아아 아아, 그대 고통으로 불행한 이여,　　　　　　　358

　　　　　불쌍한 여인이여,　　　　　　　　　　　　　　　357

　　　　　그대는 대체 어디로 향할 것인가? 어떠한 접대를 향하여,

　　　　　불행의 구원이 될 어떤 집, 어떤 땅을　　　　　　360

　　　　　[그대는 찾아낼 것인가?]

　　　　　신께서는 어떠한 뚫을 수 없는 불행의 파도 속으로,

　　　　　메데이아여, 당신을 보내신 건가요?

메데이아　상황이 정말로 안 좋게 되어버렸군요. 누가 부정하겠어요?

　　　　　하지만 그게 그런 식으로는 아직 아니어요, 결코 그렇게 생각지

　　　　　마세요.　　　　　　　　　　　　　　　　　　365

　　　　　아직도 새로 결혼한 자들에게 시련이 남아 있고,

　　　　　그걸 주선한 자들에게 작지 않은 고생이 기다리고 있어요.

　　　　　왜냐하면, 당신은, 내가 뭔가 이득을 얻거나 계략을 꾸미기

　　　　　위해서가 아니라도,

　　　　　저자에게 알랑거렸을 거라고 생각하세요?

　　　　　그랬다면 나는 그에게 말을 걸지도, 손을 잡지도 않았을 거여요. 370

　　　　　그런데 크레온은 이런 운명에 봉착한 거지요,

　　　　　즉, 그는 나를 이 땅에서 쫓아냄으로써 내 계획을

　　　　　저지할 수도 있었는데, 나에게 오늘 하루 동안

머물도록 허락했고, 나는 그사이에 내 원수 셋을 시체로

만들어버린다는 거죠, 아비와 딸과 내 남편 말이어요. 375

그들에게 죽음을 안길 길은 너무나 많아서,

나는 어떤 것에 먼저 손댈지 모르겠어요, 친구들이여.

신혼집에 불을 싸지를까,

아니면 결혼 침상이 펼쳐 놓인 집으로 은밀히 들어가서는

잘 갈아놓은 칼을 간에 찔러 넣을까? 380

하지만 내게는 한 가지 난점이 있어요. 만약에 내가

집으로 잠입하여 계략을 수행하다가 잡힌다면,

나는 죽어서 내 적들에게 웃음거리가 될 거야.

가장 좋은 건 직접적인 방법이야, 우리는 그 일에

아주 능란하게끔 타고났지, 저들을 약으로 잡는 거야. 385

그래 그렇게 하자.

이제 그들은 죽었다 치자. 그런데 나를 어떤 도시가 받아주지?

어떤 친구가 도피할 땅과 안전한 집을

주고 내 신변을 지켜줄까?

없어. 그러니 조금 더 기다리면서

혹시 나를 위해 어떤 안전한 성탑이 나타나면 390

술수와 은밀함으로써 이 살인을 향해 나아가고,

그렇지 않고 어쩔 수 없는 재난이 나를 몰아세우면

내가 직접 칼을 들고, 설사 죽는 한이 있더라도,

저들을 죽이리라, 그 과업을 향해 용감하게 나아가리라!
모든 신들 가운데 내가 가장 높이 섬기고,   395
내가 동역자로 선택한 여주인,
내 집 깊은 곳 화덕에 거하시는 헤카테께 맹세코,
저들 중 누구도 내 가슴에 괴로움을 끼치고도 즐거워하지는
못하리니!
내 저들의 결혼을 쓰라리고 고통스러운 것으로 만들어주리라,
이 혼약도, 나를 이 땅에서 추방한 것도 쓰라리게 해주리라.   400
자, 네가 아는 것 중 그 무엇도 아끼지 말라,
메데이아여, 계획을 짜내고 계략을 꾸며라!
무서운 일을 향해 나아가라! 이제 용기를 겨루는 싸움이다.
네가 어떤 일을 당하고 있는지 보아라! 이아손이 시쉬포스 족속과
결혼함으로써 네가 웃음거리가 되어서는 안 된다,   405
고귀한 아버지와 태양신에게서 태어난 네가!
물론 당신도 그걸 잘 알고 있소. 게다가 우리 여자들은
타고나기를, 좋은 일에 대해서는 전혀 재주가 없지만,
모든 나쁜 짓에 대해서는 아주 솜씨 좋은 기술자라오.

코로스   (좌1)
             신성한 강물은 거꾸로 흘러 올라가고,   410
             정의도 모든 것도 뒤로 돌아서는구나!

속임수 술책은 남자들에게 속하고, 신들에게서 비롯된
신뢰도 이제 더는 맞아 들지 않는구나!
이제 소문은 변화하여,
나의 삶이 명성을 누리게끔 돌아서리라.   415
명예가 여자의 종족에게로 다가드는구나.
이제 더는 귀 사납게 외쳐대는 소문이 여자들을 붙들지 않으리라.

                                                                    420

(우1)
오랜 시인들의 후원자 무사 여신들은
나를 신뢰할 수 없다고 노래하기를 그치리라.
진실로 운율의 인도자 포이보스께서는
뤼라의 신적인 노래를   425
우리들 마음에 넣어주지 않으셨도다.
그렇지 않았더라면 내가 남자들의 종족에 맞서
송가를 지어 울렸을 텐데. 기나긴 세월은 우리들에 대해서도
남자들에 대해서도 이야기할 만한 많은 몫을 지니고 있으니.   430

(좌2)
그런데 당신은 광기 어린 마음으로 아버지 집을 버리고
항해하여, 폰토스의 두 바위 사이를

가르고 지나왔지요. 그리고 지금은 낯선 435
땅에 살고 있어요, 결혼 침상을 잃고서
남편 없는 잠자리에서.
불행한 이여, 그런데 이제 그대는 명예도 없이
추방자로서 이곳에서 쫓겨나는군요.

(우2)
맹세의 효력은 사라져버렸구나. 수치심도 이제 더는
넓은 헬라스 땅에 머물지 않고, 창공으로 날아가버렸구나. 440
그대에게는 이제 아버지 집도,
불운한 이여, 고통을 피해 가
닻을 내릴 곳도 있지 않아요. 당신의
결혼 침상을 누르고 선택받은 다른 왕녀가
당신의 집 위에 닥쳐와 있어요. 445

(이아손 등장)
이아손 격한 성질이 어찌할 바 없는 재앙이라는 것을
내 이제 처음으로가 아니라 이미 여러 차례 보았소.
당신이 지배자들의 뜻을 마음 가볍게 대했더라면
이 땅과 집을 차지하고 있을 수도 있었건만,
헛된 말 때문에 당신은 이 땅에서 쫓겨나게 되었소. 450

사실 나를 향해서라면 별 문제 될 것도 없소. 원한다면
이아손이 최악의 남편이라고 끝없이 떠드시오.
하지만 당신이 왕가 사람들을 향하여 내뱉은 말들에 대해
이제 당신이 추방으로 벌을 받았으니, 그나마 대단한 이득인 줄로
아시오.
나는 지배자들의 감정이 격해질 때마다 늘   455
그 분노를 진정시키며, 당신이 여기 계속 머물 수 있도록 애를
써왔소.
그런데 당신은 어리석음을 내려놓지 않고, 지배자들에 대해
계속 악담을 퍼붓고 있소. 그래서 당신이 쫓겨나는 거요.
하지만 그렇더라도 나는 친구를 저버리지 않은
사람으로서, 당신의 사정을 미리 살펴서 여기 왔소, 여인이여.   460
당신이 아이들과 함께 돈도 없이, 그리고 뭔가 궁핍한 채로
쫓겨나지 않도록 말이오. 추방은 많은 고통을
더불어 이끌고 오는 법이오. 당신이 나를 미워하는 게 사실이지만,
그래도 나는 결코 당신에게 나쁜 감정을 품을 수 없기에 하는
말이오.

메데이아   오, 사악하기 그지없는 자여! ── 이것이 비겁함을 향해   465
내 입에서 내뱉을 수 있는 가장 큰 욕설이니까.
당신이 내게 왔군요, 가장 증오스러운 자가 되었으면서도

찾아왔네요,

[신들께도 내게도, 그리고 인간의 모든 종족에게도.]

하지만 이것은 용기도 아니고, 대담함도 아니야,

친구들에게 해코지를 하고는 얼굴을 마주 보는 것 말이지.   470

오히려 그것은 인간들 사이에 있는 모든 질병 중

가장 큰 것, 즉 뻔뻔함이지. 하지만 오기를 잘했소.

나는 당신에게 악담을 퍼부어서 마음이

가벼워질 것이고, 당신은 듣고서 고통을 느낄 테니 말이지.

맨 처음 일들 중에서도 처음 것으로 말하기를 시작하겠소.   475

나는 당신을 구했소, 희랍인들 가운데, 같은 배 아르고호에

함께 올랐었던 만큼의 많은 사람들이 다 알고 있다시피,

당신이 쟁기 띠를 가지고서 불 뿜는 황소들과 맞서도록

보내졌을 때, 그리고 죽음의 밭에 씨를 뿌리러 갔을 때 말이야.[10]

또 온통 황금으로 된 털가죽을 여러 겹 또아리로   480

두루 감고서 지키던, 잠도 자지 않는 용을

내가 죽여서 당신에게 구원의 빛을 가져다주었지.

그러고는 내 아버지와 집안을 배신하고

펠리온 밑의 이올코스로 왔소,

당신과 함께, 현명하기보다는 감정이 앞서서.   485

---

10 아이에테스 왕은 이아손에게, 불 뿜는 황소들에게 멍에를 지워 밭을 갈고, 거기 용 이빨을 뿌려서 솟아나는 전사들과 싸우도록 시켰다.

그리고 펠리아스를 죽였지, 가장 비참한 방식으로 죽도록,

바로 자기 자식들의 손에. 그리고 그 집안 전체를 파멸시켰지.

그런데 이런 일들을 내게 받았으면서도, 오 인간 중 가장 사악한 자여,

당신은 나를 배신했어, 그리고 새로운 결혼 침상을 얻었어,

아이들까지 태어나 있었는데도. 혹시 아직도 당신에게 아이가 없었다면   490

당신이 이 결혼을 원하는 게 용서될 수도 있었겠지.

하지만 맹세의 신뢰는 사라져버렸소. 나는 모르겠소, 혹시 당신이

예전에 다스리던 신들이 더는 다스리지 않는다고 생각하는 건 아닌지,

혹은 이제는 인간들에게 새로운 법이 세워져 있다고 생각하는 건지.

당신 스스로, 내게 했던 맹세를 지키지 않았다는 걸 잘 알고 있으니 말이오.   495

아, 당신이 자주 잡곤 하던 내 오른손이여,

그리고 내 무릎들이여, 사악한 인간이 우리에게 거짓되이

손을 댔었구나, 우리는 희망을 맞히지 못했구나!

자, 당신을 친구라 치고 얘기를 나눠보겠어요.

사실 무슨 좋은 일을 당신에게서 겪을까만,   500

그래도 해보지요. 질문을 받으면 당신이 좀 더 수치스러운 자로 드러날 터이니.

이제 나는 어디로 가야 하나요? 아버지의 집으로?

그 집과 조국을 당신을 위해 배반하고서 내가 여기로 왔는데?

아니면 불쌍한 펠리아스의 딸들에게로? 내가 자기들 아버지를 죽인

그 집으로 그들이 나를 꽤도 잘 받아주겠군요.   505

내 사정은 이래요. 우선 고향 집에 있는 친구들에게는

적이 되고 말았어요. 그런데 그들이 내게 해코지를 해서가 아니라,

내가 당신에게 호의를 베푸느라 그들의 원수가 된 것이어요.

그런데 당신은 이에 대한 보답으로 나를 헬라스 여인들 가운데

엄청나게 행복한 여자로 만들어주었군요! 나는 당신을 감탄할

만한,   510

믿음직한 남편으로 가진 게 되겠네요, — 불쌍한 것! —

만일 내가 추방자가 되어 이 땅에서 쫓겨난다면,

친구도 없이, 외로운 여자로 외로운 아이들과 함께!

새로 결혼한 신랑에게 멋진 비난이 되겠지요,

당신을 구해준 여자와 자신의 아이들이 거지가 되어 떠돈다는

사실이.   515

오, 제우스시여, 당신은 인간들에게 어떤 것이 가짜 금인지

알 수 있는 명확한 표식을 주셨으면서,

누가 악인인지 꿰뚫어 보는 데 필요한

표지는 인간의 몸에 전혀 심어놓지 않으셨네요!

코로스	분노는 무섭고도 치료할 수 없는 것이로다,	520
	친구였던 이들이 서로를 향해 불화를 쏘아 보낼 때는.	

이아손	아무래도 나 역시 말재주 없는 사람이 되어서는 안 되고,	
	배의 유능한 키잡이처럼	
	돛폭의 가장자리를 이용하여 폭풍을 앞질러 달려야겠구려,	
	여자여, 당신의 날랜 입과 고통을 일으키는 혀를 피해서 말이오.	525
	나는, 당신이 자신의 호의를 너무 높이 치켜세우기에 하는 말인데,	
	오직 퀴프리스¹¹만이 신들과 인간들 중에서	
	내 항해의 유일한 구원자였다고 생각하오.	
	당신이 교묘한 지혜를 가졌다는 건 사실이오. 하지만, 에로스가	
	피할 수 없는 화살로써 당신을 강제해서	530
	내 목숨을 구하게 했다고 말하는 건 질투 담긴 발언이 될 터이니,	
	그걸 너무 정확히 따지진 않겠소.	
	당신이 내게 도움을 주었다는 점에 대해서는 잘못된 게 없소.	
	하지만 내 생각에, 나를 구해주어서	
	당신이 얻은 게, 준 것보다 훨씬 더 큰 것 같소.	535
	우선 당신은 야만의 지역이 아니라 헬라스 땅에	
	살면서, 정의를 배워 알고	

11 아프로디테의 별칭.

폭력에 의해서가 아니라 법에 따라 살고 있소.

또 모든 헬라스 사람들이 당신이 현명하다는 걸 알고 있으며,

당신은 명성을 누리고 있소. 한데 만일 당신이 땅의 가장자리   540

경계에 살고 있다면, 당신에 대한 소문은 퍼지지 않았을 것이오.

나라면, 만일 남 앞에 유명해지는 행운이 내게 없다면,

금이 집 안에 쌓여 있는 것도,

오르페우스의 노래보다 아름다운 가락이 있는 것도 마다하겠소.

여기까지 당신을 위한 나의 수고에 대해   545

언급했소. 당신이 먼저 말싸움을 걸었기 때문이오.

다음으로, 왕가와의 결혼을 두고 당신이 비방한 것에 대해서,

우선 내가 이 일에 있어 현명하게 행동했다는 것,

그리고 절제가 있다는 것, 마지막으로 내가 당신과 내 아이들에게

큰 도움이 되는 친구임을 입증하겠소. — 아, 평온을 지키시오. 550

내가 이올코스 땅으로부터 어찌할 바 없는

많은 불행을 이끌고서 여기로 왔을 때,

망명자인 내가 이것보다, 그러니까 왕의 딸과 결혼하는 것보다

더 나은 어떤 횡재를 만날 수 있었겠소?

당신이 비난하는 것처럼, 당신의 결혼 침상을 싫어해서도 아니고,

555

새로운 신부에 대한 욕망에 쫓겨서도 아니며,

아이를 많이 낳겠다는 경쟁적인 열망을 품어서도 아니었소.

이미 태어난 아이들로 충분하고, 나는 거기에 불만이 없으니
말이오.

그게 아니라, — 이것이 가장 큰 이유인데 — , 번듯하게 살기
위해서,

부족함 없이 지내기 위해서였소. 나는 모든 사람이   560

거지가 된 친구를 멀찍이 피한다는 걸 알고 있기 때문이오.

그리고 아이들을 나의 가문에 걸맞게 양육하기 위해서였소.

또 당신에게서 태어난 아이들에게 형제를 더 낳아주어

그들이 하나가 되도록, 한 종족을 이루어

행복하게 살도록 말이오. 당신은 아이들에게서 바라는 게 대체
뭐요?   565

내가 보기엔 장차 태어날 아이들을 통해, 이미 있는 아이들에게

이득을 주는 것이 좋소. 내가 궁리를 잘못 한 거요?

아마 당신도 아니라 할 거요, 결혼 침상에 대한 생각이 당신을
들쑤시지만 않으면.

하지만 당신들 여자들이란, 결혼 생활만 정상적이라면

모든 걸 가진 듯 생각하게끔 되어먹었소.   570

반면에 결혼 생활에 어떤 재난이라도 생기면,

가장 좋고 훌륭한 일조차도 최고로 적대적인 것으로

여기지. 정말 인간들은 어딘가 다른 데서

아이들을 낳고, 여자라는 족속은 없었어야 하는데!

그랬더라면 인간에겐 아무 불행도 없었을 것을! 575

코로스   이아손이여, 당신은 이 말들을 아주 잘 정렬해 세웠구려.
       하지만, ─ 내 얘기가 당신 마음에 안 들지 몰라도 ─,
       내가 보기에 당신은 아내를 배신하고 부당한 짓을 한 듯하오.

메데이아 정말 나는 사람들과 많은 점에서 많이도 다르네요.
       내가 보기엔, 어떤 불의한 자가 말을 잘하면, 580
       그자는 더욱더 큰 벌을 갚아야 할 것 같아요.
       왜냐하면 그는 말로써 불의를 가릴 수 있다 생각하면서,
       온갖 못된 짓을 감행하니까요. 하지만 그는 아주 현명하다곤 할 수
       없지요.
       그러니 이제 당신도 나를 향해, 겉치레나 그럴싸하고 말만 잘하는
       자가 되지 마시죠, 나의 말 단 한마디가 당신을 길게 쓰러뜨릴
       터이니. 585
       만일 당신이 사악한 인간이 아니었다면, 먼저 나를 설득한 뒤에
       이 결혼을 했어야만 했어요, 친구들에게 숨길 게 아니라.

이아손   내가 당신에게 그 결혼에 대해 밝혔더라면, 당신이 잘도
       그 말에 따랐겠소, 지금도 가슴에서
       크나큰 앙심을 참고 떨쳐버리지 못하는 당신이! 590

메데이아　　그런 생각이 당신을 붙잡은 게 아니라, 이방 여인과의 결혼이
　　　　　　나이 먹어갈수록 당신에게 명예롭지 않게 되어서겠지.

이아손　　　이제 이것을 잘 알아두시오, 내가 여자 때문에 결혼하여
　　　　　　지금 가진 왕가의 결혼 침상을 지닌 것이 아니고,
　　　　　　전에도 말했다시피, 당신을 구하고자 하는,　　　　　　　　595
　　　　　　그리고 내 아이들에게 같은 피를 나눈, 집안의 버팀목이 될,
　　　　　　왕족인 아이들이 태어나게 하려는 의도였다는 걸.

메데이아　　유복하지만 괴로운 삶이 내게 오지 않기를,
　　　　　　내 가슴을 후비는 부유함은 오지 않기를!

이아손　　　당신은 기도를 어떻게 바꿔야 할지, 어찌해야 현명하게 보일지
　　　　　　아시오?　　　　　　　　　　　　　　　　　　　　　　　600
　　　　　　유익한 것이 당신에게 괴로운 것으로 보이지 않게 하시오,
　　　　　　행운을 누리면서 불운하다고 생각하지 마시오.

메데이아　　마음껏 비웃어요, 당신은 피해 갈 곳이 있으니!
　　　　　　하지만 나는 버림받아 이 땅에서 추방되는구나!

| 이아손 | 당신이 그걸 택했소. 결코 다른 사람을 탓하지 마시오. | 605 |

이아손   당신이 그걸 택했소. 결코 다른 사람을 탓하지 마시오.   605

메데이아   내가 뭘 하면서 그걸 택했다는 거죠? 당신을 버리고 새 결혼을
         하면서?

이아손   당신은 지배자들을 향해 신성치 않은 저주를 퍼부었소.

메데이아   게다가 나는 마침 당신 집안에 저주이기도 하지.

이아손   이제 이 이상으로는 당신과 판정을 겨루지 않겠소.

         그저 아이들을 위해서나 당신의 망명을 위해   610

         내 재산에서 뭔가 도움을 얻고자 한다면

         말하시오. 나는 아낌없는 손으로 건네줄 준비가 되어 있고,

         이방 친구들에게 편지를 보낼 수도 있소, 당신에게 잘 대해주라고.

         이런 것을 마다하면 당신은 어리석은 거요, 여자여.

         분노를 그치고, 좀 더 나은 이득을 취하시오.   615

메데이아   나는 당신의 이방 친구를 이용하지 않을 거고,

         그 어떤 것도 받지 않을 터이니, 당신도 내게 주려 하지 마세요!

         사악한 인간의 선물은 결코 이득이 되지 않는 법이니 말이오.

이아손   그러면 나는 신들을 증인으로 삼겠소,

         내가 당신과 아이들을 위해 모든 일을 다 해주려 했다고 말이오. 620

         당신은 좋은 것들을 마음에 들어 하지 않고, 고집을 부려

친구들을 밀쳐내는구려. 그러면 더 많이 괴로워질 뿐이오.

(이아손 퇴장)

메데이아   꺼지시오, 집이 보이지 않는 데서 시간을 보내느라

새로이 결합한 처녀에 대한 그리움에 사로잡혔으니.

신랑 노릇 잘하시오, 어쩌면 — 이건 신의 뜻에 따라 하는

말이어야겠지만 —   625

당신은, 사양하는 게 더 나았겠다 싶은 결혼을 한 것일 수도 있으니.

코로스   (좌1)

사랑이 너무 지나치게

덮쳐오면, 명예도

행복도 인간들에게

나눠주지 못하는 법. 하지만 퀴프리스께서 충분한 만큼만   630

다가오신다면, 다른 어떤 여신도 그토록 호의적일 수 없도다.

오 여주인이시여, 제발 내게는

황금의 활로부터, 그리움에 적신

피할 길 없는 화살을 보내지 마소서.

(우1)

그보다는 절제가 나를 품어주기를,					635
신들의 선물 중 가장 아름다운 것이!
결코, 무서운 퀴프리스께서 닥쳐와
또 하나의 결혼 침상과 관련하여
두 가지 말이 겨루는 분노나
만족할 줄 모르는 논쟁으로 가슴을 때리지 않기를!		640
그저 다툼 없는 침상을 존중하며
날카로운 마음으로 여인들의 침상을 분별해 주시길!

(좌2)

오 조국이여, 오 고향 집이여, 내가
결코 나라 없는 사람이 되지 않기를,
곤란에 처하여, 지나기에 벅찬					645
시절을 겪으며!
그것은 가장 동정할 만한 고통이니.
그러한 날을 다 겪기 전에
차라리 내가 죽음에, 죽음에 제압되기를!
괴로움 중에 조국 땅을 빼앗기는 일을				650
넘어서는 것은 달리 없으니!

(우2)

우리는 눈으로 직접 보았고, 할 말을

다른 사람에게서 얻은 게 아니라오.

그 어떤 도시도, 친구 중 누구도

고통 중 가장 무서운 것을   655

겪고 있는 당신을 불쌍히 여기지 않았으니 말이오.

누구든 친구를 존중하여 마음의 자물쇠를

깨끗하게 열어줄 뜻이 없는 자는   660

아무 호의도 받지 못한 채 파멸해 버리길! 하지만 내게는

결코 그런 친구가 있지 않기를!

아이게우스   평안하시오, 메데이아여! 친구에게 건네기에

　　　　　　이보다 나은 첫마디는 없으니 말이오.

메데이아   아, 그대도 평안하시길, 현명한 판디온의 아들   665

　　　　　　아이게우스여! 그대는 어디로부터 이 땅의 들판으로 향하셨나요?

아이게우스   포이보스의 오래된 신탁소를 떠나오는 길이오.

메데이아   그런데 무엇 때문에 그대는 신탁 주는 대지의 배꼽을 찾아갔나요?

아이게우스   어떻게 하면 자녀라는 씨앗이 내게 생길지 묻기 위해서였소.

메데이아   신들의 이름으로 묻건대, 그대는 이날까지 쭉 자식 없이

　　　　　　살아오셨나요?   670

52

아이게우스 내가 자식이 없는 건 어떤 신이 보낸 운명 때문이오.

메데이아 부인이 있는데도 그런 건가요, 아니면 결혼을 겪지 않으신 건가요?

아이게우스 나는 혼인 침상으로 묶이지 않은 게 아니라오.

메데이아 그러면 포이보스께서는 자식에 대해 뭐라고 하시던가요?

아이게우스 인간이 추측할 수 있는 것 이상의 현명한 말씀이셨소. 675

메데이아 그러면 그 신의 신탁을 제가 알아도 되나요?

아이게우스 물론이오, 이 일에는 정말로 지혜로운 정신이 필요하니.

메데이아 그러면 대체 어떤 신탁이 내렸나요? 들어도 되는 것이라면 말씀해
주세요.

아이게우스 나더러 앞질러서 자루 주둥이를 풀지 말라 하셨소.

메데이아 어떤 일을 하기 전에, 아니면 어떤 땅에 도착하기 전에 말인가요?

680

아이게우스 내가 다시 조상 전래의 화덕으로 돌아가기 전에요.

메데이아 그러면 당신은 무엇을 바라서 이 땅으로 배 타고 왔나요?

아이게우스 핏테우스라는 분이 있소, 트로이젠 땅의 왕이지요.

메데이아 사람들이 말하길, 그분은 펠롭스의 아들로 매우 경건한
분이라더군요.

아이게우스 나는 신의 가르침에 대해 그분과 의논하려는 거요. 685

메데이아 그분은 정말로 현명하고 이런 일에 능통해 있지요.

아이게우스 게다가 그는 전우들 중 나와 가장 친한 이라오.

메데이아 그럼, 행운을 누리시길, 그리고 당신이 바라는 것들을 얻으시길!

아이게우스   그런데 왜 당신의 얼굴과 몸이 이렇게 수척해졌소?

메데이아   아이게우스여, 저는 모든 사람 가운데 최악의 남편을 가졌답니다.

690

아이게우스   무슨 말이오? 당신의 슬픔을 내게 소상히 밝혀보시오.

메데이아   이아손이 제게 부당한 짓을 했습니다, 제게서 아무 해도 입지
           않았으면서.

아이게우스   그가 무슨 짓을 했소, 내게 더 자세히 말해 보시오.

메데이아   내 위에 집안 주인 될 여자를 얹어놓았습니다.

아이게우스   그건 정말 수치스럽기 그지없는 짓을 감행한 것 아니오?   695

메데이아   잘 아시는군요. 그래서 이전에 친구였던 나는 명예를 잃고
           말았어요.

아이게우스   그는 사랑에 빠진 거요, 아니면 당신의 결혼 침상이 싫어진 거요?

메데이아   정말 대단한 사랑에 빠졌죠. 그는 친구들에게 신의 없는
           인간이어요.

아이게우스   그러면 그냥 두시오, 그가 당신 말대로 사악한 인간이라면.

메데이아   그는 지배자들에게서 이익 얻기를 사랑한 거지요.   700

아이게우스   한데 누가 그에게 딸을 주었소? 얘기를 완결해 주시오.

메데이아   크레온이요, 그는 이곳 코린토스 땅을 다스리고 있지요.

아이게우스   그러면 당신이 고통스러워하는 것도 이해가 되네요, 여자여.

메데이아   저는 끝장났어요. 게다가 이 땅에서 쫓겨나는 참이어요.

아이게우스   누가 쫓아내는 거요? 당신이 말한 이것은 새로운 재앙이구려.   705

| 메데이아 | 크레온이 저를 코린토스 땅에서 추방하여 몰아내려 해요. |
| 아이게우스 | 그런데 이아손이 그걸 허락한답니까? 나는 이것도 찬성할 수 없소. |

메데이아	말로는 아니라고 하지만, 그냥 용인하고 넘어가려 합니다.
	그런데, 저는 당신께 나아가 수염과
	무릎을 잡습니다, 당신 앞에 탄원자가 됩니다. 710
	불운한 저를 불쌍히, 불쌍히 여겨주세요.
	외롭게 추방되는 저를 그냥 두고 보지 마시고,
	당신의 땅과 집에 속한 사람으로 받아주세요.
	그렇게 해서, 신들의 은혜로 자식에 대한 당신의 열망이
	성취되기를, 그리고 당신 자신이 행복하게 삶을 마치기를! 715
	당신은 지금 얼마나 대단한 걸 얻었는지 모르고 계세요.
	저는 당신으로 하여금, 아이 없는 상태를 벗어나고
	씨 뿌려 자식을 낳게끔 만들어드리겠어요. 그런 약을 알고 있어요.

아이게우스	여러 이유로 해서 그러한 호의를 그대에게 보낼 마음이,
	여자여, 내게 일어나고 있소, 우선 신들 때문에, 720
	그리고 그대가 태어나게 해준다고 약속하는바 자식들 때문에.
	── 이 일에 대해 나는 전혀 아무 방도도 없기 때문이오.
	그런데 나의 상황은 이러하오. 당신이 일단 내 땅으로 오면,
	나는 정당하게 당신을 영접하고자 노력하겠소.

[이것만큼은 당신에게 약조하오, 여자여.   725

이 땅으로부터 당신을 이끌어 데려가지는 않으려 하오.

하지만 일단 당신 자신이 내 집 안으로 들어오면,

당신은 안전하게 머물 것이고, 나는 당신을 누구에게도 넘기지

않겠소.]¹²

이 땅으로부터는 당신이 직접 발걸음을 옮기시오.

나는 이방 친구들에게도 나무랄 데 없는 사람이고 싶소.¹³   730

메데이아   그렇게 될 것입니다. 그런데 이 일들에 대한 신표가

제게 주어진다면, 저는 당신에게서 모든 것을 제대로 얻은 게 될

텐데요.

아이게우스   믿지 못하는 게요? 그게 아니라면, 당신 마음에 걸리는 게 뭐요?

메데이아   믿어요. 하지만 펠리아스의 집안이 나를 적대하고,

크레온도 그렇지요. 하지만 이런 맹세로 묶인다면   735

---

12   이 부분에서 내용이 중복되기 때문에, 많은 학자들이 몇 행을 지우자고
      제안하고(723~724행을 지우자는 의견, 725~726행을 지우자는 의견, 725~728행을 지우자는 의견
      등), 일부 행의 순서를 바꾸자는 의견도 있다. 이 번역에서는 내용을 삭제하거나 행의
      순서를 바꾸지 않고, 중복되는 내용을 [ ]로 묶어서 표시한다.
13   자신이 직접 메데이아를 데리고 가면, 이 땅 통치자들의 권리를 침해하는 게 되리라는
      뜻이다.

당신은 그들이 나를 땅에서 끌어내려 할 때 넘겨줄 수가 없지요.

반면에 말로만 동의하고 신들께 맹세하지 않았다면

당신은 저들의 친구가 되고 외교적인 전언에

금방 양보하고 말 거여요. 내 형편은 열악한데,

저들에게는 부와 권력 있는 가문이 있으니까요.　　　　740

아이게우스　당신은 그 말 속에 조심성을 많이도 드러내 보이는구려.

하지만 당신이 그렇게 생각한다면, 나도 그걸 행하는 데서

비켜서지 않겠소.

그게 내게도 더 안전하니 말이오,

나도 핑곗거리가 있음을 당신의 적들에게 보여줄 수 있으니.

자, 당신의 몫이 분명히 확정되었소. 맹세하고자 하는 신들 이름을

대시오.　　　　745

메데이아　　땅의 들판과 내 아버지의 아버지인 태양에

맹세하고, 거기에 모든 신들의 종족을 덧붙이세요.

아이게우스　뭘 하겠다고 할지, 아니면 뭘 안 하겠다고 할지, 말하시오.

메데이아　　당신 스스로 당신의 땅에서 나를 결코 내쫓지 않을 것이며,

나의 적들 중 누군가가 나를 끌고 가려고 할 때,　　　　750

당신이 살아 있으면서도 자발적으로 넘겨주지는 않겠다는 거요.

아이게우스   맹세하오, 땅과 태양의 밝은 빛과
            모든 신들의 이름으로, 당신에게서 들은 대로 지키겠노라고.

메데이아   됐어요. 그런데 이 맹세를 지키지 않으면 어떤 일을 당할 건가요?
아이게우스   인간 중 불경스러운 자들에게 생기는 일들을 당하겠소.   755

메데이아   평안히 가세요. 모든 게 잘되었으니까요.
            저도 되도록 빨리 당신의 도시로 갈게요,
            내가 계획하는 일들을 실행하고, 내가 원하는 것들을 만난 후에.

코로스   그대를, 왕이신 호송자, 마이아의 아드님[14]께서
            집까지 안내하시길! 그리고 당신이 계획을 품고   760
            이루려 애쓰시는 일들을 성취하시길! 당신은
            내게 고귀한 인간으로
            보이셨으니, 아이게우스여!
            (아이게우스 퇴장)

---

14   헤르메스. 여기서 '왕'은 신들을 높이는 존칭이다.

메데이아 오, 제우스시여, 제우스의 정의여, 태양의 빛이여!

이제 우리는, 친구들이여, 나의 적들을 멋지게   765

이길 거여요. 우리는 이제 제대로 된 길로 들어섰어요.

이제 나의 적들이 정의로운 대가를 치르리라는 희망이 생겼어요.

내가 계획을 짜면서 가장 고심하는 순간에

이 사람이 대피할 항구가 되어 나타났으니까요.

나는 그에게 배의 고물 밧줄을 묶을 거여요,   770

팔라스 여신의 도시[15]와 요새로 가서.

그럼, 이제 당신에게 내 모든 계획을

밝히겠어요. 그러니 얘기를 들으세요, 즐겁지 않겠지만.

나는 집안 하인 중 하나를 이아손에게 보내어

나를 보러 오도록 청하겠어요.   775

그가 오면 부드럽게 말할 거여요,

다른 일들은 모두 찬성한다고, 다 좋다고요,

그가 우리를 버리고 지배자들과 혼인한 것은[16]

아주 득이 되는 일이며 잘 생각한 거라고.

하지만 내 아이들은 여기 머물게 해달라고 간청할 거여요,   780

---

15 아테나이.

16 777행과 778행(또는 778~779행)은 사실상 같은 내용이어서, 학자들 사이에 둘 중 어느
   쪽을 지울 것인지 논의가 있다. 하지만 보통의 독자가 보기에 같은 내용이 두 번 나오는
   것도 나쁘지 않을 듯해서 여기서는 그냥 두었다.

[적들이 내 아이들을 오만하게 학대하도록][17]

적대적인 땅에 그들을 남기고 가려는 게 아니라,

왕의 딸을 죽이기 위한 계략이지요.

나는 그 아이들의 손에 선물을 들려 보낼 겁니다,

[신부에게 가져가도록, 이 땅에서 추방하지 말아달라고,]   785

곱게 짠 옷과 황금으로 만든 관(冠)을요.

일단 그녀가 그 장식을 받아서 몸에 두르면

비참하게 스러질 거예요, 이 처녀에게 손을 대는 사람도 모두.

내가 그 선물에 그런 약을 칠해둘 테니까요.

이쯤에서 얘기를 그치지만,   790

나는 괴로워요. 내가 그다음에 얼마나 끔찍한 짓을

저질러야 하는지. 나는 내 아이들을

죽일 생각이니까. 누구도 그들을 내게서 빼앗을 수 없지요.

이아손의 온 가문을 완전히 엎어버리고

이 땅을 떠날 거예요, 가장 사랑하는 아이들을 죽인 죄를   795

피하여, 가장 불경스러운 짓을 감행한 후에.

적들에게 비웃음당하는 건 견딜 수 없으니까요, 친구들이여.

[내버려두세요. 사는 게 내게 무슨 이득이겠어요? 내게는 조국도

없고,

---

17 이 구절(희랍어 원문으로는 782행)은 후대의 누군가가 설명으로 넣은 것으로 보고,
삭제하려는 학자가 많다.

집도 없고, 재난을 피해 달아날 곳도 없어요.]
잘못은 이미 그때 저질렀던 거여요, 아버지 집을 버리고   800
떠나왔을 때. 나는 저 헬라스 인간의 언설에
넘어갔었지. 그는 이제 신의 뜻에 따라 내게 죗값을 치를 겁니다.
그는 내게서 난 아이들을 다시는 산 채로
보지 못할 것이고, 새로 결합한 신부에게서
아이를 낳지도 못할 거여요, 그 못된 것이 내가 보낸 독에   805
처참하게 죽을 테니, 필연적으로.
누구도 나를 하찮게, 약하게 여기지 못하도록 하겠어,
그리고 유순한 여자로도! 오히려 그 반대의 기질을 가졌다고,
적들에게는 가혹하고 친구들에게는 친절한 여자임을 알게 하라!
이러한 사람들의 삶이 가장 이름 높은 법이니.   810

코로스   그대가 우리에게 이 얘기를 나눠주었으니 하는 말인데,
나는 그대를 돕고 싶지만, 또 인간들의 법도
지키고 싶으니, 당신이 그것을 실행하는 데 반대합니다.

메데이아   다른 길은 없어요. 물론 당신이 그렇게 말하는 건
이해가 됩니다, 당신은 나 같은 불행을 겪어보진 않았으니까.   815

코로스   하지만 당신은 자신의 씨앗들을 감히 죽일 건가요, 여자여?

메데이아	그래야 내 남편이 최고로 괴로울 테니까요.
코로스	하지만 그러면 당신 역시 가장 불행한 여자가 될 거여요.

메데이아	그러라지요. 중간에 놓인 생각들은 모두 부차적인 거여요.
	자, 됐어요. (유모에게) 가서, 이아손을 불러오세요, 820
	나는 모든 일에 있어 당신을 가장 신뢰한답니다.
	하지만 내가 밝힌 것들을 결코 발설하지 마세요,
	당신이 여주인에게 호의를 지녔고, 또 여자라면 말이지요.
	(유모 퇴장)

코로스	(좌1)
	에렉테우스[18]의 자손들은 예부터 행복하구나,
	축복받은 신들의 자녀들, 신성하고 825
	정복당한 적 없는 땅에서 태어나, 명성 높은
	지혜로 양육된 이들, 그들은 늘 밝디밝은
	창공의 대기 속을 가벼이 돌아다닌다, 사람들이 말하길 830
	거기서 언젠가 피에리아의 신성한 아홉 무사 여신이
	금발의 하르모니아를 심어 키웠다는[19] 그곳에서.

18 아테나이 초기의 왕.
19 희랍어 문법상, 주어와 목적어를 바꾸어 '하르모니아가 무사 여신들을 거기서
    낳았다는'으로 옮길 수도 있다. 하지만 피에리아(올륌포스산의 북쪽 기슭)는 대개 무사

(우1)

그리고 아름답게 흘러나오는 케피소스[20]의 원천에서　　　　835

퀴프리스가 물을 긷는다고 사람들은 말하지요,

그 땅 위로 부드럽고 달콤한 향내 품은 바람결을

불어 보낸다고, 그녀의 머리 타래 위에 언제나　　　　840

향기로운 장미 화관을 얹어 쓴 채로,

지혜의 여신 주위에 앉아 도움을 주도록 에로스들을,

온갖 덕들의 협력자들을 보내준다고.　　　　845

(좌2)

그러니 어떻게 신성한 강들의

도시가, 친구들을

늘 보호하는 그 장소가

아이들을 살해한 당신을 받아주겠어요,

한집 안에 있기에 신성치 않은 여자를?　　　　850

아이들을 치는 건 다시 생각하세요,

그대가 어떤 피를 흘리려는 것인지 다시 생각하세요.

여신들의 탄생지로 알려져 있으니, 여기서 일단 '피에리아의'라는 수식어가 붙은 이상,
무사 여신들을 주어로 보는 게 옳겠다.

20　　아테나이 곁으로 흐르는 강.

부디, 우리 모두는 당신의 무릎에 매달려
전심으로 애원합니다,
아이들을 죽이지 말라고.   855

(우2)
대체 어디서 당신 마음속의,
그리고 손과 가슴의 대담함을 얻었기에
자신에게서 난 아이들을 향해
무시무시한 용기를 끌어내고 있나요?
당신은 어떻게 아이들에게   860
눈길을 던지며, 눈물도 없이 죽음의
운명을 부여하겠다는 건가요?
대담한 마음으로 견뎌내지 못할 거여요,
아이들이 쓰러져 애원하며
당신 손을 잡아 피로 물들일 때면.   865

(이아손 등장)

이아손   부름을 받아서 왔소. 당신이 적의를 품고 있더라도

이것이 호의임을 모르지는 않을 것이오. 그건 그렇고 내

들어보리다,

어떤 새로운 것을 내게서 얻고자 하는지, 여자여.

메데이아	이아손이여, 전에 제가 했던 말들은 용서하세요.

이아손이여, 전에 제가 했던 말들은 용서하세요.
당신은 저의 분노를 참아주시는 게   870
옳아요, 우리 사이에 그토록 큰 사랑이 이루어졌었으니.
저는 그사이에 제 자신과 대화를 했고,
스스로를 꾸짖었어요. '이상한 것아, 왜 광기에 사로잡혀,
제대로 생각하는 이들에게 악의를 품고 있을까?
그래서 이 땅의 통치자들에게 적이 되고 말았구나,   875
그리고 남편에게도? 그는 우리에게 가장 유익한 일을 하려는
것인데,
지배자와 혼인하여 내 아이들에게 형제를
낳아줌으로써. 분노로부터 헤어나지 않으련?
내가 왜 이런 나쁜 일을 겪고 있단 말이냐, 신들께서 좋은 걸
주셨는데도?
내게는 돌볼 아이들이 있지 않느냐? 그리고 우리가 이 땅에서   880
추방된다는 것도, 친구가 없다는 것도 잘 알지 않느냐?'
이런 것을 생각하면서, 내가 전혀 무계획했음을,
공연히 분노했음을 깨달았어요.
이제 저는 찬성해요, 당신이 우리를 위해 이 결혼 관계를
이룬 것이 현명해 보여요, 반면에 저는 어리석었죠.   885
제가 이 계획에 동참해서는 함께 애쓰고

당신 신부의 침상 곁에 서서
시중을 들면서 즐거워했어야 했는데 말이죠.
하지만 저는 여자들이 그렇듯이 — '열등하다'고까지 말하진
않겠어요. —
그렇게 생겨먹었죠. 그러니 당신은 열등한 자들과 같아지면 안
돼요,   890
어리석은 말에 어리석은 말로 되갚아도 안 되고요.
저는 인정하고 시인해요, 그때 제가 어리석게
생각했다는 것을. 하지만 지금은 이 일에 대해 더 낫게 생각하고
있어요.
(아이들에게) 오, 얘들아, 얘들아, 이리 오너라, 집을 떠나
밖으로 나오거라, 즐거워하며 나와 함께   895
아버지에게 인사하거라. 엄마와 더불어
이전의 미움을 바꾸어 친구가 되거라.
우리는 화해를 이루었고, 앙심은 물러났으니까.
오른손을 잡아라. 아아, 불행이여!
숨어 있는 어떤 것이 자꾸 마음에 떠오르는구나!   900
오, 얘들아, 이제 이렇게 앞으로도 오랫동안 살아서
사랑스러운 팔을 내밀 거지? 불행한 나여!
나는 너무나 쉽게 눈물이 나는구나, 두려움으로 그득하고.
오랜 시간 뒤에 아버지와 다툼을 그쳤는데도

이 부드러운 눈을 눈물로 가득 채우고 있네!　905

코로스　내 눈에도 희뿌옇게 눈물이 차오르네요.
지금보다 더 큰 불행은 다가오지 않았으면!

이아손　나는 이것을 칭찬하오, 여자여! 하지만 지난 일도 비난하진 않겠소.
여자라는 종족이 분노하는 것은 당연하기 때문이오,
남편이 다른 결혼을 따로 협상하고 있는 경우라면 말이오.　910
하지만 이제 당신의 마음은 더 나은 쪽으로 돌아섰소,
늦게나마 더 좋은 계획이 어떤 것인지
알고서. 현명한 여자가 할 일은 이런 것이오.
(아이들을 향해) 그런데 얘들아, 너희를 위해 아버지가 어리석지 않게
많은 구원의 방책을 마련해 두었단다, 신들의 도움으로.　915
내 생각에 너희는 이 코린토스 땅에서
너희 형제들과 더불어 으뜸인 자가 될 테니까 말이다.
하지만 우선 성장하거라. 다른 것은 아버지가
다 준비할 것이고, 신들 중 호의를 지닌 어떤 분이 도우시리라.
너희가 잘 자라서 젊음의 완성에 도달한 것을,　920
내 적들을 훨씬 뛰어넘는 사람이 된 것을 보게 되기를!
(메데이아를 향해) 당신은 왜 창백한 눈물로 눈동자를 적시며
흰 뺨을 뒤로 돌리고 있는 게요,

나의 이 말들을 기쁘게 받지 않고?

메데이아 아무것도 아니어요. 그저 이 아이들이 걱정되어서요. 925

이아손 이제 힘을 내시오. 얘들에 대해서는 내가 잘 알아서 처리할 터이니.

메데이아 그럴게요. 당신의 말을 불신하지 않겠어요.
하지만 여자라는 종족은 눈물이 많기 마련입니다.

이아손 왜 그리 이 아이들에 대해 지나치게 탄식하는 거요?

메데이아 제가 이들을 낳았으니까요. 당신이, 아이들이 잘 살기를 기원했을
때, 930
정말 그렇게 될까 싶어 불쌍한 마음이 들었어요.
어쨌든 당신이 들으려고 온 내 얘기 중
일부는 전달되었으니, 다른 것을 얘기할게요.
이 땅의 통치자들이 보기에 나를 떠나보내는 게 낫다고 하니,
— 제가 보기에도 그게 제일 나아요, 저도 잘 알고 있어요, 935
당신에게도, 이 땅의 지배자들이 여기 사는 데도 방해가
되지 않는 게. 저는 그들 가문에 앙심을 품은 걸로 보이니
말이죠. —
저는 추방자로서 이 땅에서 닻을 올리고 떠나겠어요.

하지만 아이들은 당신 손에 클 수 있도록
크레온에게 부탁해 주세요, 이 땅에서 추방되지 않도록.   940

이아손   설득할 수 있을지 잘 모르겠소. 하지만 그래도 시도는 해봐야겠지.

메데이아   그게 아니라면, 당신이 그녀에게 시키세요, 자기 아버지에게
          청하도록,
          당신 부인에게, 아이들이 이 땅에서 추방되지 않게끔.

이아손   그럽시다. 내 그녀는 설득할 수 있을 것 같소,
          그녀도 여느 여자 중 하나라면 말이오.[21]   945

메데이아   이 과업을 위해 저도 당신과 협력하겠어요.
          저는 그녀에게 선물을 보내겠어요, 요즘 사람들 사이에 있는 것에
          비해
          ── 이건 제가 잘 알아요. ── 월등하게 아름답다 여겨질 만한 것을,
          [곱게 짠 의상과 황금으로 만든 관을]

---

21 이 구절은 메데이아에게 배당하는 학자도 있다. 그렇게 되면, 메데이아 자신도 이아손에게
       넘어갔듯이 새 아내 역시 넘어가리라는 냉소적인 함축이 들어간다. 반면에 이 발언이
       이아손의 것이라면, 자주 여자들을 설득하는 데 성공해 온 이 미남 영웅의 자신감 표현이
       된다.

아이들이 가져가도록. (하녀들을 향해) 이제 하녀 중 누군가가 950
얼른 가서 그 장식물들을 가져와야겠다.

(하녀 하나가 집으로 들어간다.)

그러면 그녀는 하나뿐 아니라, 아주 많은 점에서 행복하다고
칭송받을 거여요,

당신같이 뛰어난 남자의 배우자가 되어서는

옛날 내 아버지의 아버지인 태양신께서 자기 자손들에게

주신 선물을 소유하고 있으니 말이죠.   955

(하녀가 가져온 선물을 건네며) 애들아, 이 결혼 선물을 손에
받아라,

그리고 통치자 댁 저 행복한 신부에게 가져다

건네드려라. 그녀는 결코 비난할 수 없는 선물을 받게 되리라.

이아손   오, 쓸데없는 짓이구려. 왜 이것들을 당신 손에서 떠나보내시오?

왕가에 의복이 부족하리라 생각하시오?   960

금이 부족하다고 여기시오? 그냥 지니시오, 그걸 넘겨주지 말고.

아내가 나를 조금이라도 가치 있다고

여긴다면, 나를 재물보다 앞세울 것이오, 내 잘 알고 있소.

메데이아 그런 말 마세요. 선물은 신들도 설득한다는 말이 있어요.

인간들에게도 황금은 무수한 말보다 강력하지요.   965

행운의 신은 그녀의 편입니다, 지금 신께서 그녀의 몫을 키워주고

계세요.

그녀는 젊고, 지배자예요. 하지만 내 아이들의 추방을 면하는

일이라면

내 목숨이라도 바쳐 바꾸겠어요, 황금뿐 아니라.

(아이들을 향해) 어쨌든 얘들아, 저 풍요한 집으로 들어가서는

아버지의 새 아내, 나의 여주인께　　　　　　　　　　　　970

탄원하거라, 이 땅에서 추방하지 말아달라고 간청하거라,

선물을 바치면서. 꼭 이렇게 해야만 한단다,

그녀가 직접 손에 이 선물들을 받도록.

얼른 가거라. 일을 잘 처리하고서, 엄마에게,

엄마가 얻기를 간절히 원하는 소식을 가져오는 좋은 전달자가

되어라.　　　　　　　　　　　　　　　　　　　　　975

(아이들이 아빠와 함께 나간다.)

코로스　　(좌1)

내가 보니, 이제 아이들이 살 희망은 전혀 없구나,

전혀. 이미 죽음을 향해 걸어가고 있으니.

받으리라, 신부는, 황금으로 된 머리 장식을,

받으리라, 불행한 그녀는, 재앙을.

그녀는 금발 머릿결을 둘러 하데스의 머리 장식을　　　　980

올려놓으리라, 자신의 두 손으로 직접.

(우-1)

설득하리라, 우아함과 불멸의 광채가, 그 의상과

황금으로 만든 관(冠)을 두르도록.

그러면 그녀는 곧장 저승의 존재들 사이에서 신부의 치장을 하고

있으리라.   985

그러한 울타리 속으로 그녀는 빠져들리라,

그리고 죽음의 운명 속으로, 불행한 그녀는. 재앙으로부터

빠져나와 도망치지 못하리라.

(좌-2)

반면에 그대는, 오 불쌍한 이, 잘못 결혼한 왕가의 사위여,   990

알지 못한 채 아이들에게

삶의 파멸을 가져다주었고, 당신의

아내에게는 혐오스런 죽음을 안겼구나.

불행한 자여, 그대는 어떤 행운을 지나쳐버렸던가!   995

(우-2)

또한 당신의 고통을 함께 슬퍼하노라, 오 불행한 여자,

아이들의 어미여, 당신은 그 아이들을

결혼의 침상 때문에 죽이겠구나,

남편이 불법적으로 당신을 버리고서   1000

다른 잠자리 동반자와 함께 산다는 그것 때문에.

(가정교사가 아이들을 데리고 들어온다.)

가정교사   여주인이시여, 이 아이들은 추방을 면했습니다.

그리고 그 선물은 왕가의 신부께서 기뻐하며 두 손으로

받으셨습니다. 그쪽 일에 관한 한, 아이들에게 평화가

찾아왔습니다.

아니!

운이 좋게 풀렸는데, 왜 정신이 나가서 서 계십니까?   1005

[왜 그대의 뺨을 뒤로 돌린 채

저의 이 말씀을 기뻐하며 받지 않으십니까?]

메데이아   아아, 아아!

가정교사   이 소식에 그러시는 걸 저는 이해하지 못하겠습니다.

메데이아   아아, 진실로 또 한 번!

가정교사   제가 뭔가 불행을 전하면서도

잘못 알고서, 좋은 소식을 전한다고 착각한 건가요?   1010

메데이아   73

메데이아	당신은 전할 것을 전했소. 그대를 탓하는 게 아니오.
가정교사	그러면 왜 눈길을 아래로 던지고, 눈물을 흘리시나요?

메데이아	정말로 그래야만 하기 때문이오, 노인이여. 이 일을 신들과
	내가, 잘못 궁리하고서 꾸며냈기 때문입니다.

가정교사	힘을 내십시오. 당신도 언젠가 아이들 덕에 귀국하실 겁니다. 1015
메데이아	그 전에 불행한 내가 다른 이들을 데려갈 것이오.

가정교사	그대만이 그대의 아이들과 헤어지게 되는 건 아닙니다.
	필멸의 인간들은 재난을 가볍게 여기고 견뎌야 합니다.

메데이아	그럴게요. 당신은 집 안으로 들어가서
	날마다 아이들에게 해줘야 하는 것을 갖춰주세요. 1020
	(아이들에게) 오 애들아, 애들아, 너희 둘에게는 이제 도시와
	집이 있단다, 너희가 불쌍한 나를 떠나서
	영원히 엄마 없이 살게 될 집이.
	나는 추방자가 되어 다른 땅으로 갈 거란다,
	너희 둘에게서 즐거움을 얻고, 너희가 행복해지는 것을 보기 전에,

1025

결혼의 목욕물과 신부와, 결혼

침상을 장식하고 혼인 횃불을 들기도 전에!

아, 나 자신의 고집 때문에 불행한 여자여!

정말 헛되이 너희를, 오 얘들아, 키워냈구나,

헛되이 애쓰고 고역에 몸이 부서졌구나,   1030

출산의 끔찍한 고통을 견디며.

사실 전에 이 불쌍한 엄마는 너희에게

큰 희망을 가졌었단다, 늙은 나를 너희가 봉양하고,

죽은 뒤에는 너희 손으로 잘 장례 치르리라고,

사람들 보기에 부럽도록. 그러나 이제 달콤한 희망은   1035

깨져버렸구나. 나는 이제 너희 둘을 빼앗기고서

슬프고 고통스러운 삶을 살겠구나.

너희는 엄마를 다시는 사랑스러운 눈으로

보지 못하리라, 다른 삶의 방식으로 옮겨 가서.

아아, 아아, 왜 눈으로 나를 마주 보느냐, 얘들아?   1040

왜 너희는 마주 웃는 것이냐, 마지막 웃음을?

아아, 어떻게 할까? 용기가 떠나버리네,

여인들이여, 내가 아이들의 빛나는 눈을 볼 때면.

나는 못 할 것 같소. 이전의 계획들은

사라져라! 나는 내 아이들을 이 땅에서 이끌고 나가리라.   1045

왜, 아이들의 불행으로 얘들 아버지에게 고통을 주려다가

나 자신이 그 두 배의 불행을 얻어야 한단 말인가!

나는 절대 그러지 않겠다. 사라져라, 계획이여!

하지만 내가 지금 어떤 일을 겪고 있지? 나는, 내 적들을

벌주지 않고 놓아줌으로써 웃음을 빚지려는 것인가?   1050

이 일을 감행해야만 해. 꺼져라, 나의 나약함이여,

그리고 마음에 유약한 논리를 부여하는 것이여!

(아이들을 향해) 집 안으로 들어가거라, 얘들아. (아이들이

들어간다.) 누구든

나의 제사에 참여할 자격 없는 자는

곁에 있지 않도록 유의하라! 나는 손을 더럽히지 않으리라.   1055

[아아,

나의 가슴아, 절대로, 너는 절대로 이 일을 행하지 마라.

그들을 놓아주어라, 오 비정한 것아! 아이들을 살려두어라!

저기서 우리와 함께 살면서 그들은 너를 기쁘게 할 것이다.[22]

아니, 하데스 곁 저승의 복수자들에 맹세코,

내가 적들에게 나의 아이들을, 학대하도록   1060

넘겨주는 일은 결코 있지 않으리라!

[절대적으로 그들은 죽을 수밖에 없어. 하지만 그래야만 한다면,

그들을 낳은 내가 죽이리라.][23]

---

22 텍스트를 조금 바꾸어, '우리와 함께가 아니라도, 그들이 살아 있다면 너를 기쁘게 할
것이다.'로 읽자는 제안도 있다.

이 일은 벌써 완전히 이루어졌고, 그녀는 피해 빠져나오지 못할

것이다.

진정코 머리 위에는 관(冠)이 얹혔고, 왕가의 신부는   1065

의상을 입은 채 죽어가고 있어, 나는 분명히 알아.

하지만, 나는 가장 불행한 길을 가게 될 것이고,

이들은 더 불행한 길로 보낼 것이니,

아이들과 작별의 말을 나누고 싶구나. (아이들이 집에서 나오자) 오,

얘들아,

오른손을 다오, 이리 다오, 엄마가 입 맞추도록.   1070

오, 사랑스럽기 그지없는 손, 더없이 사랑스러운 입,

내 아기들의 고상한 자태와 용모!

행복하게 잘 살아라, 하지만 저곳에서! 이곳의 행복은

너희 아버지가 앗아가버렸구나. 오 달콤한 포옹,

오 부드러운 피부, 그리고 아기들의 다디단 숨결!   1075

가거라, 가거라. 나는 더 이상 너희를 들여다볼

수가 없구나, 불행에 밀리고 마는구나. (아이들이 집으로 들어간다.)

나는 내가 어떤 악행을 저지르려는지 알고 있다만,

감정은 나의 숙고보다 더 강력하니,

---

23 이와 똑같은 내용이 1240~1241행에도 나오는데, 이 내용은 여기보다는 뒤의 문맥에 더
잘 맞기 때문에 (둘 중 하나를 꼭 지워야 한다면) 아무래도 이곳의 두 행을 지우는 게 옳아
보인다.

이것은 인간들에게 모든 불행의 원인이로다.]²⁴   1080

코로스   이미 나는 여러 번, 여성의 종족이
        탐구해야 하는 것 이상으로 정교한
        논리들을 겪었고, 그 이상으로 큰 다툼
        가까이까지 다가갔도다.
        하지만 우리에게도, 지혜를 잘 아시는 분,   1085
        무사 여신이 계시니,
        ── 물론 모든 여자에게는 아니고, 그런 부류가 적지만,
        (어쩌면 다수 중에서 그대는 오직 한 여자나 발견할지도
        모르지만) ──
        여자가 무사와 무관한 종족은 아니로다.
        그리고 내 선언하노라, 인간 중 자식을 전혀   1090
        겪어보지 않고, 자식을 낳은 적도 없는 사람이
        자식을 낳은 이들보다 행복에 있어
        월등하다는 것을.
        자식 없는 사람은, 아이들이 인간들 사이에서
        달콤한 존재가 되는 일도, 골칫거리가 되는 일도   1095

---

24 이 부분에서 여러 구절이 학자들의 의심을 사서, 삭제 제안들이 나왔는데, 여기 표시한
것은 가장 광범위한 삭제를 주장하는 옥스포드 판을 따랐다. 그 밖에 의심받는 구절들은,
1062~1063행, 1064행, 1068행 등이다.

겪지 않으므로, 그 무경험으로 하여
많은 고통에서 벗어나 있도다.

반면에 집안에 아이들의
달콤한 시선이 있는 자는, 내가 보기에, 내내
걱정으로 괴로움을 당하는구나,   1100
우선은 어떻게 해야 아이들을 잘 길러낼지,
그리고 어찌해야 아이들에게 재산을 물려줄지.
또한 다음으로, 자기가 애쓰는 것이
하찮은 인간을 길러내기 위해서인지,
훌륭한 사람을 길러내려는 것인지도 명확치 않도다.
거기에 이제 모든 필멸의 인간들을 위한   1105
모든 것 가운데 마지막 불행 하나를 내 이르리라.
설사 그들이 충분한 재산을 얻는다 하더라도,
그리고 아이들의 신체가 청춘에 도달한다 하더라도,
그리고 유용한 인간이 되었다 하더라도, 만일 어떤 신이
이렇게 만든다면, 죽음이 아이들의 몸을   1110
때 이르게 데리고서 하데스로 가버린다면.
그러면 무슨 이득이 될 것인가, 다른 것에 덧붙여서
더없이 괴로운 이 고통을
아이들로 인하여
필멸의 존재들에게 신들이 보낸다면?   1115

메데이아 친구들이여, 나는 벌써 오랫동안 운명을 기다리며,
        저쪽 일이 어떤 식으로 다가오는지 고개를 멀리 뽑아 기다렸어요.
        그런데 이제 저기 이아손의 수하 중 하나가
        달려오는 게 보이네요. 헐떡이는 숨결이
        뭔가 새로운 재난을 전하려는 뜻을 드러내주네요.   1120

전령   [오, 불법적으로 무서운 일을 저지른 여인이여!]
        메데이아여, 도망치시오, 도망치시오, 물 위의 탈것이건
        땅 위로 달리는 마차건 가리지 말고!

메데이아 대체 그렇게 도망칠 만한 무슨 일이 내게 일어났소?

전령   방금 죽었소, 왕가의 처녀가,   1125
        그리고 그녀를 낳은 크레온이, 당신의 독 때문에.

메데이아 아주 좋은 얘기를 해주는군요, 이제 앞으로 당신은
        내 은인, 내 친구 중 하나가 될 것이오.

전령   무슨 소리를 하는 게요? 제정신이오, 아니면 미쳤소, 여인이여?
        지배자들의 화덕에 재앙을 안겨놓고는,   1130

그런 일을 듣고 두려워하기는커녕 기뻐하다니?

메데이아   나도 당신 말을 반박하는 얘기를

할 수는 있다오. 하지만 친구여, 아끼지 말고

얘기해 주시오, 그들이 어떻게 파멸했는지. 그들이 정말 비참하게

죽었다면, 당신은 나를 두 배나 더 기쁘게 해줄 것이오.   1135

전령   당신의 자식들인 두 아이가 아버지와 함께

나와서, 신부의 집으로 들어갈 때,

당신의 불행 때문에 슬퍼하고 있던 우리 하인들은

기뻐했습니다. 그리고 곧 여러 이야기가 귀에서 귀로 옮겨 갔지요,

당신과 당신 남편이 이전의 불화를 그치고 화해했다고요.   1140

그래서 어떤 이는 아이들의 손에, 어떤 이는 금발 머리에

입을 맞췄지요. 저 자신도 기뻐서

아이들과 함께 여인들의 건물로 따라 들어갔습니다.

한데, 우리가 지금 당신 대신 존경하며 섬기는 여주인은

당신의 아이들 한 쌍을 보기 전까지는   1145

이아손님께 다정한 눈길을 보내고 있었죠.

그렇지만 곧 눈을 가리고

흰 뺨을 뒤로 돌려버렸습니다,

그 아이들 들어오는 게 싫어서. 그러자 당신의 남편이

이 젊은 여인의 감정과 분노를 달래며   1150
이렇게 말했지요. '당신의 친구들을 적대하지 마시오,
화내는 걸 그치고 얼굴을 이리 돌려보시오.
당신의 남편이 친구로 여기는 이들을 당신도 친구로 여기면서,
이 선물들을 받고, 당신 아버지께 청해주지 않으려오?
이 아이들이 추방을 면케 해달라고, 나를 위해서 말이오.'   1155
한데 그녀는 장식들을 보고는 버티지 못했죠.
그러기는커녕 남편에게 전적으로 동의하고, 당신 아이들과
아버지가 집에서 멀리 떠나기도 전에
정교한 무늬의 옷들을 집어 들고 몸에 걸치기 시작했지요.
황금 관은 머리 타래 위에 얹고,   1160
빛나는 거울을 보면서 머리카락을 정리했습니다,
자신의 영혼 없는 허상을 향해 웃음을 보내며.
그러더니 의자에서 일어나 온 집 안을
돌아다니기 시작했죠, 희디흰 발로 부드럽게 걸으며,
선물에 넘치도록 기뻐하면서, 자주자주   1165
눈길을 자기 발목 쪽으로 보내면서.
하지만 그다음 일은 보기에 끔찍한 것이었습니다.
그녀는 낯빛이 변하면서 뒤로 비척거렸고,
사지를 떨면서 움직이더니, 바닥에 넘어지기 전에
간신히 의자에 주저앉았습니다.   1170

그러자 나이 든 하녀 하나가, 판이나 다른 어떤 신의
분노가 닥친 것으로 생각해서,
소리 높여 기도하기 시작했지요. 물론 이것은, 그녀 입이
흰 거품을 뿜어내고, 두 눈에서는 눈동자가
돌아가며, 피부에서 핏기가 사라진 것을 보기 전의 일입니다만. 1175
한데 그다음엔 기도가 아니라 애곡의 크나큰 비명이
터져 나왔지요. 어떤 이는 곧장 아버지의 방으로
달려갔고, 또 어떤 이는 얼마 전에 결혼한 남편에게
신부의 재난을 알리러 갔습니다. 그래서 온 집 안이
분주하게 내달리는 발소리로 울렸습니다. 1180
한데 이제 날랜 주자가 발을 놀려서
6플레트론 달리기[25]의 결승점에 닿을 만큼 시간이 흘렀는데,
불쌍한 그녀는 그때까지도 소리 없이 눈 감고 있다가
무시무시한 비명을 지르면서 깨어났습니다.
그녀에게 이중의 재앙이 닥쳐왔기 때문이지요. 1185
그녀의 머리를 감싸고 있던 황금 테는
모든 것을 먹어치우는 놀라운 불길의 흐름을 뿜어냈고,
당신 아이들의 선물인 섬세한 의상은
그 불행한 여인의 흰 살을 파먹기 시작했던 것입니다.

---

25 1플레트론은 6분의 1 스타디온(1스타디온은 대략 180미터)이며, 6플레트론 달리기는
180미터 정도의 주로를 왕복하는 경주이다.

그러자 그녀는 불붙은 채 의자에서 일어나 도망치기 시작했습니다,

1190

머리와 머리카락을 이리저리 흔들면서,

금관을 떼어내려 애쓰면서. 그러나 그 황금의 사슬은

꽉 조인 채 들어붙었고, 불길은 그녀가 머리채를

흔들 때마다 두 배나 더 밝게 타올랐죠.

마침내 재앙에 압도되어 그녀는 바닥으로 쓰러졌고,   1195

그 모습은 아버지를 제외하고는 누구도 알아보지 못할

지경이었습니다.

눈이 있던 자리도 분명치 않았고,

얼굴도 제대로 남지 않았으며, 머리꼭지로부터는

피가 배어 나와 불길과 뒤섞였고,

뼈로부터는 살점들이 마치 굵직한 눈물처럼   1200

독약의 보이지 않는 이빨에 의해 떨어져 흘러내리고 있었으니까요.

보기에 무시무시한 광경이었죠. 하지만 모두들 시체에 손을 대기

두려워했습니다. 그녀의 불운이 우리에겐 경고로 여겨졌던

것입니다.

한데 저 불쌍한 아버지는 무슨 재앙인지 모른 채

갑자기 집 안으로 달려 들어와서는 시신 위로 쓰러졌습니다.   1205

곧장 애곡하며 시신에 팔을 두르고,

입을 맞추면서 이렇게 말했지요. '오, 불행한 딸아,

대체 신들 중 누가 너를 이다지도 불명예스럽게 파멸시켰단
말이냐?
누가, 벌써 늙어서 무덤 같은 나로 하여금 너를
잃게 만들었단 말이냐? 아아, 나도 너와 함께 죽고 싶구나, 애야!'

1210

한데 그가 애곡과 탄식을 그쳤을 때,
늙은 몸을 일으키려던 그는
마치 담쟁이가 월계수 가지에 들어붙듯, 그 고운 의상에
들어붙었습니다. 그러고는 무서운 씨름이 시작되었죠.
남자는 무릎을 세우려 애쓰는데,

1215

시신은 맞서 들어붙는 겁니다. 하지만 그가 힘을 가할 때면,
늙은 살이 뼈로부터 뜯겨 나오곤 했죠.
마침내 그의 생명이 꺼져버렸고, 불행한 그 사람은 영혼을
놓아 보냈습니다. 정말로 이보다 더 큰 재난은 없었습니다.
시신 둘이 누워 있습니다, 자식과 늙은 아버지가.

1220

[서로 가까이에, 눈물을 불러일으키는 재난이지요.]
당신의 일에 대해서는 제가 언급할 필요가 없겠지요.
당신 자신이 징벌을 피해 갈 길을 잘 알 테니까요.
필멸의 인간은 그림자에 지나지 않는다고 제가 오늘 처음 생각한
건 아니지만,
이건 두려움 없이 얘기할 수 있겠습니다, 인간 중에

1225

현명해 보이는 자들과 말 잘하는 듯 보이는 자들,

이들이야말로 가장 큰 벌을 빚지고 있다는 것 말입니다.

필멸의 인간 중 행복한 사람은 누구도 없으니까요.

행운은 이리저리 흘러 다니고, 한 사람이 다른 이들보다

더 운이 좋을 수는 있겠지만, 그가 더 행복한 자일 수는 없을

것입니다.   1230

(전령 퇴장)

코로스   내가 보기에, 신께서 오늘 많은 불행을

이아손에게 보내신 듯하구나, 그것도 정당하게.

오, 불행한 이, 나는 당신의 재난을 얼마나 동정하는지요,

크레온의 처녀 딸이여! 그녀는 이아손과의 결혼 때문에

하데스의 집으로 떠나가고 말았구나!   1235

메데이아   친구들이여, 되도록 빨리 아이들을 죽이고서

이 땅에서 떠나는 것이 내 할 일인 듯하오,

여유를 부리다가는, 다른 적대적인 손이

아이들을 죽이도록 넘겨주게 생겼으니.

절대적으로 그들은 죽을 수밖에 없어. 하지만 꼭 그래야만 한다면,

                                                 1240

그들을 낳아준 내가 그들을 죽이리라.

자, 무장을 갖춰라, 가슴이여. 왜 망설이느냐,

무섭지만 불가피한 악행을 실천하기를?

가자, 오 불행한 나의 손이여, 칼을 잡아라,

잡아라, 삶의 고통스러운 출발점으로 나아가라,   1245

비겁자가 되지도 말고, 아이들을 기억하지도 말아라,

그들이 얼마나 사랑스러웠는지도, 그들을 네가 어떻게 낳았는지도.

그저

이 짧은 하루 동안 너의 아이들을 잊었다가,

나중에 슬퍼하거라! 네가 그들을 죽이려고는 하지만, 그들은

너의 사랑이었노라. 아, 나는 진정 불행한 여자로구나!   1250

코로스   (좌1)

아아, 땅이여, 그리고 밝디밝은

태양의 빛살이여, 굽어살피소서, 살피소서,

무서운 이 여인이 친족을 죽이는

유혈의 손길을 아이들에게 들이대기 전에.

그녀는 당신의 황금 종족에게서   1255

싹텄으니. 하지만 신의 피가 인간들에 의해

땅으로 떨어질 위험이 있습니다.

오 제우스에게서 난 빛이여, 그녀를 막아주소서,

중지시키소서, 집으로부터 제거하소서, 저 불행한

유혈의 에리뉘스를, 복수의 원령에게 부추김받은 자를.　　　　1260

(우1)

그대는 아기 낳는 수고를 헛되이 쏟아부었구려,
사랑스러운 자식을 정말 헛되이 낳았네,
오, 쉼플레가데스의 검푸른 바위를,
손님을 박대하는 바다의 입구를 떠나온 여인이여!
불쌍한 이여, 가슴을 짓누르는 분노가　　　　　　　　　1265
왜 그대에게 닥쳐왔나요, 왜 그리도 강한
살인의 욕구가 다음 순서를 차지했나요?
인간들에게는 동족 살해의 오염이
땅 위에서 가장 무거운 것이고, 신에게서
한 가문에 떨어지는 재앙에 가장 잘 어울리는 것이니 말입니다. 1270

아이　　　(집 안에서) 아아, 아아!

(좌2)

코로스　　그대는 들었소? 들었소, 아이들의 비명을?　　　　1273
　　　　　오오, 불쌍한 이, 오 불운한 여인이여!　　　　　　1274

아이1　　아아, 어떻게 하지? 엄마의 손을 피해 어디로 도망쳐야 하나?　1271

88

아이2   나도 모르겠다, 가장 사랑하는 아우야! 우리는 이제 죽는구나!   1272

코로스   집 안으로 들어갈까요? 내가 아이들을 위해 죽음을   1275
                막아주어야 할 것 같네.

아이1   그래요, 신들의 이름으로, 제발 막아주세요. 정말로 절박해요!
아이2   우리는 이미 칼날의 그물에 바짝 다가서 있어요.

코로스   불행한 여인이여, 그대는 바위나 무쇠로
                만들어졌나요? 그대가 낳은 자식들의 이삭을   1280
                자기 손으로 이룬 운명으로써 베어 죽이다니!

                (우2)
코로스   내가 듣기로 그저 한 명뿐이었죠, 이전의 여자들 가운데
                자기 아이들에게 손을 댄 여자는.
                신들이 보낸 광기에 사로잡혔던 이노[26] 말이오. 제우스의 부인께서
                그녀를 집에서 내쫓아 방랑하게 했을 때,   1285

---

26   어린 디오뉘소스를 키워주었다는 여인이다. 그녀는 헤라의 노여움을 사서 불행을
      당했다고 하는데, 여기서는 조금 단순한 판본으로, 그녀의 남편 아타마스가 그녀를
      버리고 새 결혼을 하고, 그녀는 광기에 빠져 두 아이를 품에 안고 투신자살한 것으로
      그려져 있다.

그 불쌍한 여인은 불경스럽게도 아이들을 죽이면서
바다로 떨어졌지요,
해안의 절벽 너머로 발길을 연장하여.
그리하여 두 아이는 엄마와 함께 죽어 소멸하였지요.
이보다 더 무서운 일이 있을 수 있을까요? 오,   1290
여인들의 고통 많은
결혼 침상이여, 너는 벌써 인간들에게
얼마나 많은 불행을 이루어냈던가!

(이아손 등장)

이아손   여인들이여, 이 집 가까이 서 있는 이들이여!
저 끔찍한 짓을 저지른 여인이, 메데이아가
이 집 안에 있소, 아니면 도망쳐 떠났소?   1295
그녀는 땅 아래로 숨든지, 아니면 날개 달고
창공 깊은 곳으로 몸을 솟구쳐야 할 테니 말이오,
지배자들의 가문에 죗값을 치르지 않으려면.
그녀는, 이 땅의 통치자들을 죽이고도, 자기가
벌받지 않고 이 집에서 피해 달아날 수 있다고 믿었던 게요?   1300
하지만 나는 그녀보다는 아이들이 걱정이오.
그녀에게는 해코지당한 자들이 보복하게 될 것이오.
그러나 나는 내 아이들의 목숨을 구하러 온 거요,

혹시나 혈연상 왕가에 가까운 자들이, 어미의 불경스런 살인을

보복하느라, 내게 뭔가 불행을 입히지나 않을까 해서 말이오. 1305

코로스   오, 불행한 이, 그대는 자신이 얼마나 큰 불행에 빠졌는지 모르고
계십니다,

이아손이여! 모르지 않는다면, 당신이 그런 말을 하진 않았을
테니까요.

이아손   대체 무슨 일이오? 그녀가 나까지 죽이려 하오?

코로스   당신의 아이들을 어머니의 손이 죽였습니다.

이아손   아아 아아, 무슨 말이오? 그대는 나를 죽인 셈이오, 여인이여. 1310

코로스   이제 더는 당신 아이들이 존재하지 않는다고 생각하십시오.

이아손   대체 어디서 그들을 죽였소? 집 안이오, 바깥이오?

코로스   문을 여시면, 당신 아이들의 주검을 보실 수 있을 것입니다.

이아손   어서 자물쇠를 열어라, 하인들아!

빗장을 풀어라, 내가 이중의 불행을 볼 수 있게끔! 1315

[저들은 죽었지만, 내 그 여자에게서 죗값을 받아내리라.]

(메데이아가 태양신의 수레를 타고 지붕 위에 나타난다.)

메데이아   그대는 왜 지렛대로 문을 흔들며 억지로 열려 하는가?²⁷

시신들을 찾고, 또 그 일을 이룬 나를 찾으려는 것인가?

그러한 수고는 그치라, 나를 원하는 거라면.

바라는 게 있거든 말하라, 하지만 결코 손을 대지는 못할 것이다. 1320

이 수레는 내 아버지의 아버지이신 태양신께서

내게 주시는 것이니, 적대적인 손길에 대한 방어책으로.

이아손   오 혐오스러운 존재여, 오 가장 원수 같은 여자여,

신들께도, 나에게도, 모든 인간 종족에게도!

너는 네가 낳은 네 자식들에게 감히 칼을   1325

박았고, 나를 자식 없이 만들어 파멸시켰다.

그런데 이런 짓을 해놓고도 태양과 대지를

제 눈으로 보고 있다니, 가장 불경스런 짓을 저지르고도?

파멸해 버려라! 내 이제야 알겠다, 이전에는 몰랐던 것을,

내가 너를 너의 고향에서, 야만의 땅으로부터   1330

헬라스에 살도록 데려왔을 때, 큰 재난을 데려왔다는 것을.

너는 네 아버지와, 너를 키워준 그 땅을 배신했으니,

신들이 네 죄에 대한 복수의 신을 내리꽂은 것이다.

27   신이 기계장치를 이용해서 나타나는 장면(deus ex machina)에 신 아닌 메데이아가
나타났으므로, 여기서 메데이아는 일종의 신 역할을 하고 있다. 그래서 말투를 권위
있고 장중하게 옮겼다. 반면에 이아손의 대사는, 그의 경망스런 성격이 드러나도록 조금
야비하게 옮겼다. 부부 모두 사나운 성격이라고 해석하는 독자는, 메데이아의 대사까지도
날카롭고 좀 더 격렬하게 바꿔 읽으시면 되겠다.

너는 네 형제를 고향의 화덕 곁에서 쳐 죽이고서
뱃머리 아름다운 아르고호에 올라탔으니까.   1335
너는 이런 일로 시작했지. 그러고는 이 사람과
결혼하여 내게 아이들을 낳아주었어.
하지만 결혼의 침상과 잠자리 때문에 그 아이들을 죽였어.
헬라스 여자들 가운데는 감히 그런 짓을 한
여자가 없지. 그런데 나는 그런 여자들보다 너와   1340
결혼하는 게 낫다고 믿었다니, 그것이 내게 적대적이고 파멸적인
이익이었는데도.
하지만 너는 암사자였어, 여자가 아니라, 튀르레니아의
스퀼라보다도 더 사나운 성질을 지닌!
물론 무수한 비난도 네게 상처를 주지는
못하겠지, 너는 그 정도로 뻔뻔함을 타고났으니까.   1345
꺼져라, 수치스러운 죄를 저지르고, 제 아이를 죽여 오염된 것아!
하지만 내게는 비탄에 빠지는 것만이 운명으로 남아 있다니!
나는 새로운 결혼 침상에서 아무 이득도 얻지 못했는데,
내가 낳고 기른 아이들을 살아 있을 때 만나
인사하지도 못할 터이니, 나는 완전히 망했어!   1350

메데이아　　나는 그 말에 대항하여 길게 말을 늘어놓을 수도
　　　　　　있었으리라, 만일 아버지 제우스께서 그대가 나에게

어떤 일을 당했는지, 그대가 어떤 일을 했는지 잘 알지 못하셨다면
말이지.

하지만 그대에게 예정되어 있지는 않았다, 나의 결혼 침상을
능멸하고,

나를 비웃으며 즐거운 삶을 누리는 것은.   1355

또 왕의 딸에게도. 그리고 이 결혼을 그대에게 주선한

크레온도, 나를 이 땅에서 쫓아내고도 벌을 피할 수 있지 않았다.

이 일에 대해, 그대가 원한다면, 나를 암사자라 부르든가,

[그리고 튀르레니아의 벌판에 사는 스퀼라라고 부르든가.]

나는 진정 그대 가슴에, 그래 마땅한 만큼 상처를 입혔으니 말이다.

                                                                        1360

이아손   하지만 너도 괴롭고, 내 고통을 공유하고 있지 않느냐?

메데이아 분명히 알라, 그대가 웃지 못하는 한, 고통조차 내겐 이득이라는
       것을.

이아손   오, 아이들아, 너희는 얼마나 나쁜 어미를 만났던 것이냐!

메데이아 오, 애들아, 너희는 아비의 질병 때문에 파멸하였구나!

이아손   하지만 내 오른손이 그들을 죽인 건 아니지.   1365

메데이아 하지만 그대의 오만과, 새로 맺은 결혼이 그랬소.

이아손   너는 결혼을, 그 때문에 아이들을 죽일 정도로 대단하게 여기는
       것이냐?

메데이아	그대는 이것이 여자에게 작은 고통이라고 생각하는가?
이아손	절제 있는 여자라면 그렇지. 하지만 네가 보기엔 모든 게 나쁜 일이야.
메데이아	이 아이들이 더는 존재하지 않는다는 것, 이 점이 그대 마음을 괴롭힐 것이오. 1370
이아손	이 아이들은 살아 있어, ── 아아 ──, 네 머리 위에 복수자로서.
메데이아	신들께서는 누가 먼저 악행을 시작했는지 아신다오.
이아손	그분들은 네 마음이 완전히 혐오스럽다는 걸 아시지.
메데이아	미움받는 건 당신이지. 나는 그대의 독한 말을 미워하오.
이아손	나는 네 말이 그렇다. 그럼 결별이 쉽겠군. 1375
메데이아	그러면 어찌하려오? 내가 뭘 하리까? 나도 정말 결별을 원하니.
이아손	내가 장례 치르고 애곡하도록 시신을 내게 넘겨라.

메데이아   결코 그럴 수 없노라, 그들은 내가 이 손으로 묻어줄 것이니,
저 여신, 곶[28]을 관장하시는 헤라의 성역으로 날라다가,
적들 중 누군가가 그들의 무덤을 파헤쳐   1380
난행하지 못하게끔. 그리고 나는 시쉬포스의 이 땅에
거룩한 축제와 의례를 세우겠노라,
앞으로 늘 이 불경스런 살해를 보상하도록.[29]

---

28   코린토스에서 바닷가 쪽으로 건너다보이는 곳(현재의 이름은 '페라코라')을 가리키는 듯하다.

그 후에 나 자신은 에렉테우스의 땅으로 갈 것이다,
판디온의 아들 아이게우스와 함께 살기 위해서.   1385
사악한 그대는, 그래 마땅한 대로, 사악하게 죽으리라,
아르고호의 잔해에 머리를 얻어맞아서,
나와의 결혼의 쓰라린 결말을 보고서.

이아손   그렇다면, 아이들의 에리뉘스와 살인을 징벌하는 디케(정의)께서
너를 파멸시키기를!   1390

메데이아   어떤 신이, 어떤 신령이 그대의 말을 듣겠는가,
거짓 맹세 하는 자, 친구를 속이는 자의 말을?

이아손   꺼져라, 꺼져! 혐오스러운 것, 제 아이들을 죽인 것아!
메데이아   그대는 집으로 돌아가서, 배우자나 매장하시라.
이아손   가겠다, 하지만 두 아이를 잃고서.   1395
메데이아   아직은 비탄하는 것도 아니오. 늙기까지 기다리시오.
이아손   오, 가장 사랑스런 아이들아!
메데이아   어머니에게 그렇지, 그대에게는 아니오.
이아손   그런데도 죽였느냐?

29   코린토스 사람들이 직접 아이들을 죽인 것은 아니지만, 그들이 메데이아를 추방하려
했고 그 결과 아이들이 죽었으므로 이곳 시민들이 '보상'해야 한다.

메데이아	당신에게 고통을 주려고 그랬소.

이아손	아아, 불행한 나는 아이들의 사랑스런 입에 입 맞추고 싶구나! 1400

메데이아	이제야 그들에게 말을 걸고, 이제야 사랑하는구려, 이전에는 밀쳐내더니.
이아손	신들의 이름으로 청하니, 제발 아이들의 부드러운 피부를 만져나 보게 해주시오.

메데이아	그럴 수 없소. 그대의 말은 헛되이 날아갈 뿐이오.

이아손	제우스시여, 제가 어떻게 무시당하는지 들으십니까, 1405 제가 어떤 일을 이 혐오스런 여자에게서, 제 아이들을 죽인 이 암사자에게서 당하는지? 하지만, 내게 가능하고 할 수 있는 한, 그만큼은 애도하고 신들께 기원하리라, 신들을 이 일에 대한 증인으로 부르면서, 1410 네가 나의 아이들을 죽이고서, 그들에게 내 손을 대는 것도, 시신을 매장하는 것도 막고 있음을. 차라리 내가 그들을 낳지 않아서,

그들이 너에게 죽는 꼴을 보지 않았더라면!

[코로스   제우스께서는 올륌포스에서 많은 것을 나눠주시며,   1415

신들은 예상치 못한 많은 것을 이루신다.

그러리라 싶은 것들은 이뤄지지 않는 반면,

분간치도 못하던 것들의 길은 신께서 찾아내신다.

이 일도 이와 같이 이루어졌다.]

펠리아스 왕을 속이기 위해 그가 보는 앞에서 늙은 양을 삶아
어린 양으로 만드는 메데이아(1894년)

메데이아

메데이아와 두 아이들(1세기 폼페이 유적에서)

에블린 모건, 「메데이아」(19세기)

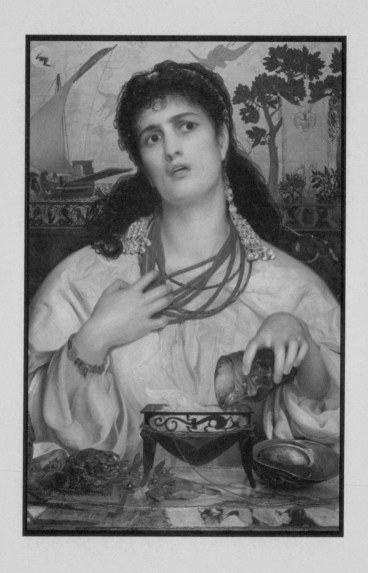

프레드릭 샌디스, 「메데이아」(1867년경)

안젤름 포이어바흐, 「메데이아와 항아리」(1873년)

안젤름 포이어바흐, 「메데이아」(1870년)

폴 세잔, 「외젠 들라크루아를 재해석한 메데이아」(1880년대)

제르망 아모레스, 「메데이아」(1887년경)

앙리 클라망, 「메데이아」(1868년)

태양신의 수레를 타고 있는 메데이아(기원전 400년경)

힙폴뤼토스

아프로디테	나, 퀴프리스는 인간들 가운데서도 위대하고,
	하늘에서도 이름이 없지 않은 여신이다.
	폰토스[30]와 아틀라스의 경계[31] 안에 살면서
	태양의 빛을 보는 자 중에,
	나의 힘을 경배하는 이들은 내가 존중하지만, 5
	나를 향해 오만한 마음을 품는 자들은 넘어뜨린다.
	신들의 종족 사이에서도 사정이 이러하니,
	그들은 인간들로부터도 존경을 받아야 행복하다는 것이다.
	이 말이 진리임을 내 곧 보여주리라.
	테세우스의 아들이자 아마존 여인의 자식인 힙폴뤼토스가, 10
	경건한 핏테우스에게[32] 가르침 받은 자가,
	이 땅 트로이젠의 시민들 가운데 유일하게,
	내가 신들 중 가장 사악하다고 말하기 때문이라.
	그는 결혼 침대를 거절하고, 혼인 문제엔 관심조차 없으며,
	포이보스의 누이인 아르테미스, 제우스의 처녀 딸을 15
	존경하는구나. 그녀를 신들 중 가장 위대한 여신으로 여기고,

30 흑해. 당시 알려진 세계의 동쪽 끝이라 할 수 있다.
31 아틀라스는 지중해 서쪽에서 하늘을 떠받치고 있다는 거인. '아틀라스의 경계'는 당시
    알려진 세계의 서쪽 끝을 의미한다.
32 핏테우스는 트로이젠의 왕. 트로이젠은 펠로폰네소스 동북쪽 해안에 있는 도시로,
    아테나이와는 바다를 사이에 두고 마주 보는 위치이다. 이 작품에서, 테세우스는 아마존
    여인에게서 얻은 아들 힙폴뤼토스를 자기 외할아버지인 핏테우스에게 맡겨 기른 것으로
    설정되어 있다.

푸른 숲을 가로질러 늘 이 처녀신과 동행하며,

날랜 개들을 데리고 땅 위에서 짐승들을 박멸하려고 드는구나,

인간이 가져 마땅한 사귐 이상의 것을 추구하면서.

하지만 나 지금 그것을 질투하는 게 아니다. 그럴 필요가 뭐

있겠는가?   20

그저 그가 내게 저지른 죄에 보복하려는 것뿐이다,

힙폴뤼토스에게, 오늘 안에! 사실 많은 것들을

이미 준비해 두었다. 이제 내게는 큰 수고가 필요하지도 않지.

왜냐하면 힙폴뤼토스가 전에 핏테우스의 신성한

집을 떠나서, 비밀 의례에 참관하고 거기 가입하기 위해   25

판디온의 땅[33]으로 갔을 때, 고귀한 혈통에서 난[34] 아버지의 아내

파이드라가 그를 보고서, 나의 계략에 따라

무서운 사랑에 사로잡혔기 때문이지.

그리고 그녀는 이 땅 트로이젠으로 오기 전에

팔라스의 바위[35] 바로 곁에, 이 땅을 마주 보는 곳에   30

퀴프리스의 신전을 세웠다,

---

33 아테나이. 판디온은 아테나이의 옛날 왕. 그는 보통 아이게우스의 아버지, 즉 테세우스의
할아버지로 알려져 있다.

34 파이드라는 크레테의 전설적인 왕 미노스의 딸이다. 미노스는 제우스의 아들이므로,
'좋은 혈통'이라고 할 수 있다.

35 이 '팔라스'는 뒤에 나오는 인간 팔라스라기보다는 '팔라스 아테네'를 가리키는 것으로
보인다. 그러면 '팔라스의 바위'는 아테나이의 아크로폴리스를 가리키는 표현이 된다.

나라 밖에 있는 사랑을 사랑하여. 그것을 두고 앞으로 사람들은,

그녀가 '힙폴뤼토스를 위한' 여신상을 안치했다고 하리라.[36]

그 후 테세우스가 팔라스의 자식들의 피와 관련된 오염을

피하여[37] 케크롭스[38]의 땅을 떠나서,   35

나라 밖으로 1년간 추방되는 데 동의하고

이 땅으로 자기 아내와 함께 배 타고 왔을 때,

저 불행한 여인은 여기서 사랑의 가시 막대기에

몰려, 한숨지으며 죽어가고 있다,

침묵 속에. 하지만 집안 하인 중 누구도 알지 못하지, 이 질병을. 40

그런데 이 사랑은 이런 식으로 스러져서는 결코 아니 된다,

내 이 사태를 테세우스에게 알리리라, 이 일은 밝히 드러나게

되리라.

　　　　그러면 내게 적대적인 저 젊은것을

36　전해지는 사본들에는 '그녀가 ~라고 이름 지었다(ὀνόμαζεν).'로 되어 있지만, 파이드라는
　　　아직은 자신의 사랑을 숨기고 있는 상태이고, 따라서 이렇게 대담하게 신전 이름을
　　　붙이기는 어려우므로, 여러 학자들의 수정 제안에 따라, '사람들이 ~라고 부르게 될
　　　것이다(ὀνομάσουσῖν).'로 옮겼다.

37　팔라스는 테세우스의 아버지인 아이게우스의 형제. 아이게우스와 팔라스의 아버지인
　　　판디온은 자신의 네 아들에게 영토를 쪼개 나눠줬는데, 아이게우스에게는 아테나이와 그
　　　주변을, 팔라스에게는 앗티케(아테나이를 수도로 하는 주변 지역)의 남부 지방을 주었다. 한데
　　　팔라스의 아들들이 테세우스의 정통성을 문제 삼으며 영토를 요구해서 분쟁이 생겼고,
　　　그 와중에 테세우스는 이 사촌들을 살해했다. 그런데 가족 간의 살인은 특히 중대한
　　　문제여서, 테세우스는 1년간 망명에 동의한 것이다.

38　아테나이 초기 왕.

그의 아버지가 죽일 것이다, 바다의 왕 포세이돈이

테세우스에게 선물로 준 저 기원 때문에. 45

그것은 세 번, 그가 신에게 기도하는 대로 이루어지리라는

것이었지.

한편 그녀 파이드라는 명예와 함께이긴 하지만, 그래도 죽을 것이다,

내가 그녀를 앞세우느라 저 불행을 당하진 않을 것이기 때문이다,

즉, 나의 원수들이 내가 충분히 여기는 만큼의

죗값을 내게 치르지 않는 일 말이다. 50

그런데 이제 저기 테세우스의 아들이 다가오는 게

보이는구나, 사냥의 수고를 뒤로하고서,

힙폴뤼토스가. 그러니 나는 이 장소를 벗어나야겠다.

정말 많은 하인들의 무리가 뒤따르며

그와 함께 외치는구나, 아르테미스 여신을 노래로써 55

찬양하며. 하지만 그는 진정 모르고 있다, 이미 하데스의 문이

열렸다는 것을, 자신이 이 햇빛을 마지막으로 보고 있음을!

(아르테미스 퇴장)

힙폴뤼토스 그대들은 뒤따르라, 뒤따르라, 제우스의 따님,

천상의 아르테미스를 찬양하며,

우리를 돌보시는 분을! 60

힙폴뤼토스와 하인들 지극히 존귀하신 여주인, 여주인이시여,

제우스에게서 나신 분이시여,

평안하소서, 부디 평안하소서, 오, 레토와

제우스의 따님, 아르테미스여,   65

처녀들 중 월등히 으뜸으로 아름다운 분이여!

당신은 광대한 하늘에,

훌륭한 아버님의 궁정에,

제우스의 황금 많은 집에 사십니다.

부디 평안하소서, 오, 올륌포스의 거주자 중   70

가장 아름답고 아름다운 분이여!

힙폴뤼토스 당신께, 엮어 만든 이 화환을, 순결한

초원에서 가져온 것을, 오 여주인이시여, 치장하여 바칩니다,

그곳은 목자도 짐승을 꼴 먹이기에 합당치 않다 여기는 곳,   75

무쇠 연장도 결코 들어간 적 없으며, 봄날의 벌들만

순결한 초원을 두루 돌아다니는 곳이지요.

외경심이 강물 같은 이슬로 적셔주는 곳,

여기서, 배운 게 아니라 타고나기를

모든 것을 향해 늘 절제하도록 몫을 받은 이라면   80

꽃을 꺾을 수 있지만, 저열한 자들에게는 그것이 허용되지

않습니다.

그러니, 오 친애하는 여주인이시여, 금발을 모아 묶을
이 머리띠를 경건한 손으로부터 받으소서.
인간들 중에는 유일하게 저에게만 이 영예가 주어졌으니까요.
저는 당신과 동행하며, 이야기를 나누고,   85
목소리를 듣습니다, 그대의 눈을 보지는 못하지만 말입니다.
그런데, 저는 삶을 시작한 그대로 종말로 돌아가기를 기원합니다.

하인   왕자님, — 신들을 부를 때나 주님이라고 해야 하니까요 — ,
            혹시 제게서 뭔가 좋은 충고를 받으시겠습니까?

힙폴뤼토스   물론이지요. 혹시 내가 현명치 않은 듯 보입니까?   90
하인   그러면 당신은 인간들 사이에 어떤 법이 확고히 있는지 아십니까?
힙폴뤼토스   모르겠소. 대체 무엇에 대해 묻는 거요?
하인   거만함을 피하라는 것이지요, 그건 별로 사랑받지 못할 태도입니다.
힙폴뤼토스   옳은 말이긴 하군요. 사실 거만하면서 남을 피곤케 하지 않는 자가
            어디 있겠소?
하인   반면에 공손함에는 뭔가 매력이 있지요?   95
힙폴뤼토스   아주 많지요. 그래서 적은 수고로 큰 이득을 얻죠.
하인   그러면 신들 사이에서도 사정은 같으리라고 생각하시죠?
힙폴뤼토스   우리 필멸의 인간들이 신들의 법을 따르는 한, 그렇소.
하인   한데 왜 당신은 존귀하신 신께 인사를 드리지 않으시나요?

힙폴뤼토스 어떤 신 말이오? 그런데 당신 입으로 실수하지 않도록
　　　　　조심하시오.[39]　　　　　　　　　　　　　　　　　　　100

하인　　　　(아프로디테 신상을 가리키며) 당신의 문 앞에 서 계시는 이
　　　　　퀴프리스 말입니다.

힙폴뤼토스 나는 순결하기 때문에, 멀리서 그분께 인사드린다오.

하인　　　　하지만 이분도 존귀하고, 인간들 사이에서 이름이 높으십니다.

힙폴뤼토스 인간들은 저마다 다른 신들께 관심을 보낸다오.

하인　　　　부디 행복하세요,[40] 하지만 갖춰야 할 지혜는 갖추시고요.　　105

힙폴뤼토스 밤에 존경받는 신이라면 누구도 내 마음에 들지 않소.

하인　　　　젊으신 분이여, 신들은 받아 마땅한 존경을 받아야만 합니다.

힙폴뤼토스 (동료들을 향하여) 가시오, 동료들이여, 집으로 들어가서
　　　　　음식을 준비하시오. 그득한 식탁은

39　'존귀한 신(σεμνή δαίμων)'은 복수의 여신(에리뉘스)의 별칭이기도 하다. 어떤 신의 이름을
　　　대면 그 신이 나타나기 때문에, 조심하라고 하는 것이다.

40　이 구절은 일단, 두 사람의 대화 맨 끝에 있는 게 알맞아 보인다. 그러니까 늙은 하인은,
　　　더는 충고가 먹히지 않을 듯하자, 기원으로 논의를 끝맺는 것이다. 그래서 104~105행을
　　　106~107행 뒤로 옮기자는 학자들이 많다. 하지만 조금 전까지는, 별로 내키진 않아도
　　　아프로디테를 존경하는 시늉을 하던 힙폴뤼토스가 갑자기 노골적으로 이 여신에 대한
　　　반감을 표현하는 것은, 그 앞에 하인이 보여준, 포기했다는 듯한 태도 때문이라는 해석도
　　　있다. 그리고 마지막에 늙은 하인이 상대를 '젊은이여'라고 부른 것도 (그리고 힙폴뤼토스가
　　　화가 나서 노인을 무시하고 동료들에게 돌아선 것도) 논의를 끝맺는 방식으로 상당히 적절하다.
　　　이렇게 행을 바꾸자는 쪽과 그대로 두자는 쪽의 기세와 근거가 팽팽하기 때문에, 이
　　　번역에서는 행의 순서는 그냥 두고 그저 학자들 사이에서 여러 논의가 있다는 것만
　　　표시하고 지나간다.

사냥 후의 즐거움이니. 그리고 말들을 빗질해 두어야 하오,　110
내가 식사를 잘 마치고, 그놈들을
마차에 묶어서 적절히 훈련할 수 있도록.
(늙은 하인을 향해) 그리고 당신의 퀴프리스께는 내가 오래오래 잘
계시라 인사드리오.

(힙폴뤼토스 퇴장)

하인　(아프로디테 신상을 향해) 저는 젊은이들을 따라 해서는 안 되기
때문에,
이성을 갖추고서, 하인들이 말해야 하는 바에 따라,　115
당신의 신상을 향해 이렇게 기원합니다,
여주인이신 퀴프리스여. 용서하셔야 합니다.
누군가 젊은 혈기에 격한 감정을 품고서 당신께
헛소리를 지껄인다 하더라도, 그걸 귀담아듣는 것은 어울리지
않습니다.
신들은 인간들보다는 현명해야 하기 때문입니다.　120

코로스　(좌1)
어떤 바위가 있어요, 거기서
오케아노스의 물이 쏟아져 나온다고 사람들은 말하죠,

벼랑으로부터 물 긷는 동이에, 잠기도록
그득 샘물을 부어준다고요.
거기서 내 친구 하나를 만났지요,   125
그녀는 자줏빛 옷을
강물 같은 이슬방울로
적셨다가, 햇살에 따듯해진 바위의
등에 펼쳐 널고 있었죠, 거기서 내게
처음으로 우리 마님에 대한 소문이 다가왔어요.   130

(우1)
그녀는 병석에 누운 채 탈진해 있고,
집 안에만 머문 채
곱게 짠 천으로
금발을 가리고서,
듣자니 오늘로 사흘째   135
금식하여 데메테르의 선물을
입에서 멀리하고, 자신을
정결하게 지킨답니다.
숨겨진 괴로움과 함께 죽음의
불행한 결말을 향해 가고자 원하며.   140

(좌2)

오, 여인이여, 당신은 판 신에 의해,

아니면 헤카테에 의해, 혹은 신성한

코뤼반테스[41]들에 의해, 혹은 산의 어머니[42]에 의해

신들려 방황하는 것입니까?

아니면 당신은, 짐승을 많이 거느린   145

딕튄나[43]와 관련한 실수를 범하고,

음료 제물을 바치지 않은 탓에 불경죄로 고통받는 건가요?

그 여신은 석호(潟湖)와 바다 너머

마른 모래톱을 가로지르며, 소금기에

젖은 소용돌이 가운데서 배회하니까요,   150

(우2)

아니면 당신의 남편을, 에렉테우스의 자손들의

으뜸 지도자, 훌륭한 아버지에게서 난 이를

누군가 집 안에서, 당신의 침상으로부터 숨겨진

비밀스런 잠자리로 돌보고 있습니까?

41 퀴벨레 여신의 수행원들. 아테나이에는 코뤼반테스를 모시는 황홀경 제의가 있었고,
      거기서는 정신병 치료를 위한 신내림이 행해졌었다.
42 이데산의 여신 퀴벨레.
43 특히 크레테에서 아르테미스와 동일시되던 '짐승들의 여주인'.

아니면 어떤 뱃사람이, 크레테로부터   155
떠나온 이가, 선원들에게 매우 친절한
항구로 들어와서는,
왕비님께 소문을 전해주었고,
그래서 고통을 넘어서는 슬픔에
영혼이 침상에 묶인 것입니까?   160

(딸림노래)
한데, 여자들의 잘 조화되지 않은 체질에는
어찌할 바 없는 괴로운 불행이
함께 머물기를 좋아하지요,
출산의 고통이라는, 또 이성을 잃는다는 불행이.[44]
나도 전에 나의 자궁 때문에 그러한 한숨을 내뱉은 적이 있어요.

                                              165

하지만 나는 출산을 도우러 하늘에서 오시는 이를,
활을 관장하시는 아르테미스를
외쳐 부르곤 하죠. 그러면 신들의 호의로 언제나
남들이 부러워할 만큼 그분이 내게 다가오시죠.

44 코로스는 여기서, 파이드라가 혹시 임신한 것은 아닌지, 그래서 (임신 중에 이따금 생기는)
우울증에 시달리는 것은 아닌지 묻고 있다.

(유모가 파이드라를 데리고 나온다.)

한데 저기 나이 든 유모가 문에서 나오는군요,   170
방 밖으로 그녀를 데리고서.
그녀의 이마 위로는 불길한 구름이 피어나고 있고요.
대체 무슨 일인지 내 영혼이 알기를 원하네요,
왜 왕비님은 얼굴빛이 변할 만큼
몸이 상했는지를.   175

유모   오, 필멸의 인간들의 불행이여, 지긋지긋한 질병이여!
내가 당신을 위해 무엇을 할까요, 아니면 무엇을 하지 말까요?
여기 당신을 위해 햇살이 있고, 저기 빛나는 창공이 있어요.
당신이 병으로 누워 있던 침상은
이제 집 밖으로 나왔습니다.   180
당신이 한 말이라고는 그저 이리 나오자는 것뿐이었으니까요.
하지만 곧 다시 방 안으로 들어가려고 서두르겠죠.
당신은 금방 흥미를 잃고 아무것도 즐거워하지 않으니까요.
당신은 곁에 있는 것에는 만족하지 않고, 멀리 있는 것을
더 사랑스럽게 여기지요.   185
병시중을 드느니, 차라리 내가 아픈 게 더 낫겠어요.
아픈 건 간단하지만, 시중드는 데는 마음의

고통과 손의 수고가 뒤따르니까요.

인간의 삶이란 온통 괴로움뿐이고,

고역에서 풀려나 쉬는 일이란 없지요.   190

이번 삶 너머에 더 나은 다른 어떤 게 있다 하더라도

어둠이 구름으로 감싸서 숨기고 있지요.

그래도 우리는 이것을 과할 만큼 사랑하는 것 같아요,

무엇이든 땅 위에서 빛나는 게 있으면, 그걸 말이죠.

다른 삶을 겪어보지 못해서,   195

그리고 땅 밑에 있는 자들은 아무것도 밝히 보여주지 않아서지요.

우리는 그저 이런저런 이야기에 휩쓸려 다닐 뿐이지요.

파이드라 내 몸을 높이 들어주세요, 머리를 바로 세워주세요.

나는 사지의 이음매가 풀려버렸구나.

가지런한 내 팔들을 잡아주세요, 하녀들이여.   200

내 머리의 장식이 가누기에 무겁구나.

그것들을 풀어주세요, 머리 타래가 어깨 위로 흘러내리게

해주세요.

유모   힘을 내세요, 아기씨, 그리고 힘들게 몸을

뒤척이지 마세요.

평온함과 함께, 그리고 고귀한 용기와 함께라면   205

질병을 좀 더 쉽게 견딜 수 있을 거여요.
인간에겐 고통이 필연이랍니다.

파이드라   아아,
어떻게 하면 이슬방울 듣는 샘으로부터
정결한 물을 흠씬 들이켤 수 있을까,
포플러나무 아래, 풀 빽빽한   210
초원에 누워 쉬어볼 수 있을까?

유모   오, 아기씨, 무슨 말씀이세요?
앞으론 여러 사람 앞에서 그렇게 외치지 않으실 거죠,
광기에 올라탄 발언을 던지면서요?

파이드라   나를 산으로 보내주세요. 나는 숲으로 갈 거예요,   215
소나무들 사이로, 짐승의 피를 찾는
사냥개들 내달리며,
얼룩무늬 사슴을 바짝 붙좇는 곳으로.
신들의 이름으로 부탁해요, 나는 개들에게 외치고 싶어요,
금발 머리를 좌우로 찰랑이며,   220
텟살리아의 어린 가지로 만든, 기다란 투창을
손에 들고서.

유모	대체 왜, 오, 아기씨, 그런 것들에 신경을 쓰시나요?
	왜 사냥 따위가 당신에게 문제되나요?
	왜 샘에서 솟아나는 물을 그리워하나요?
	바로 성탑 가까이에 물 풍부한
	언덕이 있고, 거기서 마실 물을 얻을 수 있는데요.

225

파이드라	바닷가 석호(潟湖)와, 말발굽 울리는
	경주장의 여주인 아르테미스여,
	제가 당신의 안뜰에 머물 수 있다면 얼마나 좋을까요,
	에네토이[45]인들의 망아지들을 길들이며!

230

유모	왜 또 정신이 나가서 이런 말을 내뱉나요?
	언제는 사냥을 원한다며 산으로 가자고
	하시더니, 지금은 또 파도 닿지 않는
	모래톱의 망아지들을 바라시다니요.
	이 일은 대단한 예언술을 요구하네요,
	신들 중 누가 당신을 곁길로 가도록 고삐를 당겼는지,
	정신을 때려 빗나가게 했는지 말이죠, 아기씨.

235

---

45 아드리아해(희랍과 이탈리아 사이의 바다) 북쪽 끝에 살던 종족. 베네치아인들의 선조이다. 이곳은 좋은 말의 산지로 유명하다.

파이드라   불행한 나여! 내 대체 무슨 짓을 저질렀단 말인가!

나는 제대로 된 정신을 떠나 어디로 흘러가버렸던가!   240

내가 미쳐버렸구나, 어떤 신이 보낸 미망(迷妄)에 넘어지고

말았구나.

아아, 아아, 불행하구나!

유모, 내 머리를 다시 가려버려요,

내가 말한 것들이 수치스러우니!

가려주세요, 눈에서는 눈물이 흘러내리고,   245

내 표정은 부끄러움을 향하고 있어요.

정신이 똑바로 선다는 건 괴로운 일이고,

반면에 미친 것은 재앙이니까요. 하지만, 알지 못한 채로

파멸하는 것이 오히려 나아요.

유모   가려드릴게요. 한데 내 몸뚱이는 언제나   250

죽음이 가려주려나?

긴 생애가 내게 많은 것을 가르쳐주고 있지요.

필멸의 인간들은 서로를 향해

절도 있는 사랑을 섞어야 하니까요,

그리고 영혼의 저 끝자락 골수까지 가면 안 되고,   255

마음속 애정은 풀기에 쉬워야 해요,

밀쳐내기에도, 그리고 함께 이어지기에도 말이죠.

한데, 하나의 영혼이 두 사람을 위해 괴로워한다는 건

힘들고 무거운 일이에요, 바로 내가

이 여인 때문에 고통받는 것처럼요.   260

사람들이 말하길, 삶을 엄정하게 꾸려나가는 것은

기쁨보다는 오히려 파멸에 이르기 쉽고,

흔히 건강과 싸우게 된다 하지요.

그래서 나는, '아주 많이'라는 말을

'아무것도 지나치지 않게'에 비해 덜 칭찬하지요.   265

그리고 현자들도 내게 동의할 거여요.

코로스   나이 드신 여인이여, 왕녀의 충실한 유모여,

우리는 파이드라의 이 불행한 운명을 눈으로 보고 있습니다.

한데 이 질병이 대체 무엇인지 우리에게 알려주는 게 전혀 없군요.

그래서 우리는 당신에게 배워 알았으면, 들을 수 있었으면 합니다.

                                                  270

유모   모른다오, 나도 따져 물었지만. 그녀가 말하길 원치 않으니.

코로스   이 괴로움의 출발이 무엇이었는지도 모르시오?

유모   당신은 같은 결과에 다다르고 있어요. 그녀는 이 모든 일에

침묵하고 있으니.

코로스	그분이 얼마나 쇠약해지고, 또 얼마나 몸이 야위었는지!
유모	어떻게 안 그렇겠어요? 사흘째 음식을 거부하고 있는데. 275
코로스	미망 때문인가요, 아니면 죽기를 원하시나요?
유모	죽으려고 그러냐고요? 어쨌든 삶을 끝내려고 음식을 거부하고 있다오.
코로스	놀라운 일을 말하시네요, 그녀의 남편이 이 사태에 만족한다면 말이죠.
유모	그녀는 고통을 숨기고, 아프다는 말을 하지 않았으니까요.
코로스	남편이 그녀의 얼굴을 들여다보면서도 알아채지 못한다고요? 280
유모	그는 마침 이 땅을 떠나 외지에 있어요.

코로스	그러면 당신은 압박을 가하지 않나요, 그녀에게서 병에 대해서나 정신의 방황에 대해 알아내기를 시도하면서?

유모	모든 수단을 다 써보았지만, 아무것도 더 이뤄내질 못했다오.
	그래도 아직 열의를 늦추지는 않으려 하오, 285
	그러니 당신도 내 곁에 있으면서, 내가
	불운한 주인들을 위해 어떻게 했는지 증인이 되어주시오.
	(파이드라를 향해) 자, 사랑스런 아기씨, 이전의 이야기들은
	우리 둘 다 잊읍시다. 그리고 당신은 좀 더 온화해지세요,
	찡그린 눈살도, 생각의 길도 좀 풀고요. 290

저는, 조금 전에 당신을 제대로 따라가지 못했던 대목들을
다 떠나 보내고, 다른 더 나은 얘기를 향해 갈게요.
만일 당신이, 내놓고 말하기 곤란한 어려움으로 아픈 거라면,
상태를 바로잡아줄 여자들이 있어요.[46]
반면 당신의 재난이 남자에게도 말할 수 있는 것이라면,   295
말하세요, 이 일이 의사들에게 전달될 수 있도록.
자, 왜 침묵하세요? 침묵하면 안 되어요, 아기씨,
제가 뭘 잘못 말했으면 저를 야단치시고,
제대로 잘 얘기했다면 양보하셔야죠.
뭐라도 말 좀 해보세요, 이쪽을 보세요. 아, 불행한 나여!   300
(코로스에게) 여인들이여, 우리가 헛되이 힘쓰며 고생만 하네요.
우리는 이전과 다름 없이 멀리 떨어져 있어요. 그녀는 전에도
아무 말을 않더니, 지금도 전혀 설득되지 않네요.
(파이드라에게) 하지만 이걸 아세요, — 그런 다음에 바다보다 더
무심해지든지 하세요 —, 당신이 죽으면, 그건 당신 아이들을   305
배신해서, 자기들 아버지 집안에서 몫을 얻지 못하게 하는 거지요.
말을 길들이는 아마존 여왕의 이름에 걸고 말하건대, 전혀 못 얻죠.
그녀는 당신 아이들의 지배자가 될 이를 낳았어요,
서자이긴 하지만 적자 같은 배포를 지닌, — 당신도 그를 잘

---

46 남들(특히 남자)에게 말하기 곤란한 부인병(婦人病)이라면, 뛰어난 여자 의사를 불러올 수
있다는 뜻이다.

아시죠 ——,
힙폴뤼토스 말이어요.

파이드라   아아, 맙소사.

유모   이 이름이 당신 마음을
자극하나요?   310

파이드라   당신은 저를 죽인 셈이네요, 유모, 그러니 신들의 이름으로 청하건대
제발 그 사람에 대해 다시는 말하지 말아주세요.

유모   아시겠어요? 당신은 아주 제정신이네요, 어찌하여 제정신이면서도
아이들 돕는 것도, 당신 목숨을 구하는 것도 원치 않고 있을까요.

파이드라   아이들을 사랑하긴 해요. 그런데 저는 다른 불운 속에 휘말려 가고
있어요.   315

유모   오 아기씨, 당신 손은 피로부터 멀리 떨어져 정결하게 지니고 있겠죠?

파이드라   손은 정결한데, 마음은 어떤 오염이 차지하고 있어요.

유모   어떤 원수가 주문으로 불러일으킨 고통 때문은 아니지요?

파이드라   어떤 친구가 의도하지 않게, 그럴 의도 없는 나를 파멸시키고
있어요.

유모   테세우스께서 당신에게 어떤 잘못을 저지르셨나요?   320

파이드라   내가 그분에게 악행을 저지른 것으로 보이지나 않았으면!

유모	그러면 당신이 죽음을 택하도록 이끄는 그 무서운 일은 뭔가요?
파이드라	제가 잘못을 저지르게 그냥 두세요. 당신을 향해 저지르는 건 아니니까요.
유모	자진해서 그렇게는 못 하죠! 내가 잘못하면 당신 집안에 해가 갈 거여요.

(유모가 파이드라의 손을 부여잡는다.)

파이드라	무슨 짓인가요? 손을 힘껏 잡고 매달리다니요?	325
유모	당신 무릎도 잡았어요, 그리고 결코 놓지 않겠어요.	
파이드라	오, 불쌍한 이, 그걸 들으면 당신에게 불행이, 불행이 될 거여요.	
유모	내게, 당신께 가닿지 못하는 것보다 더 큰 불행이 뭐 있겠어요?	
파이드라	당신이 죽는 게 더 큰 불행이죠. 하지만 이 일은 내게 명예를 가져올 거여요.	
유모	그런데도 숨기시나요, 제가 좋은 일을 탄원하는데도?	330
파이드라	부끄러운 일로부터 고귀한 것을 만들어내고 있기 때문이죠.	
유모	그럼, 말을 함으로써 당신이 더 명예롭게 드러나지 않을까요?	
파이드라	신들의 이름으로 청하니 제발 가버리세요, 내 오른손은 좀 놓아주고요.	
유모	절대 안 돼요, 필요한 것을 내게 선물로 주지 않는 한.	
파이드라	드릴게요. 당신의 탄원하는 손을 존중해서예요.	335
유모	이제 저는 침묵하게 되기를! 이제부터 말하는 건 당신 몫이예요.	
파이드라	오, 불쌍한 어머니, 당신은 어떤 사랑을 하셨던가요!	

유모   그녀는 황소에 대한 사랑을 품었지요, 아기씨. 그게 아니면 그걸
     뭐라 하시겠나요?

파이드라 오, 똑같이 불행한 피를 가진 언니여, 디오뉘소스의 아내[47]여,
     당신은 또 어떤 사랑을 했나요?

유모   아기씨, 무슨 문제가 있나요? 친족을 나쁘게 말씀하시다니요? 340

파이드라 세 번째로, 불행한 나는 또 어떻게 파멸해 가는가!

유모   저는 정신이 얼떨떨하네요. 아기씨 얘기는 도대체 어디를 향해
     가실 작정인가요?

파이드라 요즈음에가 아니라 거기서부터, 우리는 불행하게 된 거여요.

유모   저는 알고 싶은 걸 조금도 더 알게 되지 않았네요.

파이드라 아아, 내가 얘기해야 하는 것을 당신이 대신 말해 줄 수 있다면! 345

유모   저는, 숨겨진 것을 분명하게 알아내는 점쟁이가 아닙니다.

파이드라 사람이 사랑에 빠지는 걸 뭐라고들 하나요?

유모   가장 달콤한 일이라고들 하지요, 아기씨, 동시에 같은 사랑이
     고통스럽다고도 하고요.

파이드라 우리는 두 번째 것만 누릴 수 있는 모양이어요.

유모   무슨 말씀이세요? 당신은, 오 아기씨, 인간들 중에서 누군가를
     사랑하시나요?   350

파이드라 그런데 그 사람이 누구였죠, 그 아마존 여인의……?

---

47 테세우스에게 버림을 받고 디오뉘소스의 아내가 되었다는 아리아드네.

유모 　　　힙폴뤼토스를 말씀하시는 건가요?

파이드라 　　　　　　　　　　　　당신은 그 이름을 내게서가

아니라, 당신에게서 들은 거예요!

유모 　　　아아, 대체 무슨 말씀을 하시나요, 아기씨? 당신은 나를 죽인

셈이군요.

　　　여인들이여, 이건 견딜 수 없어요. 저는 살아서 이걸

　　　견디지 않겠어요. 혐오스러운 날을, 증오스러운 햇빛을 내가 보고

있군요! 　　　　　　　　　　　　　　　　　　　　　　　355

　　　나는 육체를 벗어던져 버리겠어요. 죽음으로써 삶으로부터

　　　풀려나도록. 잘들 지내세요. 나는 더 이상 존재하지 않아요.

　　　덕 있는 사람들이, 자진해서 그러는 건 아닐지라도, 그래도 나쁜 걸

　　　사랑하니 말입니다. 확실히 퀴프리스는 신이 아니고,

　　　만일 신보다 더 큰 무엇이 있다면, 그거예요. 　　　　　360

　　　아무튼 그 여신이 그녀와 나와 이 집안을 파멸시켰어요.

　　　(유모 퇴장)

코로스 　　　(좌)[48]

　　　오, 그대는 들었는가, 오, 그대 알아들었는가,

48 　이 합창에 짝이 되는 노래는, 669~679행에 나오는 파이드라의 탄식이다.

왕비님의 외침을,

차마 들을 수 없는 비참한 고통을?

사랑하는 이여, 내가 당신의 속마음에

이르기 전에 차라리 죽었더라면! 아아, 나는 슬프고 슬프다.　365

오, 이 고통으로 인하여 불행한 이여,

오, 인간을 키워주는 고통들이여!

당신은 파멸했군요, 불행을 빛 가운데로 밝히 드러내서.

오늘의 온 하루 시간은 대체 어떤 모습으로 당신을 기다릴까요?

뭔가 낯선 일이 당신의 집안에 일어나겠지요.　370

퀴프리스의 운이 어떤 식으로 쇠할지에 대해 이제 더는

불분명하지 않아요, 오, 불행한 크레테의 아이여.

파이드라　트로이젠의 여인들이여, 펠롭스의 땅의

현관 격인 이곳 끝자락에 사는 이들이여,

이미 나는 밤의 긴 시간 동안 공연히, 필멸의 인간들의　375

삶이 어떻게 쇠잔해 가는지를 생각해 보았어요.

그런데 내가 보기에, 사람들이 나쁘게 행동하는 것은

타고난 판단력의 자질 때문이 아니어요. 왜냐하면 제대로 숙고하는 능력이

많은 사람들에게 주어졌으니까요. 그보다는 여기에 주목해야 해요.

즉, 우리는 좋은 것들을 알고 인식하지만,　380

그걸 이루려 노력하지는 않는다는 점이지요. 어떤 사람은 게으름 때문에,

어떤 사람은 훌륭한 것보다는 어떤 쾌락을

앞세우느라. 그런데 인생에는 많은 쾌락이 있어요,

긴 잡담과 한가로움, 나쁜 즐거움,

그리고 부끄러움[49]도 있고요. ─ 이들은 두 가지인데, 하나는

나쁘지 않지만,   385

다른 것은 집안의 고통이지요. 만일 뭐가 적절한지가

분명했더라면,

이들이 두 가지가 되지 않았을 테고, 같게 쓰인 이름을 갖지도

않았을 텐데요.

그래서 내가 실제로 이런 걸 생각하고 있기 때문에,

나를 약하게 만들어서, 생각을 반대로

돌아가게 할, 그런 약은 없어요.   390

그런데, 당신에게 내 생각의 여정에 대해서도 말해 줄게요.

---

49 원어는 '아이도스(αἰδώς)'이다. 이 단어는 대개 '염치', '수치'로 옮겨지는데, 어떤 행동을 할지 말지 망설일 때 머릿속으로 상상해 본 대중 앞에서의 부끄러움, 아니면 어떤 권위 있는 법이나 도덕률, 양심 앞에서 느끼는 부끄러움을 가리킨다. 그런데 지금 여기서는 인생의 쾌락들을 꼽아보고 있는 중이어서 갑자기 이 단어가 나오는 게 이상하기 때문에, 다르게 고치려는 노력들이 있었다. 한편 어떤 학자들은, 이것이 '우리로 하여금 좋은 일을 못 하게 하는 것' 중 하나로 제시된 거라고 주장하며, 단어 자체는 그냥 두고 '우유부단'에 가깝게 옮기자고 제안한다. 실제로 파이드라는 결정적인 순간에 다른 데로 방향을 돌리는, 우유부단한 성격으로 그려진다.

사랑이 나를 꿰뚫었을 때, 나는 어떻게 하면 그것을
가장 잘 견뎌낼까 궁리했어요. 그때부터 시작해서 나는,
이 질병에 대해 침묵하고 숨겼어요.
혀라는 것은 전혀 믿을 수 없으니까요. 그것은 다른 사람의   395
생각에 대해서는 제대로 충고할 줄 알지만,
그 자신을 위해서는 해악만 가득 지니고 있지요.
그다음으로 나는 어리석음을 절제로 누르면서
굳게 참아보려고 노력했지요.
하지만 세 번째로, 이런 방법으로도 퀴프리스를   400
이겨내지 못했을 때, 나는 죽기로 결심한 거예요,
생각할 수 있는 것 중 최선을요 — 누구도 부인하지 않을 거여요.
내가 훌륭한 일을 행하며 사람들 눈에서 숨겨지는 일도,
부끄러운 짓을 행하며 많은 증인을 가지는 일도 일어나지 않기를!
그 일은, 그리고 그 질병은 오명을 가져온다는 걸 나는 알고
있었어요,   405
게다가 내가 여자라는 사실도 잘 깨닫고 있었죠,
모두에게 가증스러운 존재라고 말이죠. 최초로 외간 남자와
침상에 수치를 가져다주길 시작했던 여자는
가장 비참하게 파멸했기를! 그런데 고귀한 집안에서부터
이 악행은 여자들에게 생겨나기 시작했죠.   410
왜냐하면 고귀한 이들이 수치스런 짓을 좋게 여길 때,

비천한 자들에게도 그게 정말 좋은 걸로 보일 테니까요.

나는, 말로는 절제를 지녔다고 하면서

남몰래 아름답지 않은 대담함을 품는 여자들이 미워요.

그런 여자들이 대체 어떻게, 오, 바다에서 나신 여주인 퀴프리스여,

415

배우자들의 얼굴을 마주 보는지요!

그리고 자신들의 공범자인 어둠과, 집 안의 방들이

혹시 목소리를 낼까봐 떨지 않는지요!

그런데 바로 이것이 나를 죽게 하는 거여요, 친구들이여,

내 남편에게 수치스러운 짓을 한 걸로 드러나지 않도록,

420

또 내가 낳은 아이들에게도 그러지 않도록. 아니, 그들은 자유인으로서

발언의 자유를 풍성히 누리며 이름난 아테나이인들의

도시에 살기를! 어머니로 인해 명성을 누리며!

왜냐하면, 설사 어떤 사람이 담대한 기백을 가졌을지라도,

어머니나 아버지의 비행을 의식하게 되면, 그게 사람을 노예로 만드니까요.

425

그런데 이것만이 인생의 경쟁에서 승리한다고[50] 사람들은 말하죠,

---

50 '목숨과 싸워 이긴다.'로 해석하려는 학자도 많다. 이럴 경우 '목숨과도 겨룰 만큼 가치가 있다.'라는 뜻이 될 텐데, 지금 이 문맥에는 '인생의 성공을 놓고 겨루는 데서 이기다.'라는 뜻이 더 잘 맞아 보인다.

정의롭고 훌륭한 마음가짐 말입니다, 그것이 누구에게 있든 간에.

하지만 필멸의 인간 중 사악한 자들은, 일이 그렇게 될 때, 드러내

보입니다,

시간이 마치 젊은 처녀 앞에 그러하듯 거울을 앞에

가져다놓음으로써. 하지만 나는 결코 그런 자들 곁에 있는 걸로

보이지 않았으면! 430

코로스   아아, 절제는 모든 곳에서 얼마나 아름답고,

인간들 사이에서 고귀한 명성의 열매를 거두는지요!

(유모가 무대로 돌아온다.)

유모   마님, 조금 전엔 당신의 재난이 갑자기 드러나서

제게 무서운 공포를 가져다주었었죠.

하지만 지금은 제가 잘못했다는 걸 깨달았어요. 한데 인간들에겐

435

두 번째 생각이 어떻게든 더 현명한 법이지요.

당신이 겪은 일은 별난 것도 아니고 설명할 수 없는 것도

아니랍니다. 그건 여신의 분노가 당신에게 내리꽂힌 거니까요.

당신은 많은 사람들과 마찬가지로 사랑에 빠진 거여요. 그게 뭐

놀랄 일인가요?

그런데 사랑 때문에 목숨을 버리다니요!   440

그러면 다른 이들을 사랑하는 사람에겐 정말 아무 이득도 없을

거고,

장차 사랑을 하려는 사람도 마찬가지겠죠, 그들이 죽어야만

한다면 말입니다.

퀴프리스는 당해낼 수 없는 존재니까요, 특히 그녀가 홍수처럼

엄청나게 밀려올 때는.

그녀는, 굴복하는 자에게는 평온하게 동행하지만,

자기가 대단한 듯 교만한 자를 만나면,   445

그를 잡아채서 당신이 상상도 못 할 정도로 학대하죠.

그녀는 창공 위로 다니고, 바다의 파도 속에도

있어요, 퀴프리스는. 그리고 모든 게 그녀에게서 생겨나죠.

에로스를 씨 뿌리고 나눠주는 것도 그녀고요,

지상의 우리 인간들은 모두 그녀의 소산이지요.   450

그래서 옛사람들의 글을 갖고 있는 이들과

늘 음악 속에 사는 사람들은 알지요,

제우스가 어떻게 세멜레[51]와 결합하길

열망했는지를요. 또 그들은 알지요, 어떻게 아름다운 빛을

가져오는

---

51   제우스의 사랑을 받아 디오뉘소스를 낳은, 테바이 공주.

에오스가 사랑 때문에, 케팔로스[52]를 낚아채어 신들에게   455
데려갔는지를요. 하지만 그런데도 이들은 하늘에서
살고, 다른 신들을 피해 달아나지 않아요,
오히려 제가 보기엔, 이 재난에 기꺼이 굴복했지요.
그런데 당신은 그걸 견디지 않으려고요? 당신 아버님은 이런 조건
아래서
당신을 낳을 수밖에 없었어요. 그게 아니라, 이런 법들이 당신
마음에   460
들지 않는다면, 당신은 다른 신들을 주인으로 삼아
태어났어야지요.
얼마나 많은, 아주 합리적인 사람들이,
결혼 침상에서 부정이 저질러졌어도 못 본 척하는지 아시나요?
얼마나 많은 아버지들이, 아들이 잘못을 저지르고 있는데도
퀴프리스의 일에 협조해 주는지 아시나요? 필멸의 인간 중 현명한
이들의   465
몫은 이것이죠, 즉 '명예롭지 않은 건 숨길 것.'
그리고 인간은 인생을 너무 애써 살면 안 됩니다.
당신이, 집을 덮고 있는 지붕을 아주 정확하게
다듬을 수도 없고요. 당신이 빠진 그 큰 불운에서

---

52 아테나이 출신의 청년. 새벽의 여신 에오스가 납치해서 애인으로 삼았다는 여러 청년 중
한 명이다.

대체 어떻게 헤엄쳐 나갈 수 있다고 생각하시나요?   470
그건 안 되고요, 그저 나쁜 것보다 좋은 걸 더 많이 갖고 있다면,
인간으로서 당신은 정말 잘 사는 거라 할 수 있겠죠.
그러니, 오 사랑하는 아기씨, 나쁜 생각을 버리세요,
그리고 오만하기를 그쳐요. 신들보다 더 강하고자 하는 것,
이것은 오만함 이외의 다른 게 아니니까요.   475
용감하게 사랑하세요. 신께서 이걸 원하신 거여요.
당신이 병들었다면, 어떻게서라도 그 질병을 넘어뜨려보세요.
그리고 마법의 노래와 유혹하는 주문(呪文)이 있어요.
이 질병에 대한 어떤 약이 나타날 거여요.
우리 여자들이 방책을 찾아내지 못한다면,   480
사실 남자들이 그걸 발견해 내는 건 아주 오랜 뒤에나 가능하겠죠.

코로스   파이드라여, 현재의 재난에 대해서는 유모가
          더 유용한 것을 말하고 있습니다만, 저는 당신께 동의합니다.
          물론 저의 이 칭찬이 유모의 저 말들보다는 더 불편하고
          당신이 듣기에 훨씬 더 괴롭겠지만요.   485

파이드라   이것이 융성하는 인간들의 도시와 가정들을
          파멸시키는 것이죠, 지나치게 유창한 발언들 말이어요.
          사실 우리는 귀에 듣기 즐거운 걸 말할 게 아니라,

오히려 그것으로써 명성 높게 될 만한 것을 말해야 해요.

유모   거룩한 말씀을 하시네요. 하지만 당신에게 필요한 건   490
          모양 좋게 꾸며진 말이 아니라, 남자예요. 우리는 사태를 즉시
          분명하게 꿰뚫어 보고, 당신에 대해 직설적으로 말해야 해요.
          이 재난에 당신의 목숨이 걸려 있지만 않았어도,
          그리고 당신이 자제력이 아주 강한 여자였더라면,
          저는 당신의 잠자리나 쾌락을 위해서는   495
          당신을 이리로 끌고 오지 않았을 테니까요. 하지만 지금 당신의
목숨을
          구하기 위한 거대한 싸움이 앞에 있어요, 그리고 이건 비난할 일이
아니어요.

파이드라   오, 무서운 말을 내뱉는 여인이여! 얼른 입을 닫고,
          부끄럽기 그지없는 말을 그치지 못하겠어요?

유모   부끄럽지요, 하지만 이게 당신에겐 고상한 말보다 더 유용해요. 500
          실속이, 당신을 구해내기만 한다면, 명분보다 더 나아요,
          당신이 긍지를 품고 죽으려는 그 명분보다 말이어요.

파이드라   아, 신들의 이름으로 청합니다, ─ 당신이 워낙 말을 잘하니,

수치스런 말이긴 하지만 ―

　　　제발 그 이상은 나아가지 마세요. 나는 사랑에 대해 내 영혼을

　　　잘 준비해 두었는데,[53] 그 수치스러운 것을 당신이 좋게 말씀하시면

505

　　　나는 이제, 내가 피하던 것에 사로잡혀 완전히 소모될 거여요.

유모　　당신 생각이 그렇다면, 잘못을 저지르지 말았어야죠.[54]

　　　하지만 지금 사정이 이러하니, 제 말 들으세요. 제게 호의를 베푸는

　　　게 차선으로 좋은 거여요.

　　　제가 집 안에 사랑에 대해 마력이 있는 묘약을

　　　갖고 있어요, 방금 그 생각이 났네요.

510

　　　그것은 수치스러운 것도 없이, 마음에 상처도 주지 않고

　　　당신의 이 질병을 멎게 해줄 거여요, 당신이 마음 약해지지만

　　　않는다면.

　　　한데 뭔가 그리움의 대상인 저 사람에게서 나온

　　　증표가 필요해요, 머리카락이나 옷 조각을

53　이 구절을 대개의 학자들은 '나는 사랑과 싸울 태세를 갖췄는데'라는 뜻으로 보지만,
　　'사랑에 굴복할 준비가 되어 있지만'으로 해석하려는 시도도 있다. 앞의 해석을 따르면
　　파이드라가 자신의 절제를 강조하는 게 되고, 뒤의 해석을 따르면 파이드라 자신이 이미
　　크게 흔들리고 있음을 인정하는 게 된다. '휘페르가조마이(ὑπεργάζομαι)'의 원뜻은 '땅을
　　갈아엎어서 씨 뿌릴 준비를 하다.'인데, 이 뜻에는 뒤의 해석이 더 잘 맞는다.

54　사랑에 빠지지 말았어야 한다는 뜻이다.

얻는 게, 그리고 둘로부터 하나의 호의를 묶어내는[55] 것이.   515

파이드라   그런데 그 약은 바르는 것인가요, 아니면 마시는 것인가요?
유모   저도 몰라요. 알려고 하지 말고, 도움 된다는 점에 만족하세요,
         아기씨.
파이드라   저는, 당신이 지나치게 영리한 걸로 밝혀지지 않을까 겁나요.
유모   이게 두렵다면 당신은 모든 걸 두려워하는 셈인 줄 아세요. 한데 뭘
         무서워하세요?
파이드라   무엇 하나라도 당신이 테세우스의 아들에게 알리지나 않을까
         해서요.   520

유모   내버려두세요, 아기씨. 이 일은 제가 잘 처리할게요.
         (아프로디테 상을 향해) 그저 당신이, 존귀하신 여주인 퀴프리스여,
         나의 협력자가 되어주소서. 내가 생각하고 있는 다른 것들은
         집 안에 있는 우리 친구들에게 얘기하는 걸로 충분할 것입니다.

         (유모가 집 안으로 들어간다.)

코로스   (좌1)

---

55 겉보기 뜻은 '사랑의 묘약과 증표를 묶어서, 하나의 효과를 낸다.'라는 것으로 보이지만,
         은근히 '두 남녀를 결합시킨다.'라는 의미도 함께 담고 있는 구절이다.

에로스, 에로스여, 눈들에   525

그리움을 부어주는 이여, 당신이 마주 나아가는 이들의

영혼에, 달콤한 기쁨을 이끌어 넣어주는 이여,

부디 내게는 불행과 더불어 나타나지 마시고,

조화롭지 않게 다가오지도 마시길!

불의 화살도,   530

별들의 화살도

제우스의 자식인 에로스[56]가

손에서 날리는 아프로디테의 화살을

능가하진 못하니까요.

(우-1)

헛되이, 헛되이도 알페이오스[57] 강변과   535

퓌토[58]의 포이보스 신전에서

헬라스 땅은 황소 제물을 많이 바쳤구나.

반면에 인간들의 지배자, 아프로디테의

---

56 에로스의 부모가 누구인지는 사람마다 달리 말한다. 가장 널리 알려진 판본, 에로스가
     아프로디테와 아레스 사이에 태어났다는 것은 시모니데스의 작품에 나오는 게 처음이다.
     에우리피데스는 여기서 새로운 계보를 발명해서, 에로스가 제우스의 자식이라고
     주장하는 참이다.
57 올륌피아의 제우스 성역 곁으로 흐르는 강.
58 델포이.

가장 사랑하는 방들의

열쇠를 지니고 있는   540

에로스는 우리가 섬기지 않는구나,

그가 들이닥칠 때는, 인간들을

약탈하고, 온갖 불행 속으로

내동댕이치는데도.

(좌2)

오이칼리아의 여인[59]을,   545

결혼 침상의 멍에를 지지 않은 암망아지를,

이전에는 남편 없고, 결혼하지 않았던 그녀를,

에우뤼토스의 집으로부터 멍에를 지워서,

마치 숲의 요정처럼, 박코스의 여신도처럼 달려 도망치던 그녀를,

                                                      550

피와 더불어, 연기와 더불어

유혈 낭자한 결혼으로써

알크메네의 아들[60]에게 퀴프리스가 주었도다.

---

59 오이칼리아는 헤라클레스에게 함락된 도시. 이 도시가 어디 있었는지에 대해서는 여러
     저자가 달리 적고 있지만(멧세니아, 텟살리아 등), 소포클레스의 「트라키스 여인들」에서
     에우보이아(희랍 동부 해안을 따라 남북으로 놓인 길쭉한 섬)에 있는 것으로 그린 게 가장
     유명하다. 헤라클레스는 이 도시를 함락하고 에우뤼토스의 딸 이올레를 차지한다.
60 헤라클레스.

오, 불행한 결혼이여!

(우2)

오, 테바이의 신성한   555

성벽이여, 오, 디르케[61] 샘의 원천이여,

퀴프리스께서 어떻게 오시는지 동행하며 따라가보라.

그녀는 불길에 에워싸인 천둥에게,

두 번 태어난 박코스의   560

어머니를 결혼시키고는, 유혈의

운명으로써 잠재워 버렸기 때문이라.[62]

그녀는 모든 것 위에 무섭게 숨결을 보내고는,

마치 꿀벌처럼 날아가버리기 때문이로다.

(파이드라가 집 안에서 일어나는 일을 엿듣고 있다.)

파이드라   조용히 해보세요, 여인들이여. 나는 끝장났어요.   565

코로스   무엇인가요, 파이드라여, 집 안에서 일어난 무서운 일?

---

61 테바이의 샘.

62 테바이 왕녀 세멜레는 제우스에 의해 디오뉘소스를 임신했을 때, 제우스의 본모습을
보고 싶어 하다가 벼락에 죽고 만다. 제우스는 세멜레의 배 속 아이를 얼른 꺼내 자기
허벅지에 심었고, 디오뉘소스는 나중에 거기서 태어나게 된다. 그래서 디오뉘소스는 '두
번 태어난' 존재가 된다.

파이드라	가만히 있어요, 집 안에서 나는 소리 좀 듣게.
코로스	입 다물게요. 한데 이건 정말 나쁜 전조군요.

파이드라	아아, 아아,	
	오, 불행도 하다, 나의 고통이여!	570

코로스	왜 비명을 지르시나요? 왜 그런 소리를 외치세요?
	말해 주세요, 여인이여, 어떤 소식이 마음에 들이닥쳐
	그대를 두렵게 하나요?

파이드라	나는 완전히 끝났어요. 이 문간에 서서	575
	들어보세요, 집 안에서 어떤 고함이 쏟아지는지.	

코로스	당신이 문가에 서 계시니, 집 안에서 일어나는 일을	
	전달하는 것은 당신이 하셔야죠.	
	그러니 말해 주세요, 말해 보세요, 대체 무슨 나쁜 일이 닥쳐왔는지.	
		580

파이드라	말을 좋아하는 아마존 여인의 아들이 소리치고 있어요,
	힙폴뤼토스가, 하녀에게 무섭게 나쁜 말들을 외치면서.

| 코로스 | 이제 제게도 소리가 들려요, 하지만 명확하진 않네요. | 585 |

그래도 문을 뚫고 어떤 소리가 나오는지는 확실해졌네요,

당신도 알겠지만, 고함이 들려오네요.

| 파이드라 | 그래요, 그리고 분명하게, '사악한 일의 중매자'라고, |

'주인의 결혼 침상을 배신한 여자'라고 소리치고 있어요. 590

| 코로스 | 아아, 참혹하다! 친구여, 당신은 배신당했어요. |

당신께 뭐라고 충고할까요?

숨겨진 것이 드러났고, 당신은 완전히 파멸했어요,

아아, 슬프다, 슬프다, 친구들에 의해 배신을 당했네. 595

| 파이드라 | 유모가 나의 재난을 발설해서 나를 파멸시켰어요, |

호의라지만, 그렇지만 적절하지 못하게 이 질병을 치료하려다가.

| 코로스 | 그러니 어쩌죠? 무엇을 하시려나요, 어찌할 바 없는 일을 당한 |

여인이여?

| 파이드라 | 한 가지밖에는 모르겠어요, 되도록 빨리 죽는 것. |

그게 지금 앞에 놓인 고통의 유일한 치유책이니까. 600

(유모와 힙폴뤼토스가 집에서 나온다. 파이드라는 무대 구석으로 숨는다.)

힙폴뤼토스 오, 어머니 대지와 널리 펼쳐진 태양이여,

어떤 말을, 입에 담지 못할 무슨 소리를 내가 들은 것인가!

유모 조용히 하세요, 젊으신 분이여, 누가 그 외침을 듣기 전에.

힙폴뤼토스 불가하오, 무서운 말을 들었으니, 내가 어떻게 침묵하겠소?

유모 제발, 당신의 이 튼튼한 오른팔에 걸고 탄원합니다. 605

힙폴뤼토스 내게 손을 뻗지도 말고, 옷에 손도 대지 말아주시지 않겠소?

유모 오, 당신의 무릎에 걸고 탄원합니다, 나를 파멸시키지 말아주세요.

힙폴뤼토스 대체 왜 그러시죠? 당신이 지금 그렇게 말하는 것처럼, 잘못된 말을

한 적이 없다면 말이오.

유모 이 이야기는, 젊으신 분이여, 절대 널리 알려지면 안 됩니다.

힙폴뤼토스 좋은 일이라면 많은 사람들에게 얘기해야 더 좋지요. 610

유모 젊으신 분이여, 절대로 맹세를 무시하지 마세요.

힙폴뤼토스 내 혀가 맹세했지, 내 마음이 맹세한 것은 아니오.

유모 젊으신 분, 무슨 짓을 하려는 겁니까? 당신의 친구들을 완전히

파멸시킬 참이오?

힙폴뤼토스 그 말에 침을 뱉겠소. 불의한 자는 결코 내 친구가 아니지.

유모 용서하세요, 인간이 실수하는 건 당연합니다, 도련님. 615

힙폴뤼토스   오, 제우스여, 도대체 왜, 인간들에게 겉만 아름다운 재앙인

여자들을 태양 아래 살도록 만드셨습니까?

만일 인간의 씨를 뿌리고자 원하셨다면,

이 씨를 여자를 통해 주어서는 안 되는 것이었습니다.

그럴 게 아니라, 당신의 신전에서 인간들이   620

청동이나 철이나 무거운 황금과 바꾸어

아이들의 씨앗을 구입해야만 했겠지요, 각 사람이

자신의 재산 정도에 맞춰서. 그리고 자기 집에서

여자 없이 자유롭게 살아야 옳았습니다.

[반면에 현재는, 우리가 집으로 이 재앙을   625

들여놓으려 하자마자 집안의 재산을 지불하게 됩니다.]⁶³

그런데 이것을 보면 여자가 엄청난 재앙이라는 게 분명합니다.

즉, 낳고 길러준 아버지가 지참금까지 얹어서 딸을

타지로 내보낸다는 점 말입니다, 불행으로부터 벗어나기

위해서죠.

한편 이 파괴적인 존재를 집으로 취하여 들인 남자는   630

---

63   이 구절은, 신부를 데려오기 위해 신랑 측에서 큰돈을 치러야 한다는 뜻이다. 하지만
이어지는 구절에는 신부 아버지가 신랑 측에 지참금을 지불하는 것으로 되어 있어서,
이 두 부분이 서로 충돌한다. 신부 값을 치르는 것은 영웅시대의 관행이어서 이 작품 속
사건의 배경으로는 적절하지만, 에우리피데스는 자기 시대의 관습을 작품 속에 넣는 일이
자주 있어서, 오히려 후대 관행인 지참금 쪽을 살리는 게 옳을 것이다.

가장 사악한 이 우상에게 아름다운 장식을

얹으면서 즐거워하고, 의상들로 애써 치장하지요,

이 불쌍한 자는, 집안의 재산을 차츰 내다 없애면서.

[하지만 그는 달리 어쩔 수가 없습니다. 좋은 집안과 결혼했으면

새 인척들에게 만족하여 쓰라린 결혼 침상을 유지하는 것이고, 635

결혼 상대는 좋지만 새 인척들은 이득 되지 않는 경우를

당했으면, 안 좋은 점을 좋은 점으로 찍어 눌러두는 것입니다.][64]

아내가 무용지물인 게 그나마 가장 견디기 쉽습니다. 하지만 물론

어리석은 여자가 집 안 높이 자리 잡으면 해롭긴 하지요.

그런데 나는 똑똑한 여자가 싫습니다. 내 집 안에는 부디   640

여자가 꼭 해야 하는 것 이상으로 깊이 생각하는 여인은 있지 않기를!

퀴프리스는 똑똑한 여자들 사이에서 훨씬 자주 나쁜 일을

낳으니까요. 반면에 수완 없는 여자는

생각이 짧아서 오히려 어리석음을 벗어납니다.

여자에게는 하인들이 다가가지 못하게 했어야 옳았습니다.   645

그녀들과는, 말 못 하고 물기나 하는 짐승이 함께 살게

했어야지요, 여자들이 말 걸 상대를 갖거나,

그들에게서 말을 되받지 못하게끔.

---

64 힙폴뤼토스의 관점에서 여자는 무조건 안 좋은 것이기 때문에 '괜찮은 배필'이나 '좋은
처가 식구' 같은 개념은 여기 끼어들 수 없을 것이다. 이런 구절은 대개 배우가 경구를
좋아하는 청중을 위해 써둔 것이 나중에 본문으로 섞여 들어간 것으로 추정된다.

하지만 지금은 집 안에 있는 못된 여자들이 못된 계략을

꾸미면, 하인들이 바깥으로 옮겨내지요.   650

(유모를 향해) 그래서 당신도, 오 사악한 여인이여,[65] 내 아버지의

정결한 침상에 대해 일을 주선하겠노라고 다가온 것이오.

그 말을 나는, 흐르는 샘물을 귀에 쏟아부어

씻어낼 것이오. 그러한 일을 듣는 것만으로도 순결치 않다고

생각하는 내가, 어떻게 그리 사악해질 수 있겠소?   655

그런데 잘 알아두시오, 나의 경건함이 그대를 구했소, 여인이여.

내가 무방비 상태로 신들에 대한 맹세에 걸려들지만 않았어도,

이것을 아버지께 고해바치지 않을 수 없었을 텐데.

하지만 일단 나는, 아버지 테세우스께서 타지에 계시는 동안

집을 떠나 있겠소, 그리고 입을 다물 것이오.   660

하지만 아버지와 발걸음을 같이하여 돌아와서는 볼 것이오,

당신도, 당신의 여주인도 어떻게 그분의 얼굴을 마주 보는지.

[그리고 당신들의 뻔뻔함을 맛보아 알게 될 것이오.][66]

당신들이 파멸해 버리길! 나는 여자들을 미워하는 데 결코

물리지 않을 것이오, 누가 내게, 늘 그 말만 되풀이한다

---

65 직역하면 '사악한 머리여'. 희랍어에는, 특히 강한 감정을 표현할 때, 상대를 '~의
머리여'라고 부르는 관행이 있다. 대개는 애정의 표현이지만, 여기서는 혐오감의 표현으로
쓰였다.

66 이 구절은 661행과 내용이 겹치는 데다, 한 번 한 말을 되풀이하면 앞의 발언에서 얻은
효과가 약해지기 때문에, 많은 학자들이 이 구절을 삭제하고자 한다.

비판하더라도.

저 여자들도 늘 계속해서 사악하기 때문이오.

그러니 누구든 여자들이 절제 있다는 걸 내 앞에 입증하든가,

아니면 내게, 계속 여자들을 짓밟는 걸 허용하시오.

(힙폴뤼토스 퇴장)

파이드라   (우)[67]

오, 불쌍하고 불운한

여자들의 운명이여!

이제 일을 그르쳤으니, 어떤 기술로, 혹은 어떤 논리로   670

우리가 말의 매듭을 풀 수 있으랴?[68]

나는 벌을 받는 거야, 오 땅이여, 태양의 빛이여!

대체 어떻게 하면 불운에서 빠져나올 수 있겠소?

어떻게 재앙을 덮을 수 있겠소, 친구들이여?

이 불의한 일에 대해, 대체 신들 중 누가 옹호자로서,   675

아니면 인간 중 누가 동반자, 협력자로서

나타날 수 있겠소? 우리에게 닥친 재난이,

---

67 운율상 이 노래에 짝이 되는 합창은 이미 362~372행에 나왔다.

68 이 노래의 첫 4행(전통적인 사본에는 3행으로 나와 있다.)은 코로스에게 배당하는 학자도
있다. 주어가 '우리'라는 복수 형태여서 그런 것인데, 희랍어에서 (특히 1인칭 주어일 때)
단수 대신 복수를 사용하는 경우가 많기 때문에 굳이 이 대사를 트로이젠 여인들에게
배당할 필요는 없다.

넘어서기 어려운 우리 삶의 경계 너머로 나아가고 있으니 말이오.

나는 여인 중 가장 불행한 사람이로구나!

코로스   아아, 끝장났군요, 마님. 당신 하녀의   680

계략이 성공하지 못했네요, 불행하게 되었어요.

파이드라   오, 사악하기 그지없는 여인이여, 친구들을 망치는 자여,

내게 무슨 짓을 한 것이오? 나의 조상이신 제우스께서[69]

당신을 불로 내리쳐 뿌리부터 밀어버리시길!

내가 말하지 않았던가요, 당신의 의도를 앞질러 막지 않았던가요,

                                             685

지금 내가 부끄러움을 느끼는 그 일에 대해 침묵하라고?

하지만 당신은 참지 않았어요. 이제 나는 명예롭게

죽을 수도 없겠네요. 아니, 이제는 새로운 계획이 필요해요.

왜냐하면 저 사람은 분노로써 마음의 칼날을 세워서는,

당신의 잘못에 대해 자기 아버지에게 나를 고발할 테니까요.   690

그리고 핏테우스 노인께 나의 재난을 고하고,

온 땅을 부끄럽기 그지없는 이야기들로 가득 채우겠지요.

파멸해 버리기를! 당신도, 그리고 누구든, 친구들이 원치 않는데도

---

69   파이드라는 미노스의 딸인데, 미노스는 제우스가 에우로페와 결합해서 낳은 아들이다.

잘해주겠노라고, 일에 서툴면서도 열의만 품는 자는!

유모   마님, 당신은 저의 잘못을 꾸짖을 수 있습니다,   695
          당신의 상처가 이성을 이기고 있으니까요.
          하지만 저도 이것에 대해, 당신이 받아주신다면, 할 말이 있습니다.
          저는 당신을 길렀고, 당신께 호의를 품고 있어요. 그리고 당신의
          질병에 대해
          약을 구하려 애썼지만 제가 목적했던 것을 얻지 못했습니다.
          만일 제가 성공했더라면, 저는 분명히 영리한 사람으로 여겨졌을
          텐데요.   700
          우리는 운수에 따라서 현명함에 대한 평판을 얻어 가지니까요.

파이드라   뭐라고요? 이게 정당하고, 또 내가 만족할 만한 일인가요,
          당신이 나를 찔러놓고는 말로도 또 다투는 건가요?

유모   우린 지금 너무 많은 말을 하고 있네요. 제가 현명하지 못했어요.
          하지만 지금이라도 당신이 구원받을 길이 있어요, 아기씨.   705

파이드라   입 다무세요. 당신은 전에도 내게 잘못된 것을
          권했고, 재난이 될 일을 시도했어요.
          아니, 길이나 비키고 꺼지세요, 그리고 자신에 대해서나

궁리하세요. 내 일은 내가 잘 처리할게요.

(유모 퇴장)

(코로스에게) 그런데 그대들, 좋은 혈통을 타고난 트로이젠의
딸들이여,   710

내 간청하는 이것을 부디 이뤄주시오,

여기서 들은 것을 침묵으로써 숨겨주시오.

코로스   존귀하신 아르테미스, 제우스의 따님께 걸고 맹세해요,

당신의 불행에 대해 도대체 그 어떤 것도 햇빛에 드러내지
않겠다고요.

파이드라   그 말씀 고마워요. 한 가지 덧붙여 말할게요.   715

나는 이 재난에 대해 한 가지 방도를 찾아냈어요,

내 아이들에게는 명예로운 삶을 제공하고,

나 자신도 현재 닥친 일과 관련해서 이득 볼 길을.

내가 테세우스님과 얼굴을 마주 보게 되진 않을 거여요,

부끄러운 일이 일어났는데, 한낱 목숨 때문에.   720

코로스   그러면 당신은 뭔가 치유할 수 없는 불행을 저지를 건가요?

파이드라   죽을 거여요. 하지만, 어떻게? 그것은 내가 생각해 보겠어요.

| 코로스 | 좋은 말씀만 하세요! |
| 파이드라 | 그대도 내게 좋은 충고만 하세요. |

나는, 나를 파멸시켜 버린 바로 그 퀴프리스를,

오늘 안에 이 생명에서 떠나감으로써,   725

기쁘게 하렵니다. 그래서 쓰라린 사랑에 패한 자가 될 거여요.

하지만 죽더라도 다른 어떤 사람에게 불행이

되겠어요, 나의 불행을 보고서

교만하지 않게끔. 그는 나의 질병에

함께 동참함으로써 현명해지기를 배울 거여요.   730

(파이드라가 집 안으로 들어간다.)

| 코로스 | (좌1) |

가파른 은신처 밑에 숨고 싶어라,

거기서 신께서 나를 날개 돋친 새로

바꾸어, 깃털 가진 무리 가운데

두셨으면!

아드리아해,[70] 바다의 파도 위로   735

솟구치고 싶어라,

에리다노스[71]의 물 위로.

---

70 기원전 5세기에 '아드리아해'는 베네치아만(灣)을 가리키는 말이었고, 이탈리아와
희랍반도 사이 바다의 남부는 '이오니오스만(Ionios kolpos)'이라고 불렀다.

거기서 자줏빛 물결 속으로

불행한 처녀들이

파에톤을 애곡하여 호박(琥珀)으로 빛나는   740

눈물의 광채를 떨구는구나.[72]

(우1)

노래하는 헤스페리데스[73]의

사과나무 자라는 해안에 가서 닿고 싶어라.

그곳은 자줏빛 석호를

주재하시는 바다의 주인께서

뱃사람들에게 더 이상 길을 허용치 않으며,   745

아틀라스가 떠받친 하늘의

신성한 경계를 확고히 세우는 곳,

제우스의 잠자리 곁으로

불멸의 샘이 솟아나는 곳,

71 세계의 서쪽에 있는 강. 현실적으로는 대개 이탈리아반도 북부의 포강을 가리킨다.

72 태양신의 아들 파에톤은 아버지의 태양 마차를 몰다가 온 세상에 불을 내고는, 제우스의
    벼락을 맞아 에리다노스강에 떨어졌다고 한다. 그의 누이들은 그 죽음을 슬퍼하다가
    포플러 나무로 변했고, 그 눈물이 굳어져 호박이 되었다고 한다. 고대에 호박은 북해
    지역에서 생산되어 지중해 연안으로 수출되었는데, 도중에 베네치아만을 거쳐 오기
    때문에, 희랍인들은 호박이 포강 부근에서 난다고 생각했다.

73 세상 끝에서 헤라의 황금 사과나무를 지키는 처녀들. 보통 아틀라스의 딸들로 알려져
    있으며, 늘 노래하며 지내는 것으로 되어 있다.

거기서 지극히 성스러운 대지는 풍요로운 선물로써   750
신들을 위한 행복을 키워내시도다.

(좌2)

오, 흰 날개 돛을 단 크레테의
연락선이여! 너는 소금기 날리며
때려대는 짠물 바다의 파도를 뚫고서
우리 왕비님을 행복한 집으로부터 결혼의 즐거움으로,   755
불행하기 그지없게 될 것으로 데려왔구나.
진정 그녀는 이중으로 나쁜 조짐[74]과 더불어 크레테 땅으로부터
날아와서는, 이름 높은 아테나이의, 무니키온 해안에   760
꼬아 만든 밧줄의 끝을 단단히 묶었고,
대륙의 땅으로 올라섰기 때문이라.

(우2)

거기서부터 시작해서, 아프로디테가 보낸
불경스런 사랑의 무서운   765
질병에 의해 그녀는 부서지고 말았도다.
하지만 견딜 수 없는 재난으로, 배 안에 들어찬 물이 뱃전을 넘치게

---

74 보통, 배에 오를 때도, 배에서 내릴 때도, 좋지 않은 전조가 있었다는 뜻으로 해석된다.

되자,

그녀는 신부의 침실에 올가미를

걸어 묶고는, 그것을 하얀 목에 둘러 조이리라,   770

신이 보낸 혐오스런 운명을 부끄럽게 여겨,

이름 높은 명성을 대신 취하고자

마음으로부터 고통스런 사랑을 몰아내면서.   775

유모   (집 안에서) 아이고, 아이고.

          이웃한 집에 사는 이들이여, 모두들 달려와 도와주시오.

          마님께서 목을 매달았다오, 테세우스의 부인께서.

코로스   아아, 아아, 실행하고야 마셨군요. 왕가의 여인은 이제 더는

          살아 있지 않네요, 높이 매단 올가미에 목을 맸으니.

유모   서두르지 않으려오? 누가 양쪽으로 날이 있는 강철 좀   780

          가져와주시오, 그것으로 목에서 이 매듭을 풀도록?

코로스   친구들이여, 어떻게 할까요? 집 안으로 달려 들어가,

          단단히 묶인 올가미에서 왕비님을 풀어내는 게 나을까요?

          (다른 여인이 말한다.)

          왜요? 젊은 하녀들이 곁에 있지 않나요?

많은 일에 참견하는 건 우리 삶을 안전하게 만들지 않죠. ₇₈₅ 785

유모   불쌍한 시신을 길게 눕혀서 가지런히 하시오.
         이 여인은 우리 주인집을 돌보기엔 너무 쓰라린 안주인이로구나.

코로스   내 들어보니, 저 불행한 이는 죽었군요, 그 여인은.
         벌써 그녀를 시신으로 거둬 눕히고 있으니.

(테세우스가 무대로 들어온다.)

테세우스 여인들이여, 그대들은 아시오, 대체 무슨 고함이 집 안에서
         들려오는 것인지?   790
         하녀들의 슬픈 비명이 내게 들렸으니 말이오.
         이 집은 신탁을 받고 돌아오는 나에게, 대문을 활짝 열고
         반갑게 인사하려고 하지도 않는군.
         핏테우스 노인께 뭔가 새로운 일이 일어난 건 아니지요?
         그분이 이제 오래 사시긴 했지만, 그래도 혹시 그분이   795
         이 집을 떠나가셨다면 우리에겐 고통일 것이오.

코로스   이 불운은 노인들과는 상관이 없습니다,
         테세우스여. 젊은 사람들이 죽어서 당신을 고통스럽게 할 것입니다.

테세우스   아아, 내 아이들이 목숨을 빼앗긴 것은 아니겠지요?

코로스   그들은 살아 있죠. 죽은 건 애들 엄마예요, 당신에게 가장 큰

            고통이 되겠지만.   800

테세우스   대체 무슨 말이오, 아내가 죽다니? 어떤 불운 때문이오?

코로스   밧줄을 매달아 올가미로 목을 매었답니다.

테세우스   슬픔에 마음이 얼어붙어서 그랬소, 아니면 어떤 재앙 때문에 그랬소?

코로스   우리는 그 정도까지만 알고 있습니다. 저도 방금 당신 집에,

            테세우스여, 당도했으니까요, 당신의 불행을 애도하기 위해.   805

테세우스   아아, 나는 도대체 무엇 때문에 머리를 이렇게

            나뭇잎 관으로 장식했던가, 불행한 자로서 신탁을 받았으면서.

            문들의 자물쇠를 열어라, 하인들이여,

            빗장을 풀어라, 내가 아내의 가슴 아픈 모습을

            보게끔. 그녀는 죽어서 나를 소멸시켰구나!   810

코로스   아아, 불쌍하게 고통을 당한 불행한 여인이여,

            당신은 그러한 일을 당하고,

            또 이루었소, 이 집안을 완전히 바닥나게 할 만한 일을.

            아아, 당신은 감행하였군요,

166

격렬하게 죽음으로써, 그리고 신성치 않은

재앙에 의해, 불행한 당신 손의 어려운 씨름을.　　　　　　815

대체 누가, 불행한 여인이여, 당신의 삶을 스러지게 했소?

테세우스　　(좌)

슬프다, 나여, 고통으로 인하여! 나는 나의 불행 중

가장 큰 것을 겪었구나, 오 불행한 자여! 오, 불운이여,

너는 어찌 그리 무겁게, 나와 내 집 위에 들이닥쳤는가,

어떤 복수의 신에게서 비롯된, 예상치 못한 칫값으로서!　　820

나의 삶을 살 수 없는 것으로 만드는 파멸이여!

오, 불행한 나여, 결코 다시 헤엄쳐

나갈 수 없을 정도의, 재앙의 바다를 나는 보고 있구나,

뚫고 솟아날 수 없는 이 재난의 파도를.　　　　　　　　824

불행하구나, 당신에게 떨어져 파멸시킨 불운을　　　　826[75]

나는 어떤 말로, 무엇으로 이름 부를 길 있겠소?

당신은 내 손으로부터 한 마리 새처럼 사라져,

갑작스레 달려나가 하데스의 집으로 가버렸으니 말이오.

아아, 아아, 비참하고 비참한 이 고통이여!　　　　　　　830

한데 나는 어디선가 먼 데로부터, 이전에 살았던

75　전해지는 사본들의 825행에는 809행과 같은 구절이 적혀 있는데, 여기서 다시 문을
　　열도록 명령하는 것은 이상하기 때문에, 대부분의 학자들은 825행을 삭제한다.

어떤 조상의 잘못으로 인하여, 신들의 요구에 따라

불운을 되갚고 있구나!

코로스 왕이시여, 이런 불행은 오로지 당신에게만 닥친 게 아닙니다.

소중한 아내를 잃는 일을 당신은 많은 다른 사람과 함께합니다. 835

테세우스 (우)

땅 밑의, 땅 밑의 암흑을 나는 바랄 뿐이라,

죽어서 어둠과 함께 살기를, 오, 불행한 나여,

가장 사랑스런 동행자, 그대를 빼앗겼으니.

당신은 자신이 죽었다기보다는 오히려 나를 죽였소.

내 누구에게서 듣겠소? 대체 어디에서 죽음의 운명이,   840

불행한 여인이여, 당신의 마음으로 닥쳐왔는지?

누구든 대체 무슨 일이 일어났는지 말해 줄 수 있소? 아니면 왕에

걸맞은

나의 이 집은 쓸데없이 하인들의 무리를 덮고 있는 게요?

아아, 슬프도다, 당신에게서 비롯된 나의 〈슬픔이여〉![76]

비참한 나는 집안의 이러한 고통을 보았구나,   845

견딜 수 없고, 말할 수 없는 것을! 아니, 나는 아예 파멸하였구나.

76 전해지는 사본들에 구멍이 있어서, 후대 학자들이 필요한 내용을 채워 넣었다.

집은 황량하고, 아이들은 고아가 되었구나.

〈아아, 아아,〉 사랑하는 여인이여, 그대는 떠났구려, 떠났구려,

태양의 빛살과, 밤의 별 찬란한

얼굴이 내려다본 여인 중에서   850

가장 뛰어났던 이여!

코로스   오, 불행하신 분, 당신의 집안은 어떠한 재난을 당하셨는지요!

저의 눈은 당신의 불운으로 인하여

눈물 가득 차 젖었습니다.

하지만 저는 이것에 뒤따를 고통 때문에 전부터 겁에 질려

있습니다.   855

테세우스   아니? 아니!

사랑스런 손에 쥐여 있는 이 서판은

대체 무엇인가? 무슨 새로운 일을 전하려는 것일까?

저 불행한 여인이 나의 결혼과 아이들에 대해

간청하기 위해 편지를 쓴 것일까?

걱정 마시오, 불행한 여인이여. 테세우스의 침상과   860

가정으로 들어오는 여자는 결코 없을 것이오.

아, 진정, 금을 두드려 만든 그녀 인장의 눌린 자국이, 이제는

존재하지 않는 그녀의 것이, 내게 다정히 인사하는구나!

자, 인장이 찍힌 묶음 띠를 돌려 풀고서,[77]

이 서판이 내게 뭘 말하고자 하는지 보자꾸나.   865

코로스   아아, 아아, 다시 이 새로운 불행을 어떤 신이

           앞의 것에 뒤잇도록 덧붙여 끌어들이는구나. 아니, 나로서는, 삶의 그런 몫은

           도저히 살 수 없는 것이로다. 내겐 이미 일어난 것들에 어울리는 몫이 있기를![78]

           왜냐하면 나로서는, 내 주인들의 집안은 파멸하였고,

           아아, 아아, 더는 존재하지 않는다고 선언하기 때문이라.   870

           [오, 신이시여, 혹시 그게 가능하다면, 이 집안을 쓰러뜨리지 마소서,

           탄원하는 제 기도를 들으소서. 저는 마치 예언자처럼

           무엇인가로부터 나쁜 조짐을 보고 있기 때문입니다.][79]

---

77 옛날 편지는 한 면에만 밀랍을 입힌 두 쪽의 나무판으로 되어 있어서, 밀랍 위에 철필로 글씨를 쓰고, 밀랍이 있는 면끼리 마주 보게 붙여서 전체를 노끈 따위로 묶고, 그 끈을 녹인 밀랍으로 봉한 후, 그 밀랍에 인장을 찍었다.

78 사본들에 전해지는 표현이 너무나 이상해서 많은 학자들이, 원래 문장이 무엇이었는지 도저히 복구할 수 없다고 포기한 부분이다. 여기서는 ── 여전히 많은 문제를 담고 있지만 ── 그나마 뜻이 통하게 복원한 학자의 의견을 좇아 옮겼다.

79 몇몇 사본에는 이 구절이 없어서, 후대에 끼워 넣어진 게 아닌가 의심받아 온 부분이다. 그 앞에는 코로스가 급박한 운율로 이 집안의 파멸을 확신하고 있었는데, 갑자기 평범하고 단조로운 운율로 바뀌면서 내용도 아직 불행을 피할 길이 있을지도 모른다는 식으로 되어 있어서 전체적인 긴장감을 떨어뜨리고 있다.

테세우스   아아, 이것은 재앙에 더해서 또 무슨 다른 재앙인가!
           견딜 수 없고, 말할 수 없는 것이로다, 오 불행한 나여!   875

코로스   무슨 일인가요? 말해 주세요, 혹시 저도 논의에 동참할 수 있다면.

테세우스   크나큰 해악을 일으키라고 서판은 외치고, 또 외치는구나. 재난에
           몰린 나는
           어느 길로 피해 갈 것인가! 나는 완전히 파멸하여 무너져버렸으니
           말이오.
           불행한 나는 대체 어떤, 어떤 노래를, 이 편지가
           소리 내어 전하는 걸 보았던가!   880

코로스   아아, 당신은 불행의 시초가 될 말씀을 내보이시는군요.

테세우스   나는 더 이상 내 입의 문안에
           가두지 않을 것이오, 밖으로 내놓기 힘든 파괴적인
           재앙을. 아아, 도시여!
           힙폴뤼토스가 감히 나의 침상에 손을 대었소,   885
           폭력으로써, 제우스의 거룩하신 눈을 존중치 않고서.
           하지만, 오 아버지 포세이돈이여,[80] 당신은 언젠가 제게

세 번의 저주를 들어주겠노라고 약속하셨습니다. 그중 하나로
내 아들을 멸하소서, 오늘 하루를 피하지
못하도록, 당신이 제게 확실한 저주를 허락해 주셨다면!   890

코로스   왕이시여, 신들의 이름으로 빌건대, 제발 이것을 되돌려 취소하는
기도를 드리소서.
당신은 나중에 이게 잘못임을 깨닫게 되실 테니까요. 제 말을
들으소서.

테세우스   그건 불가능하오. 그리고 나는 이에 덧붙여서, 그를 이 땅에서
추방하겠소,
두 개의 운명 중 하나에 얻어맞게 되도록.
포세이돈께서 나의 저주를 존중하시어,   895
그를 죽여서는 하데스의 집으로 던져버리시거나,
아니면 이 나라에서 쫓겨나서, 낯선 땅을
떠돌아다니다가 괴로운 삶을 다 소진해 버릴 테니 말이오.

(힙폴뤼토스가 들어온다.)

---

80 옛 영웅들에게는 인간인 아버지와 신(神)인 아버지, 둘 다 있는 경우가 보통이어서,
테세우스 역시 아이게우스의 아들이면서 동시에 포세이돈의 아들로 여겨졌다.

코로스   한데 마침 여기 적절하게 당신의 아들, 바로 그가 왔습니다,

힙폴뤼토스가. 너무 심한 분노는 거두시고, 왕이신   900

테세우스여, 당신 집안에 가장 이로운 것을 궁리하십시오.

힙폴뤼토스 당신의 외침 소리를 듣고서 서둘러 왔습니다,

아버지. 하지만 당신이 무엇을 비탄하시는지, 그것은 제가

알지 못합니다. 당신에게서 그것을 듣고 싶습니다.

자, 무슨 일인가요? 제가 보니, 당신의 부인이 돌아가셨군요,   905

아버지. 이건 정말 크게 놀랄 일이네요.

저는 방금 그분에게서 떠나갔고, 그분은

바로 얼마 전까지 이 태양 빛을 보고 계셨는데요.

대체 무슨 일을 당하신 건가요? 어떻게 돌아가셨나요?

아버지, 당신에게서 들어 알 수 있었으면 합니다.   910

침묵하시나요? 하지만 불행 속에서 침묵은 아무 역할도 하지

못합니다.

[왜냐하면 모든 것을 듣고자 하는 마음은

불행 속에서도 궁금증을 가지기 마련이기 때문입니다.]

진정코, 당신의 친구에게, 아니 친구보다 더 가까운 이에게

불행을 숨기는 것은 정당한 일이 아닙니다, 아버지.   915

테세우스   오, 인간들이여, 그토록 크게 목표를 빗맞히며 헛짓이나 하는

자들이여!

왜 너희는 수많은 기술을 가르치고,

모든 것을 궁리해 내며, 방법을 찾아내면서도,

한 가지만큼은 알지 못하고, 잡아내지도 못하는가!

지혜가 없는 자들에게 현명하기를 가르치는 일 말이다!   920

힙폴뤼토스   대단한 현자를 말씀하시는군요, 생각할 줄 모르는 사람들을

제대로 생각하게끔 강제할 수 있는 사람이라니요.

하지만 지금 그런 미묘한 말씀을 하실 때가 아니니, 아버지,

혹시 재난 때문에 당신의 입이 너무 사나워지신 게 아닌가

싶습니다.

테세우스   아, 인간들에게 친구를 판별할 수 있는, 그리고 그 마음을   925

알아볼 수 있는 어떤 분명한 표지가 있었어야만 했는데!

누가 진정한 친구이고, 누가 친구가 아닌지 알도록!

그리고 모든 인간이 두 가지 목소리를 가지고 있었어야 했는데,

하나는 정직한 것을, 다른 하나는 어떤 것이든 있는 그대로!

그랬더라면 부정직한 것을 마음에 품고 있는 자는 정직한 자에

의해   930

논박당했을 것이고, 우리는 속지 않게 되었을 텐데!

힙폴뤼토스   설마, 친구들 중 누군가가 당신의 귀에 저를 모함해서,

제가 잘못도 없이 곤경에 처한 것은 아니겠지요?

저는 어리둥절합니다. 당신의 말씀이, 이성의 자리를 벗어나

방황하면서 저에게 충격을 주고 계십니다.   935

테세우스   아, 인간의 마음이여! 그것은 어디를 향해 갈 것인가?

대담함과 뻔뻔함의 종착점은 어디가 될 것인가?

만약 그것이 한 사람의 생애 동안에도 이렇게 불어난다면,

그래서 뒤 세대는 앞 세대를 훨씬 능가하는

악인들이 된다면, 신들은 지금 있는 대지에 덧붙여   940

다른 땅을 더 만들어야 할 것이로다, 불의한 자들과

악한 성품을 타고난 자들을 수용하기 위해서.

한데 이 인간을 보시오, 나에게서 태어났으면서도

나의 침상을 수치스럽게 만들고, 죽은 여인에 의해

고발되어, 가장 사악한 자라는 것이 명백히 드러났으니!   945

(힙폴뤼토스가 얼굴을 가린다.)

너의 얼굴을 드러내라, 이리로 아비를 마주하여,

나도 오염에 다다르고 말았으니![81]

---

81   대개의 사본에는 '네가 (이왕) 오염되었으니'로 되어 있는데, 그보다는 테세우스가, 이미
자신도 이 수치스러운 일에 연루되어 오염된 것이나 다름없으니, (상대가 오염되지 않도록)
얼굴 가릴 것 없이 마주 보자는 뜻으로 읽는 게 좋겠다. 희랍어 철자로는 행의 마지막 단어

너 따위가 특별한 인간이어서 신들과 동행한단

말이냐? 네가 절도 있고, 악과는 전혀 섞인 데 없단 말이냐?

나는 너의 자랑에 넘어가지 않을 것이다,   950

그건 신들이 무지하고 사려 깊지 못하다 여기는 것이니.

이제 뽐내보아라, 영혼 없는 식물만 골라 먹으며 음식으로

과시해 보아라, 그리고 오르페우스를 주님으로 섬기면서

한껏 제의를 치러보아라, 수많은 글자들의 연기 같은 내용을

떠받들면서.

그래봐야 이미 들통나 버렸으니. 하지만 그와 같은 자들을

피하라고   955

나는 모두에게 경고하노라. 그들은 거룩한 말씀으로

사람을 사냥하고, 부끄러운 일을 획책하니까.

이 여인은 이미 죽었다. 그 사실이 너를 구해주리라고 생각하느냐?

이로 인해 네 죄가 최고로 크게 드러나는 것이다, 너, 더없이 사악한

자여!

왜냐하면, 어떤 맹세, 어떤 논변이 이것보다   960

더 강할 수 있겠느냐, 네가 추궁을 피할 수 있을 정도로?

이 여인이 너를 미워했노라고, 또 서자는 원래 적출(嫡出)에게

원수가 되게끔 되어 있다고 말할 거냐?

끝에 -s를 하나 붙일 것(2인칭)인지, 뗄 것(1인칭)인지의 문제이다.

만일 그녀가 너에 대한 미움 때문에 가장 소중한 것을 파괴했다고

한다면,

너는 그녀가 목숨을 서툴게 거래한 것이라 말하는 셈이다.   965

아니면, 그런 어리석음이 남자에게는 없지만, 여자에게는

타고난 본성이라고 할 거냐? 하지만 나는, 퀴프리스가

춘정을 동하게 만들 때면, 젊은 것들이

여자들보다 전혀 견실하지 못하다는 것쯤은 잘 알고 있다.

그런데도 남자라는 사실이 그들에겐 큰 도움이 되지.   970

그러니 이제, 내가 너의 변명들과 다투고 있을 이유가 무엇이냐,

시신이 눈앞에, 가장 확실한 증인으로 함께하고 있는데?

어서 이 땅에서 꺼져버려라, 추방자로서,

신께서 지으신 아테나이로 가지도 말고,

나의 창이 통치하는 땅의 경계 안으로 들어서지도 말아라.   975

만일 이런 일을 당하고도 내가 네게 굴복한다면,

이스트모스의 시니스로 하여금, 내가 언젠가 그를 죽였다는 것을

부인하고, 내가 그저 공연히 자랑하는 거라고 증언하게 하라.

그리고 바다에 잇닿아 있는 스키론의 바위들로 하여금

내가 악당들에게 사나운 상대였다는 것을 부정하게 하라.[82]   980

---

[82] 젊은 테세우스는 트로이젠의 외가를 떠나, 자기 아버지 아이게우스가 살고 있던
       아테나이로 가는 길에 여러 악당들을 퇴치했었다. 지협(이스트모스)에 사는 시니스는
       지나가는 사람을 잡아, 구부린 소나무를 이용해서 찢어 죽이거나 하늘로 날려 보냈다는

코로스   필멸의 인간 중 누군가가 행복하다고 어찌 말할 수 있는지
         나는 알지 못하노라. 처음 것들이 뒤로 돌아서기 때문이라.

힙폴뤼토스 아버지, 당신의 가슴속 힘과 기세가
         무섭군요. 하지만 어떤 주제가 좋은 논리를 갖고 있다 하더라도,
         누군가 그걸 드러내놓으면, 그건 좋은 게 아니게 됩니다.   985
         저는 대중을 향해 논리를 펼치는 데 능숙하지 못한 반면,
         동년배와 소수를 향해 말하는 데는 더 나은 편입니다.
         그런데 이것도 공정한 배분입니다. 현명한 이들 사이에서는
         하찮은 자들이, 대중 앞에서는 훨씬 능란하게 말을 하니까요.
         하지만 재난이 닥쳤으니, 어쩔 수 없이   990
         저도 혀를 풀어주어야겠네요.[83] 우선 당신이, 저로 하여금 반론도
못 하고
         패하도록 하시려고, 처음에 허를 찌르신 그 점부터
         말을 시작하겠습니다. 당신은 이 태양 빛과 대지를
         보고 계십니다. 그런데 그 가운데에 타고나길 저보다

악당이고, 메가라에 살던 스키론(또는 스케이론)은 벼랑 위에 자리 잡고 있다가 지나가는
사람을 잡아 자기 발을 씻기게 하고는 갑자기 걷어차서 벼랑 아래로 떨어뜨려 죽이던
악당이다.

83 자신이 대중 연설에 능하지 못하다든지, 지금 어쩔 수 없이 변론한다든지 하는 발언들은
아테나이 법정에서 자주 사용하던 상투적 표현들이다.

더 절제 있는 사람은 없습니다, 당신이 부인할지라도.   995

저는 무엇보다도 신들을 공경할 줄을 압니다.

또 불의한 일을 획책하지 않는 이들을 친구로 두고 있습니다.

그들은, 친구들에게 나쁜 짓을 몰래 전하는 것도,

부끄러운 짓으로 친구를 즐겁게 해주는 것도 수치로 여깁니다.[84]

저는 벗들을 깔보아 비웃지도 않습니다, 아버지,   1000

친구가 가까이에 있건 그렇지 않건 간에 말입니다.

그리고 저는 한 가지만큼은 깨끗합니다, 당신께서 저를 잡았다고

생각하는 바로 그 점이지요.

저는 이날 이 시간까지 몸을 사랑으로부터 순결하게 지키고

있으니까요.

저는 그 행위에 대해서, 말로 듣고, 그림으로 본 것 말고는

알지 못합니다. 왜냐하면 그걸 보고 싶은 마음도   1005

열렬하지 않으니까요, 처녀 같은 영혼을 갖고 있어서요.

그런데 저의 절제가 당신을 정말 설득하지 못하고 있군요. 그럼,

그건 지나가죠.

그러면 당신은 제가 어떻게 실족했는지 그걸 보여주셔야 합니다.

이 여인의 몸이 모든 여자들 가운데 가장 아름다운 것으로

간주되었나요? 아니면 제가 유산 상속녀의 침상을 취하여   1010

---

84   여기 열거된 행동은 사실 파이드라가 유모와 함께 행한 일들이다.

당신의 집을 차지하고 살고자 했다는 건가요?

그랬다면 저는 헛짓하는 인간이었겠죠, 아니, 아예 제정신이 아닌
거겠죠.

그게 아니라면, 이성적인 자들에게도 통치는 달콤하기 때문이라는
건가요?

전혀 아닙니다, 왕권이, 그걸 기껍게 여기는 모든 이들의
정신을 완전히 망가뜨린 게 아닌 한 말이죠.   1015
그보다 저는 헬라스의 운동경기들에서 승리하기를
바라는 쪽입니다, 도시에서는 그냥 이인자로서
고귀한 이들을 친구로 삼아 계속 행복을 누리고요.
그러면, 뜻하는 바는 이룰 수 있으면서, 위험은 멀리 있으니,
이는 군주를 능가하는 기쁨을 주는 셈이니까요.   1020
저의 논변 중 아직 언급되지 않은 건 하나뿐이고, 다른 것들은
모두 들으셨습니다.

만일 제가 어떤 사람인지 증언해 줄 사람이 있다면,

그리고 이 여인이 살아서 햇빛을 보고 있는 가운데 제가 따져 물을
수 있다면,

당신은 사태를 두루 살펴보고서 누가 악인인지 아실 수 있었을
테니까요.

하지만 이제 상황이 이러하니, 저는 제우스와 든든한 대지에
걸고서   1025

당신께 맹세합니다, 제가 당신의 결혼에 손대지 않았다는 것,

그걸 결코 원하지도 않았다는 것, 생각조차 한 적이 없었다는

것을요.

그게 사실이 아니라면, 제가 불명예스럽게, 이름도 없이 파멸하기를

기원합니다,

[나라 없이, 집도 없이, 추방자로서 대지 위를 떠돌다가,]⁸⁵

그리고 내가 죽은 뒤엔 바다도, 대지도 내 몸뚱이를   1030

받아주지 말기를요. 만일 내가 사악한 인간으로 타고났다면

말입니다.

이 여인이 무엇이 두려워 목숨을 끊었는지

저는 알지 못합니다. 제가 그 이상 말하는 건 도리에 어긋나는

일이니까요.

하지만 이 여인은 절제할 수 없었는데 절제했고,

저는 그럴 능력이 있는데 제대로 행하지 못한 셈이군요.⁸⁶   1035

---

85   힙폴뤼토스는 방금 자신의 파멸을 기원했는데, 그다음 구절에 자기가 (살아서) 방랑하는
걸 기원한다는 건 어색하다. 그래서 이 구절이 후대에 끼어 들어간 것이라고 보는
학자들이 많다.

86   여러 가지로 해석될 수 있는 문장인데, 힙폴뤼토스가, 자신이 잘못한 것은 아니지만, 별로
현명하게 행동한 것도 아니라고 다소의 후회를 보이는 것이라는 해석이 옳아 보인다.
구두점을 다르게 찍어서, '나는 지금 곤경에 처해 있지만, 절제 있게 행동하고 있다.'라고
해석하는 학자도 있다. 이렇게 읽으면 힙폴뤼토스가 아직도 대단히 자만하고 있는 게
된다. 한편, 여기 쓰인 단어 '소프로네인(σωφρονεῖν)'이 '현명하다', '절제 있다', '정직하다'
등 여러 뜻을 담고 있다는 점도 해석을 더욱 복잡하게 만든다.

코로스 　 그대는 고발을 물리치기에 충분한 발언을 했습니다,
　　　　　신들께 맹세함으로써 적지 않은 신뢰성을 얻으면서.

테세우스 　 이자는 노래로 사람을 홀리는 사기꾼 마법사가 아닌가,
　　　　　제 아비의 명예를 무너뜨리고는, 침착하게 굴어서
　　　　　내 영혼을 제압할 수 있다고 확신하고 있으니!　　　　1040

힙폴뤼토스 저 역시 당신에게서 이것을 정말 놀랍게 생각하고 있습니다, 아버지.
　　　　　왜냐하면, 만일 당신이 제 아들이고, 제가 당신의 아버지였다면,
　　　　　그리고 당신이 내 아내에게 손대도 된다고 생각했다면,
　　　　　저는 당신을 죽였을 테니까요, 추방으로써 징계하지 않고요.

테세우스 　 네게서 나옴직한 말을 지껄였구나. 하지만 넌 그런 식으로 죽지
　　　　　않을 게다,　　　　　　　　　　　　　　　　　　　　1045
　　　　　네가 너 자신에게 법으로 적용한 그런 방식으론 말이다.
　　　　　재빨리 다가오는 하데스는 불운한 자에게 가장 견디기 쉬운
　　　　　것이니까.
　　　　　그게 아니라, 너는 조국 땅에서 추방되어 낯선 타지를
　　　　　떠돌다가, 비참한 삶을 다 토해내고 말리라.
　　　　　[이것이 불경스런 자에게 알맞은 삶이니까.]**87**　　　　1050

힙폴뤼토스 아아, 무슨 짓을 하시려는 건가요? 시간이 저에 대해
        드러내주는 것을 받지 않고서, 저를 이 땅에서 내치시려는 건가요?

테세우스 바다 너머, 아틀라스의 경계 너머로 내쫓고 싶구나,
        내가 할 수만 있다면! 나는 네 얼굴이 그토록 싫으니 말이다.

힙폴뤼토스 맹세도 증거도 예언자의 발언도   1055
        따져서 알아보지 않고, 저를 이 땅에서 내치시렵니까?

테세우스 이 서판이, 예언자의 점괘를 보여주진 않지만,
        너를 믿지 못할 자로 고발하고 있다. 머리 위로 오고가는
        새들은 아주 잘 가시라고 내가 인사를 보내노라.

힙폴뤼토스 (혼잣말로) 오, 신들이시여, 대체 왜 저는 이 입을 풀어주면 안 되는
        건가요?   1060
        제가 존중하는 당신들을 위해서, 저는 죽게 되었는데 말입니다.
        아니, 결코 안 되지. 나는, 설득해야 할 이들은 전혀 설득하지 못하고,
        공연히 내가 했던 맹세만 깨뜨리고 말 거야.

---

87 이 구절은 1047행과 내용상 거의 같은 데다가, 이 문장이 없는 것이 그다음 힙폴뤼토스의
    비명으로 이어져서 전체 흐름이 자연스러워진다.

테세우스   아, 너의 그 거룩함이 나의 숨을 끊을 지경이로구나!
         어서 조상의 땅에서 떠나가지 못하겠느냐?   1065

힙폴뤼토스 불행한 나는 대체 어디로 몸을 돌릴 것인가? 친구 중 누구의
         집으로 향해 갈 것인가, 이런 죄를 뒤집어쓴 추방자로서?

테세우스   여자들을 망치는 자, 악과 동거하는 자를
         손님으로 맞아들이고 그걸 즐거워하는 이에게로 가려무나.

힙폴뤼토스 아아, 그 말은 저의 간을 저미고 거의 눈물이 나게 만듭니다,   1070
         제가 악인으로 보이고 당신께 그렇게 여겨진다면.

테세우스   탄식하고 깊이 생각하려거든 그때에 했어야만 했지,
         네가 감히 아버지의 아내를 모욕하려 했을 때 말이다.

힙폴뤼토스 오, 집이여, 네가 나를 위해 목소리를 내고,
         내가 타고난 악인인지 아닌지 증언해 줄 수 있다면!   1075

테세우스   너는 영악하게도, 말할 줄 모르는 증인들에게로 도망치는구나.
         하지만 그 사실이, 말은 하지 않아도, 네가 악인임을 증언하고 있다.

힙폴뤼토스　아아, 내가 나 자신과 마주 서서 들여다볼 수 있었으면!

　　　　　그랬다면, 내가 얼마나 큰 불행을 당하는지 울어줄 수 있었을 텐데!

테세우스　마땅히 해야 하는 대로 부모님을 경건하게 대하기보다　　　　1080

　　　　　너 자신을 훨씬 더 존중하는 게 너의 일상적 태도였지.

힙폴뤼토스　오, 진정 불행하신 어머니, 오, 쓰라린 출생이여!

　　　　　나의 친우들 가운데 누구도 서자가 아니기를!

테세우스　하인들아, 저자를 끌어내지 않겠느냐? 나와 맞서 대거리하는 이자를

　　　　　쫓아내란 말을 진작부터 듣고 있지 않았더냐?　　　　1085

힙폴뤼토스　그들 중 누구라도 제게 손을 댔다가는 눈물을 쏟게 될 것입니다.

　　　　　그보다는 당신 자신께서, 그럴 마음이 동한다면, 저를 이 땅에서

　　　　　밀어내시죠.

테세우스　내 그리하겠노라, 네가 내 말에 복종치 않으면.

　　　　　너를 추방하는 것에 대해 조금의 동정심도 내게 닥쳐오지 않으니

　　　　　말이다.

힙폴뤼토스　다 끝났구나, 내가 보니. 아, 불행한 나여!　　　　1090

사실에 대해서는 내가 다 알고 있다만, 그걸 어떻게 말할지는
모르겠구나!

오, 신들 중 내게 가장 친근한 레토의 따님이여,

늘 동행하시는 분, 동료 사냥꾼이여, 저는 이름 높은 아테나이에서

추방될 것입니다. 도시여, 잘 있으라고 인사 전하노라,

그리고 에렉테우스의 땅도. 오, 트로이젠의 들판이여,   1095

너는 여기서 지내는 젊은이들을 위해 얼마나 많은 행운을 지니고
있던가!

잘 있거라! 내 너를 이제 마지막으로 바라보며 인사를 보내니.

오라, 이 땅에 사는 내 젊은 동기들이여,

나와 인사를 나누고, 이곳으로부터 떠나게 안내해다오.

그대들은 나보다 더 절제 있는 다른 이를 결코   1100

보지 못할 것이니. 물론 내 아버지께는 그렇게 보이지 않을지
몰라도.

(힙폴뤼토스 퇴장)

힙폴뤼토스의 동료들　　(좌1)

신들의 보살핌이 내 마음에 다가올 때면, 그것은 나의

괴로움을 크게 덜어주도다.

언젠가 이해하리란 희망을 마음 깊이 숨기고는 있지만,   1105

필멸의 인간들의 운수와 되어가는 일들을 볼 때에, 나는 그 이해에

미치지 못하노라.

곳에 따라 다른 일들이 차례 바꿔 생겨나고,

인간의 삶은 늘 이리저리 떠돌며

변화하기 때문이라.   1110

코로스   (우1)

내가 기도드릴 때, 신으로부터 오는 운명이 이러한 것을 주셨으면!

행복이 함께하는 운수와,

괴로움 섞이지 않은 감정을!

하지만, 굽힐 줄 모르는 생각도, 거짓된 생각도 내게 있지 않기를.

                                                        1115

그보다는 편안한 태도로, 내일의

시간에는 달리 변화하며 언제나

삶에서 행복을 누리길.

(좌2)

내 마음 근심 없이 깨끗하지 못하고, 목격한 일들이 소망을

비껴가기 때문이라.   1120

헬라스 땅의,

아테나이의 가장 밝게 빛나는 별이

아버지의 분노 때문에 타지로 쫓겨 가는 것을

내가 보았고, 보았음이라.										1125

오, 도시 해변의 모래톱이여,

오, 산의 덤불들이여, 그곳에서 그는

발 빠른 개들과 함께 짐승들을 사냥했었건만!

존귀하신 딕튄나와 더불어!										1130

(우2)

이제 더는 그대, 함께 묶인 에네토이 말들의 수레에 오르지 못할

것이라,

경주하는 말들의 발길로써,

석호를 돌아드는 주로를 차지하며.

그리고 이전엔 뤼라 현(絃)의 틀 아래, 잠들지 않던 음악도				1135

아버지 집에서 멈추게 되리라.

깊은 수풀 속 레토의 따님의 휴식처에는

화환조차 없게 되리라.

그대의 추방으로 인하여, 그대 침상을 놓고 다투던					1140

처녀들 사이의 결혼 경쟁도 끝나고 말았도다.

(딸림노래)

나는 당신의 불행을 슬퍼하며

눈물로써 언제나 불운한 운명을

살아갈 거여요. 오, 불쌍한 어머니,
당신은 결실 없는 출산을 하셨군요. 아아,   1145
나는 신들께 분노합니다.
아아, 아아,
서로 손 잡고 계시는 카리스 여신들이여,
왜 이 불쌍한 사람을 아버지의 땅에서,
이 재난에 전혀 책임이 없는 이를,
이 집으로부터 떠나보내십니까?   1150

한데 저기 힙폴뤼토스의 시종이 어두운 표정을 한 채로
집을 향해 서둘러 달려오는 것이 보이는구나.

전령   오, 여인들이여, 내가 어디로 가면 이 땅의 왕이신
테세우스를 찾을 수 있으리까? 혹시 아시면 내게
알려주시오. 이 집 안에 계시나요?   1155

코로스   저기 그분 자신이 집 밖으로 나오고 계시네요.

전령   테세우스님, 슬픔이 될 만한 소식을 제가 가지고 왔습니다,
당신께도, 그리고 아테나이 도시와, 트로이젠 땅의
경계 안에 살고 있는 시민들에게도.

| 테세우스 | 대체 무엇이냐? 어떤 안 좋은 재난이 | 1160 |
| | 이웃한 이 두 도시를 덮친 것은 아니겠지? | |

전령 힙폴뤼토스님은 이제 존재하지 않습니다, 말하자면요.
저울이 기울어지기 전에 잠깐 햇빛을 보고는 있습니다만.

테세우스 누구에 의해서냐? 누군가 그를 증오하여 닥쳐온 것이냐,
그가 아버지 아내에게 하듯 그 사람의 아내를 강제로 욕보였느냐?

1165

전령 그 자신의 마차를 끄는 말들이 그를 죽게 했습니다,
그리고 당신의 입에서 나온 저주들, 당신이 당신 아버지께,
바다의 지배자께 아들과 관련해서 기원했던 것들이 말입니다.

테세우스 오, 신들이시여, 그리고 포세이돈이시여! 당신은 얼마나 제대로
저의 아버지이신지요! 저의 저주를 들어주셨으니! 1170
한데 어떻게 끝장났느냐? 말하라, 어떤 방식으로 정의의 여신의
덫 공이가, 나를 모욕한 그자를 후려쳤는지.

전령 저희는 파도가 밀려오는 바닷가 근처에서

빗으로 말들의 갈기를 빗기고 있었습니다,

눈물을 흘리면서요. 왜냐하면 어떤 사자가 와서는 전했기

때문입니다,   1175

힙폴뤼토스는 이제 이 땅에서 발길을

놀릴 수 없다고요, 불쌍하게도 당신에 의해 추방되었다고요.

그리고 그가 왔습니다, 똑같은 눈물의 곡조를 띤 채로

바닷가의 우리에게로. 그리고 그를 따르는 수많은

친구들과 동년배들의 무리가 죽 걸어왔지요.   1180

한데, 한참 만에 통곡을 그치고 그는 말했습니다.

'왜 내가 이 일에 넋이 나가랴? 아버지의 말씀에 복종해야만 하리라.

말들에 횡목(橫木)을 걸어 마차에 묶으라,

하인들이여, 이제 더는 이 도시가 나의 것이 아니니.'

그러자 모든 사람들이 서둘러 달려들었고,   1185

누군가가 말들이 다 준비되었노라고 말할 수 있는 것보다도

더 빠르게, 우리는 말들을 주인 곁에 세웠습니다.

그러자 그는 마차 난간에서 고삐를 거둬 손에 쥐고는

바닥 홈에 제대로 발을 맞춰 넣었습니다.

그런 다음 손을 위로 펼쳐 뻗고 신들께 외쳤습니다.   1190

'제우스시여, 제가 타고난 악인이라면, 제가 더 이상 존재하지 않게

하소서.

하지만 아버지가 제게 잘못했음을 깨닫게 하소서,

제가 살아서 햇빛을 보는 동안에가 아니라면, 죽은 다음에라도.'

그러면서 그는 회초리를 손에 들어 말들을

동시에 때렸습니다. 저희 하인들은 마차 아래쪽에서   1195

고삐 끈에 바짝 붙어 주인을 따라갔습니다,

곧장 아르고스와 에피다우리아로 향하는 길을 따라서.

한데 우리가 인적 없는 지역으로 들어섰을 때,

이 땅의 경계 너머로 어떤 곳이 있는데,

그것은 이제 사로니코스 바다 쪽으로 향해 있었죠.[88]   1200

거기서 어떤 땅 울림이, 마치 제우스의 천둥처럼,

묵직한 우르릉거림을 보냈습니다, 듣기에 소름 끼치는 소리를.

말들은 머리와 귀를 하늘 쪽으로

곤추세웠고, 우리에겐 격렬한 공포가 닥쳐왔습니다,

대체 어디서 소리가 들리는가 하는. 그리고 물결 부서지는   1205

해안을 향해 시선을 던지던 우리는, 초자연적인 파도가

하늘로 우뚝 선 것을 보았습니다. 스키론의 곳이

우리 시야에서 사라져 보이지 않고,

---

88 트로이젠에서 해안을 따라 좀 더 서쪽에 있는 에피다우로스를 향해 가자면, 처음에는
    트로이젠 땅에서 북쪽으로 튀어나온 메타나반도로 가려진 메타나만(灣)을 보면서
    진행하게 된다. 그러다 서쪽 경계에 다다르면 니시자곳이 있고, 여기서부터는 메타나만이
    아니라 그 바깥의 사로니코스 바다를 보게 된다.

이스트모스와, 아스클레피오스의 절벽을 가릴 정도였습니다.

그런 다음엔 파도가 부풀더니, 온통 바닷물을 뿌려대며   1210

주위로 짙은 거품을 쏟아내면서,

사두마차가 있는 해안을 향해 닥쳐왔습니다.

그리고는 물마루가 부서지기 직전, 산더미 같은

파도로부터 황소 한 마리를 내어 놓았습니다, 사나운 괴물을요.

그것의 울음소리로 온 땅이 가득 차서   1215

무시무시하게 메아리쳤습니다. 그것은 보고 있던

우리 눈이 견딜 수 있는 것 이상의 무서운 모습이었습니다.

그러자 곧 말들에게 끔찍한 공포가 들이닥쳤습니다.

우리 주인께서는 말들의 습성을

아주 잘 알고 있었기 때문에, 두 손으로 고삐를 그러쥐고,   1220

마치 뱃사람이 노를 당기듯, 당겼습니다,

고삐와는 반대되게 몸을 뒤로 젖혀서.

하지만 말들은, 불에서 만들어진 재갈을 이로 깨물면서

억지로 끌고 갔습니다, 통제하는 손길도,

말고삐도, 견고하게 짜인 마차도   1225

전혀 아랑곳없이요. 그리고 그가 고삐를 키처럼 잡고서

마차를 평탄한 땅 쪽으로 돌리면,

다시 돌아서게끔 그놈이 그 앞쪽에 나타났죠,

그 황소가요. 그러곤 마차 끄는 네 마리 말을 두려움으로 미치게 만들었죠.

반면에 그 말들이 가슴에 광기를 담고 바위들 쪽으로 이끌어가면,

1230

그놈은 잠자코 난간 곁에 붙어서 따라갔죠,
마차가 비척거리다가 엎어져서
바위에 바퀴 테를 들이박을 때까지 말입니다.
그러자 모든 것이 뒤엉키고 말았습니다. 바퀴통과
고정 핀은 차축에서부터 하늘로 튀어올랐습니다.

1235

그 불쌍한 분 자신은 고삐에 얽혀서
도저히 풀기 힘든 끈에 묶인 채로 끌려갔습니다,
머리를 바위에 들이받히고,
살이 갈가리 찢기고, 듣기에 무섭게 고함을 지르면서요.
'멈추어라, 내 구유에서 키워진 말들아,

1240

나를 파멸시키지 말거라. 오, 아버지의, 불운을 가져오는 저주여!
대체 누가 곁에 있어 이 죄 없는 사람을 구해줄 것인가?'
한데 많은 이가 돕기를 원했습니다만, 발이 늦어서
뒤처지고 있었습니다. 그러다가 그는, 저도 어떻게인지는
모르겠습니다만,
고삐가 끊겨서, 묶인 데서 풀려나

1245

떨어져 나왔습니다. 아직 숨을 쉬고는 있지만, 삶이 얼마 안
남았죠.

말들은 어디로 사라져버렸고, 그 불행을 가져온 괴물
황소도 바위들 사이에서, 어딘지 저도 모를 데서, 없어졌습니다.

한데, 저는 당신의 집안 노예입니다만, 왕이시여,
그래도 당신의 아들에 대해서, 이것만큼은 정말   1250
믿을 수가 없습니다, 그가 어떻게 악인인지 말입니다.
설사 여인들의 종족 전체가 목을 매단다 하더라도,
그리고 누가 이데산[89]의 모든 소나무를 서판 삼아 글씨로
채운다 하더라도요. 저는 그가 고결한 사람임을 잘 알고 있으니까요.

코로스   아이아이, 새로운 불행의 재난이 일어나고 말았구나!   1255
그러면 파멸의 운명으로부터 벗어날 길은 전혀 없구나!

테세우스   내가 이 일을 당한 자에 대한 미움 때문에
그 이야기를 즐기긴 했다만, 지금은 신들을, 그리고 저자를,
— 그는 내게서 났으니까 —, 존중하여,
이걸 즐기지는 않지만, 이 불행으로 괴로워하지도 않겠다   1260

전령   그러면 어떻게 할까요? 데려올까요, 아니면, 저희가 당신의 마음을

---

89   '이데'라는 이름을 가진 산은 트로이아 뒤에도 있고 크레테에도 있는데, 여기서는
— 파이드라가 크레테 출신이므로 — 후자를 의미하는 것으로 보인다.

즐겁게 하려면, 그 불쌍한 사람에게 무엇을 해야 할까요?
생각해 보시죠. 당신이 저의 의견을 따르신다면,
당신은 자식에게 무자비한 자가 되지는 않을 것입니다.

테세우스   그를 데리고 와라, 내가 그를 눈으로 직접 보고,   1265
나의 침상을 더럽혔다는 걸 부인했던 그에게,
말로써, 그리고 신들이 보내신 재난으로써 논박하게끔.

코로스   당신은 신들의 굽히지 않는 마음과 인간의 마음을
유인해 가십니다, 퀴프리스여. 그리고 당신과 더불어,
다채로운 날개 지닌 이는 더없이 빠른 날개로써   1270
그것을 에워쌉니다.
그는 땅 위로, 그리고 소리를 울려 보내는
짠물 바다 위로 날아다닙니다.
그리고 황금으로 빛나는 날개 지닌 그 에로스는 매혹합니다,   1275
그가 달려들어 마음속에 광기를 일으킨 그것을,
산에서 자란 새끼 사자의 본성과, 바다 동물들,
땅이 기르는 것들과
불타는 태양이 주시하는 것들과
인간들을. 이 모든 것들을 전부, 왕과 같은 권위로써,   1280
퀴프리스여, 당신만이 홀로 다스리십니다.

아르테미스 그대, 훌륭한 아버지를 둔 아이게우스의 아들이여,

내 말 듣기를 명하노라,

레토의 딸인 나, 아르테미스가 그대를 부르나니.   1285

테세우스여, 불행한 그대는 어찌 이 일에 즐거워하는가,

그대의 아들을 경건치 못하게 죽이고서?

그대는 아내의 거짓된 말에 설득되었도다,

분명치 않은 것에. 반면에 분명한 재난을 그대는 얻어 가졌도다.

왜 그대는 부끄러워하며 땅 아래 타르타라로   1290

몸을 숨기지 않는가?

아니면, 왜 그대 삶을 바꾸어서 새가 되어 날아올라,

이 재앙에서 발 빼어 들어 올리지 않는가?

이제 그대 삶의 몫은 훌륭한 인간들

가운데는 있을 수 없도다.   1295

들으라, 테세우스여, 그대 불행의 상태를.

물론 이것이 그대에겐 아무 도움도 되지 않고, 오히려 그대를

괴롭히리라.

하지만 나는 여기 왔노라, 그대 아들의 성품이

올곧았음을 보여주기 위해, 그가 명예롭게 죽을 수 있도록.

또한 그대 아내의 격한 욕망을, — 혹은 어떤 점에서는 그녀가

고결했음을   1300

보여주기 위해서다. 그녀는 신들 중, 처녀성을 즐거워하는 우리들에게

가장 밉살스러운 존재에 의해,

채찍질에 몰려서 그대 아들을 사랑하게 되었노라.

그녀는 의지로써 퀴프리스를 이기고자 했지만,

제 뜻과 달리 유모의 계략 때문에 죽고 말았다. 　　　　　　　　1305

유모는 그대 아들에게 맹세를 시키고는 그 질병을 알렸던 것이다.

하지만 그는, 의당 그래야 하는 대로, 그 말에

따르지 않았고, 또한 그대로부터 비난을 받으면서도

맹세의 신실함을 저버리지 않았다, 그는 경건한 사람이었기

때문이다.

그녀는 사태가 드러나게 될까봐 두려워서 　　　　　　　　　　1310

거짓된 편지를 썼고, 속임수로써

그대 아들을 파멸시켰던 것이다. 그런데 그대는 그것을 믿었도다.

테세우스　아아, 아아!

아르테미스　테세우스여, 이 이야기가 그대를 괴롭히는가? 하지만 잠잠하라,

그다음 것을 듣고서 더 크게 신음하게 될 터이니.

그대 아버지로부터 세 개의 저주를 얻었음을 분명히 알고 있는가?

　　　　　　　　　　　　　　　　　　　　　　　　　　　　　　1315

그대는 그중 하나를 취하여, 오, 그대, 가장 사악한 자여,

어떤 적에게 쓸 수도 있는 것을, 자기 아들을 향해 사용하였다.

그러자, 바다를 다스리는 그대 아버지는 그대에게 호의를 품고서

그가 주어야만 하는 것을 주었다, 그가 그렇게 약속했었으므로.

하지만 그대는 그분에 의해서나, 나에 의해서나 사악한 자로

드러났도다.   1320

그대는 증거도, 예언자의 말씀도

기다리지 않고, 따져보지도, 오랫동안 살펴보지도

않고, 응당 그래야 하는 것보다 더 신속하게

아들에게 저주를 던지고, 그를 죽게 만들어버렸기 때문이다.

테세우스   여주인이시여, 죽고 싶습니다!

아르테미스   그대 무서운 짓을 저질렀도다, 하지만

1325

그래도 아직 그대가 이 일에 대해 용서 얻을 길이 있도다.

퀴프리스가, 일이 이렇게 되기를 원했기 때문이다,

자기 분노를 충족시키기 위해. 그런데, 신들에게는 이와 같은 법이

있도다.

즉, 누구도, 어떤 신이 원하는 게 있을 때 그 의지에

맞서려 하면 안 되고, 늘 멀리 떨어져 있어야 한다는 것이다.   1330

그대는 확실히 알라, 내가 제우스를 두려워하지 않았더라면,

내 이런 수치스러운 지경에 도달하지 않았으리라,

모든 인간 중에서 내게 가장 가까운 사람이
죽도록 허용하는 사태 말이다. 그대의 잘못과 관련해서,
우선 그대가 알지 못했다는 것은 죄가 아닌 것으로 풀려나도다. 1335
다음으로, 그 여인은 죽음으로써, 말로 따져볼 기회를
빼앗아버렸고, 그래서 그대 마음을 설득하였다.
지금 불행은 누구에게보다 더 크게 그대에게 닥쳐왔지만,
고통은 내게도 마찬가지라. 신들은 경건한 자들이
죽는 것을 즐거워하지 않기 때문이다. 반면에 사악한 자들은   1340
우리 신들이 그 자식들, 온 집안과 함께 파멸시키도다.

코로스　　　한데 여기 저 불행한 이가 오는구나,
　　　　　　젊은 살과 금발 머리가
　　　　　　완전히 찢기고 부서진 채로. 오, 집안의 괴로움이여,
　　　　　　어떠한 이중의 고통이 이 집에 일어났던가,　　　　　　1345
　　　　　　신으로부터 갑자기 내리 덮쳐서!

힙폴뤼토스　아아, 아아,
　　　　　　나는 불행하구나! 아버지의 부당함 때문에,
　　　　　　부당한 신탁 때문에 완전히 으깨지고 말았구나.
　　　　　　불행하게 파멸하였구나, 아아, 슬프다.　　　　　　　　1350
　　　　　　머리를 꿰뚫고 고통이 달려가는구나,

머릿속이 갈라지며 고동치는구나.

멈추어라, 지친 몸을 쉬련다.

아야, 아야,

오, 밉살스런 말들의 수레여, 내 손으로   1355

먹인 말들이여,

너는 나를 완전히 끝장냈구나, 철저히 죽였구나.

아아, 아아, 신들의 이름으로 청하니, 하인들이여,

상처 입은 몸에 손댈 때 부드럽게 하시오.

내 옆구리 오른쪽에 선 자는 대체 누구냐?   1360

나를 제대로 들어라, 안정되게 옮겨라,

불운한 자를, 저주받은 자를,

아버지의 잘못 때문에. 제우스, 제우스시여, 이것을 보고 계십니까?

여기, 경건하고 신을 두려워하던 제가,

여기, 절제로써 모든 사람을 능가했던 제가,   1365

눈으로 보듯 확실한 죽음을 향하여 가고 있습니다, 인생을

꼭대기부터 바닥까지 망치고서. 저는, 사람들을 향한

경건함의 노력을

헛되이 기울인 거군요.

아아, 아아,   1370

이제 또 고통이, 내게 고통이 다가오는구나!

불행한 나를 내려놓아라.

내게 죽음이 치유자로서 닥쳐오게 하라.

나를 죽이라, 이 불행한 자를 죽이라!

양날 칼에 둘로 쪼개지고   1375

싶구나, 내 삶을

잠재우고 싶구나.

오, 내 아버지의 불행한 저주여!

옛 조상들에게서 물려받은

어떤 피 묻은 불행이   1380

가만히 기다리지 않고, 경계를 넘어서

내게 닥친 것일까? 하지만 왜, 전혀

죄악에 대한 책임이 없는 자에게?

아아, 슬프다, 슬프다.

무슨 말을 할까? 어떻게 해야   1385

이 괴로움으로부터 내 생명을 고통 없이 풀어낼 수 있을까?

제발 이 불운한 나를 하데스의

검은, 밤과 같은 필연이 잠재워 주었으면!

아르테미스 오, 불행한 자여, 그대는 어떠한 재난에 굳게 묶였는가?

그대 마음의 고결함이 그대를 파멸시켰도다.   1390

힙폴뤼토스 아, 신의 향기로운 숨결! 내가 비록 불행 속에 있지만,

당신을 느끼고, 몸이 가벼워졌으니 말입니다.

이곳에 아르테미스 여신이 계시는군요.

아르테미스 오, 불행한 자여, 내가 여기 있다, 신들 중 그대에게 가장 친근한 이가.

힙폴뤼토스 그대는 저를 보십니까, 여주인이시여, 제가 어떠한지, 이 불쌍한

자를?   1395

아르테미스 보고 있다. 하지만 눈에서 눈물을 흘리는 것은 허용되지 않는다.

힙폴뤼토스 이제 당신에겐 개들을 인도하는 자도 시종도 존재하지 않습니다.

아르테미스 물론 없지. 하지만 그대는 죽어가는 순간에도 나의 친애하는

자로다.

힙폴뤼토스 그대에겐 말 돌보는 이도 신상을 지켜주는 이도 없게 될 것입니다.

아르테미스 무슨 악행이든 저지르는 퀴프리스가 그렇게 꾸몄기 때문이지.   1400

힙폴뤼토스 아아, 저를 파멸시킨 신이 누구인지 이제야 알겠군요.

아르테미스 존경을 바치지 않는 것에 기분 상했고, 절제하는 것이 미워서지.

힙폴뤼토스 우리 셋을 한 여신이 파멸시켰군요, 이제 알았습니다.

아르테미스 아버지와 그대와, 세 번째로, 아버지의 아내를 파멸시켰지.

힙폴뤼토스 저는 아버지의 불행에 대해서도 정말 비탄합니다.   1405

아르테미스 그는 여신의 계략에 속아 넘어간 것이다.

힙폴뤼토스 오, 그대, 이 재난으로 불행을 당하신 아버지!

테세우스 나는 망하고 말았구나, 얘야, 내게 삶의 즐거움이란 없구나.

힙폴뤼토스 　저는 그 실수에 대해, 저보다는 당신을 위해서 더 탄식합니다.

테세우스 　애야, 내가 너 대신 죽을 수만 있다면!　　　　　　　　　　1410

힙폴뤼토스 　아, 당신의 아버지 포세이돈의 쓰라린 선물이여!

테세우스 　아, 그 저주가 내 입에 오르지 않았더라면 좋았을 텐데!

힙폴뤼토스 　어떻게요? 그래도 저를 죽이셨을 거여요, 당신은 그토록

　　　　　　분노하셨으니까요.

테세우스 　신들로 인해 나의 이성이 흔들렸기 때문이란다.

힙폴뤼토스 　아아,

　　　　　　인간 종족이 신들에게 저주를 보낼 수 있다면!　　　　　1415

아르테미스 　내게 맡기라. 그대가 땅의 어둠 아래로 간 후에라도

　　　　　　퀴프리스 여신의 분노가 자의적으로 그대 몸에 떨어지고도

　　　　　　보복을 당하지 않는 일은 없게 될 것이다.

　　　　　　그대의 경건함과 훌륭한 마음가짐 때문이다.

　　　　　　나는 그녀 자신에게 속한 다른 사람에게, 인간들 중　　　1420

　　　　　　그녀에게 으뜸으로 가장 사랑스러운 이[90]에게, 나의 손에서 날린

　　　　　　이 피할 수 없는 화살로써 보복할 것이다.

　　　　　　한데 그대에게는, 오, 불행한 자여, 이 불행에 대한 보상으로서

90　아도니스. 하지만 아프로디테의 애인 아도니스가 아르테미스의 화살 아닌, 멧돼지에게
　　죽었다는 판본도 있다.

크나큰 명예를 트로이젠 도시에서

부여하겠노라. 왜냐하면, 결혼하지 않은 처녀들이 결혼식 전에 1425

그대를 위해 머리카락을 잘라 바칠 것이기 때문이다. 그대는 긴긴

세월 동안

눈물의 애곡을 많이도 수확할 것이다.

그리고 처녀들이 늘 그대 위해 노래하기를

기억할 것이다. 또한 그대를 향한 파이드라의 사랑도

소리 없이 떨어져 망각되진 않을 것이다. 1430

한데 그대, 옛적 아이게우스의 아들이여, 그대의 아들을

품에 안고 가까이 끌어당기라.

그대는 의도하지 않았어도 그를 파멸시켰으니까. 한데 인간은

신들이 그렇게 시킨다면, 실수를 저지르는 게 당연하지.

또 그대에게도, 힙폴뤼토스여, 그대 아버지를 미워하지 말라고 1435

권하노라. 그대는 이렇게 죽을 운명을 타고났기 때문이다.

그리고 잘 있으라. 내게는 죽는 자를 보는 것도,

죽어가는 숨결에 눈을 오염시키는 것도 허용되지 않기 때문이니.

한데 나는 그대가 이미 이 불행에 다가섰음을 아노라.

힙폴뤼토스 그대도 평안히 떠나가십시오, 행복하신 처녀여! 1440

하지만 오랜 사귐을 쉽게도 저버리시는군요.

그렇지만 저는 당신의 요구대로 아버지를 비난으로부터

풀어드립니다.

저는 이전부터도 당신의 말씀에 복종해 왔으니까요.

아아, 벌써 어둠이 내 눈에 다다랐구나!

아버지, 저를 잡아주세요, 저의 몸을 똑바로 세워주세요.   1445

테세우스   아아, 얘야, 이 불운한 나에게 무슨 짓을 하는 게냐?

힙폴뤼토스 저는 끝났습니다, 저승 존재들의 문을 보고 있습니다.

테세우스   나의 손을 정결하지 못한 채로 남기고 가는 것이냐?

힙폴뤼토스 그렇지 않아요, 저는 당신을 이 죽음으로부터 해방시켜드려요.

테세우스   무슨 말이냐? 너는 나를 유혈의 죄에서 해방시키는 것이냐?   1450

힙폴뤼토스 화살로 제압하시는 아르테미스를 증인으로 삼겠어요.

테세우스   오, 가장 사랑스런 아이야, 너는 아비에게 얼마나 고상한 모습을
           보여주는 것이냐!

힙폴뤼토스 아, 당신도 잘 계십시오, 정말로 잘 계십시오, 아버지.[91]

테세우스   아아, 너의 경건하고 훌륭한 마음가짐이여!

힙폴뤼토스 당신의 정실 자식들도 그렇게 되기를 기원하십시오.   1455

테세우스   나를 버리지 말아다오, 애야, 힘을 내거라.

---

91 이 구절은 '당신도'라는 표현 때문에, 정말 이 자리에 있는 것이 옳은지 의심을 사고
    있다. 많은 학자들이 이 구절은 1455행 다음으로 옮길 것을 주장한다. 1455행에 나오는
    힙폴뤼토스의 기원이 일종의 작별 인사이기 때문에 이런 응답이 가능하다는 것이다.

힙폴뤼토스 저는 이미 힘을 다 써버렸어요. 저는 끝났으니까요, 아버지.
　　　　　얼른 천으로 제 얼굴을 덮어주세요.

테세우스 오, 아테나이와 팔라스 여신의 이름 높은 경계여,
　　　　　너희는 어떤 사람을 잃어버릴 것이냐! 아, 불행한 나여,　　　1460
　　　　　얼마나 자주 나는 그대의 악행을, 퀴프리스여, 기억할 것인지!

코로스 이것은 온 도시에 공동의 고통으로서
　　　　닥쳐왔도다, 예상치 않게.
　　　　한없는 눈물이 쏟아져 내리리라.
　　　　위대한 인물들에 대한 슬픈 이야기는　　　　　　　　　　1465
　　　　하찮은 이들 것보다 더욱 마음을 사로잡기 때문이라.

파이드라(로마 시대 폼페이 유적 벽화에서)

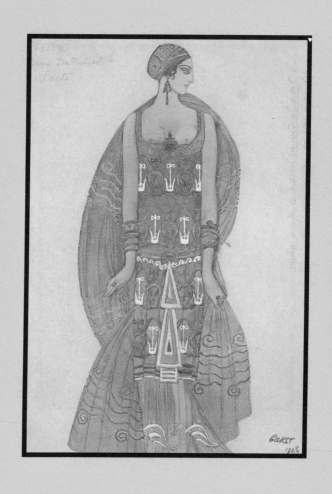

레온 박스트, 파이드라 의상디자인 스케치(1923년)

주세페 체사리, 「사냥꾼으로 묘사된 아르테미스」(1603년경)

활을 들고 있는 아르테미스(기원전 475년)

에티엔 가니에,
「힙폴뤼토스에게
고백해 버린 파이드라」
(1793년)

니콜라 푸생, 「힙폴뤼토스의 죽음」(1860년)

로렌스 앨마 태디마, 「힙폴뤼토스의 죽음」(1860년)

레온 박스트의 무대디자인 스케치(1902년)

엘렉트라

농부　오, 이 땅의 오래된 들판[92]이여, 이나코스[93]의 흐름이여,

그곳에서 언젠가 아가멤논 왕이 아레스의 힘을 일으키어

트로이아 땅으로 천 척의 배로써 항해해 갔었습니다.

그는 일리온 땅을 다스리던 프리아모스를

죽이고, 다르다노스[94]의 이름 높은 도시를 함락하고서,　5

이곳 아르고스로 돌아왔지요, 높직한 배에

이방인들에게서 얻은 전리품을 가득 채워 가지고.

그곳에서는 운이 좋았지만, 집에 와서

그는 죽었습니다, 아내인 클뤼타이메스트라[95]의 계략과

튀에스테스의 아들 아이기스토스의 손에.　10

그리하여 그는 탄탈로스의 오래된 홀(笏)을 남기고서

죽어버렸고, 이 땅은 아이기스토스가 통치하고 있습니다,

저 사람의 아내였던 튄다레오스의 딸[96]을 차지하고서.

한데 아가멤논이 트로이아로 출항할 때 남기고 떠난 자식으로

92　'아르고스'라는 말은 나라 이름으로도 쓰이지만, 원래는 '들판'이란 뜻이어서 이렇게
옮겼다. 이 구절을 직역하면 '땅의 오래된 아르고스'여서, 학자들 사이에 뭔가 문제가
있으니 고쳐야 한다는 의견이 일반적이다. 그래서 여러 개선 안이 나왔지만, '아르고스'를
고유명사 아닌 일반명사로 보는 것이 가장 간단한 해결책이다.

93　아르고스의 강.

94　트로이아인들의 조상.

95　'클뤼타임네스트라'로 적은 사본도 많이 있지만, 이 번역의 원문 편집자인 디글(Diggle)과
데니스턴(Denniston)을 좇아 이렇게 표기한다.

96　클뤼타이메스트라.

사내아이는 오레스테스, 여자 자손은 엘렉트라가 있었는데, 15
남자아이는 아버지의 늙은 양육자가 빼돌렸습니다,
이 오레스테스가 아이기스토스의 손에 죽을 것을 걱정하여.
그리고 포키스인들의 땅에서 키우도록 스트로피오스에게
맡겼습니다.
한편 딸 엘렉트라는 아버지의 집에 남아 있었는데,
청춘의 꽃피는 시기가 그녀에게 찾아오자 20
헬라스 땅의 으뜸인 구혼자들이 그녀에게 청혼했지요.
하지만 아이기스토스는, 그녀가 가장 뛰어난 자들 중 누군가에게
아들을,
아가멤논의 복수자를 낳아줄까봐 걱정이 되어, 그녀를 집 안에
붙들어두고는 누구와도 결혼으로 짝지우지 않았습니다.
그런데 이런 방책조차도, 혹시나 그녀가 남몰래 어떤 귀족에 의해

25

아이를 낳지나 않을까 하는 두려움으로 가득 차게 되었을 때,
그는 그녀를 죽여 없애려 했지만, 잔인하긴 했지만
그래도 어머니였던 이가 그녀를 아이기스토스의 손에서
구했습니다.
남편을 죽인 것에 대해서는 핑계가 있었지만,
아이들을 죽이면 불만이 생겨나지나 않을까 걱정했던 것이지요. 30
그러자 아이기스토스는 이러한 계책을

궁리해 냈습니다. 아가멤논의 아들은 망명자로

이 땅을 떠났으므로, 누구든 그를 죽이는 자에게는 황금을 약속하고,

엘렉트라는 아내로 삼도록 저에게

넘겨준 것입니다. 저는 뮈케나이 조상들로부터   35

태어나긴 했지만, ── 이 점에 대해선 나도 비난받을 바 없습니다,

혈통에 있어서는 빛나는 집안이니까요, 하지만 재산에 있어서는

가난하고, 그래서 좋은 태생이 빛을 잃지요 ──,

그는 약한 자에게 그녀를 주고 약한 두려움을 취하려는 것이었죠.

왜냐하면 그녀를 유력한 이가 차지하면,   40

잠들어 있던 아가멤논의 살해를 일깨울 것이고,

그때엔 아이기스토스에게 정의의 징벌이 찾아올 테니까요.

하지만 저는 결코 그녀를 침상에서 수치스럽게 하지 않았습니다.

이건 퀴프리스께서 잘 아십니다. 그래서 그녀는 아직까지 처녀랍니다.

왜냐하면 저는 유복한 집안의 딸을 취하여 농락하는 걸   45

부끄럽게 여겼기 때문입니다, 그럴 자격이 없으니 말이죠.

한데 저는 명목상 저의 인척인, 불쌍한 오레스테스를 위해

탄식합니다, 혹시 그가 아르고스로 돌아와서

자기 누이가 불행한 결혼을 한 것을 보게 될까봐 말입니다.

어떤 이가, 제가 젊은 처녀를 집 안으로 들이고는   50

손대지 않는다고 해서 저를 바보라고 말한다면,

그 사람은 사악하고 공허한 생각으로 현명한 행동을 측정하는

거라고

알려주어야 합니다, 그 자신이 그렇게 사악하고 공허한 존재이고요.

(엘렉트라가 집에서 나온다.)

엘렉트라   오, 검은 밤이여, 황금빛 별들의 양육자여,

이 밤중에 나는 머리에 올라앉은 이 물동이를   55

이고서, 강물 되어 흘러가는 샘으로 가고 있어요,

광대한 창공을 향해 아버지를 위한 애곡을 외쳐 보내며.[97]   59

이런 일을 해야만 하는 어떤 필요에 당도해서가 아니라,   [57]

아이기스토스의 오만을 신들께 보여드리기 위해서지요.   [58]

왜냐하면 완전히 타락한 튄다레오스의 딸, 내 어머니는   60

나를 집에서 내쫓았으니까요, 자기 남편에게 기쁨을 주기

위해서지요.

그리고는 아이기스토스 곁에서 다른 아이들을 낳아,

오레스테스와 나는 집안의 곁다리 존재로 만들고 있지요.

농부   오, 불행한 이여, 왜 이런 일을 하시오? 애써 내게 즐거움을 주려고

---

97 이 구절은 원문에는 59행에 있지만, 두 줄 앞으로 옮기는 게 문맥에 더 잘 맞는다는
주장에 따라 57, 58행보다 앞에 넣어 번역했다.

힘든 일을 하면서, 이전엔 유복하게 길러진 사람이,　　　　　65
내가 말리는데도 왜 그 일을 그만두지 않으시오?

엘렉트라　나는 당신을 신과 같은 친구로 여겨요.
　　　　내가 불행한 가운데서도 내게 오만을 부리지 않으니까요.
　　　　그런데 불행한 재앙을 치료해 줄 사람을 찾아낸다는 건
　　　　필멸의 인간에게는 큰 행운이지요, 내가 당신을 얻은 것처럼요. 70
　　　　그러니 나는, 그렇게 하라고 지시를 받지 않았다 해도, 할 수 있는
데까지
　　　　당신의 짐을 가볍게 해드리며, 당신이 좀 더 쉽게 견디도록,
　　　　노역을 당신과 함께해야 해요. 당신에겐 바깥일만 해도
　　　　충분히 많아요. 집 안의 일들을 잘 챙기는 것은 내가
　　　　해야지요. 밖에서 일하고 돌아오는 사람에겐　　　　　75
　　　　집안일이 제대로 되어 있는 걸 보는 게 즐거우니까요.

농부　　그러는 게 좋아 보인다면, 가시오. 샘이 이 집에서
　　　　그리 멀지도 않으니 말이오. 나는 날이 밝자마자
　　　　소들을 밭으로 몰아들이고, 밭두둑에 씨를 뿌려야겠소.
　　　　게으른 사람은 누구도, 아무리 신들의 이름을 입에 올린다 해도,

　　　　　　　　　　　　　　　　　　　　　　　　　　80

　　　　고생하지 않고는 양식을 모아들일 수 없기 때문이라오.

(엘렉트라와 남편이 각기 다른 방향으로 떠난다.)

(오레스테스와 필라데스 등장)

오레스테스 필라데스여, 나는 그대가 진정 모든 인간 중 가장

신뢰할 만한 이라고, 또 내 친구이자 접대자라고 생각하오.

친구들 중 그대만이 이 오레스테스를 존중해 주었소,

내가 아이기스토스에 의해 끔찍한 일을 겪으면서 지금처럼 살고

있는데도.   85

그자가 내 아버지를 죽여버렸소, 그리고 완전히 타락한

어머니가. 그런데 나는 신께 바치는 신비 의식(儀式)을 떠나

아르고스 땅에 당도하였소, 아무도 모르게,

내 아버지를 살해한 자들에게 살해로써 갚아주기 위해.

그리고 간밤에 아버지 무덤에 가서   90

눈물을 바치고, 머리카락을 잘라 바치고,

제단의 불 위에 양을 잡아 피를 뿌려 바쳤소,

이 땅을 다스리는 폭군들 몰래.

하지만 성안으로는 발길을 들이지 않고,

두 가지 목적을 한데 엮어서 이 땅의   95

경계로 나는 왔소. 혹시 어떤 첩자가

나를 알아보면 다른 땅으로 발길을 돌리기 위해서고,

또 누이에게 물어보기 위해서요. ─사람들이 말하길, 그녀가

처녀로
　　머물러 있지 않고, 결혼으로 묶이어 이곳에 산다 하니 말이오. ─
　　나는 그녀와 연합하여, 살해를 함께할 사람을 얻고, 　　　　　　100
　　성안 사정을 분명하게 알려는 것이오.
　　그러니 이제, 새벽이 빛나는 눈을 들어 올리고 있으니,
　　이 다져진 길을 벗어나 방향을 돌립시다.
　　어떤 밭 갈러 가는 사람이나, 어떤 집 부인이
　　우리 앞에 나타나면, 그녀에게 물어볼 것이오, 　　　　　　　105
　　내 혈육인 누이가 이 지역에 살고 있는지.
　　그런데, 저기 어떤 하녀가 보이는구려,
　　짧게 자른 머리로 무거운 샘물을
　　나르고 있구려. 숨어 앉아서 저 노예 여인의 말을
　　들어봅시다, 혹시 우리가 어떤 얘기를 들을 수 있는지, 　　　110
　　퓔라데스여, 그 때문에 우리가 이 땅에 온 목적들과 관련해서.

엘렉트라　　(좌1)
　　발에 힘을 더해 서둘러라, 지금이 적절한 시간이다. 오,
　　다그쳐라, 다그쳐라, 애곡 소리를.
　　아아, 슬프고 슬프다.
　　나는 아가멤논에게서 태어났어요, 　　　　　　　　　　　115
　　그리고 클뤼타이메스트라가 나를 낳았어요,

튄다레오스의 가증스러운 딸이.
시민들은 이 불쌍한 나를
엘렉트라라고 부르지요.
아아, 아아, 무자비한 노역이여,   120
그리고 증오스러운 삶이여.
오, 아버지, 당신은 하데스에
누워 계십니다, 당신 아내와 아이기스토스에게
살해되어, 아가멤논이시여.

(중간노래1)
오라, 같이 애곡 소리를 높이라,   125
쏟아지는 눈물에서 즐거움을 취하라.

(우1)
발에 힘을 더해 서둘러라, 지금이 적절한 시간이다. 오,
다그쳐라, 다그쳐라, 애곡 소리를.
아아, 슬프고 슬프다.
어떤 도시, 어떤 집을, 오,   130
불행한 혈육이여, 너는 떠돌고 있느냐,
불쌍한 누나를 조상들이 물려준
집 안에, 고통스럽기 그지없는

재난 속에 남겨두고?

네가 이 처량한 나를 위해   135

고역을 풀어 없애러 찾아왔으면!

─ 오, 제우스, 제우스여 ─, 그리고 아버지의 수치스럽게 뿌려진

피에 대해 복수하러, 아르고스에

네 떠도는 발길을 얹었으면!

(좌2)

이 물그릇을 내 머리에서 들어   140

내려놓아라, 아버지께 밤중의 애곡을

높여 외치게끔.

하데스에게 속한 통곡과 노래와

만가를, 아버지, 당신께 바칩니다.

땅속 깊은 곳으로 애곡을 보냅니다,

그 애곡으로 해서 저는 날마다   145

야위어가고 있어요, 손톱으로

제 목까지 할퀴면서,

손으로는 짧게 깎은 머리를

두드리며, 당신의 죽음을 슬퍼하여.

(중간노래2)

아, 아, 머리를 할퀴어라. 150
백조 한 마리가 쏟아져 흐르는
강물 곁에서 맑은 소리로
가장 사랑하는 아버지를, 올가미의
기만적인 그물에 걸려 죽은 아버지를
부르듯, 그렇게 불쌍한 당신을, 155
아버지여, 저는 불러 애곡합니다.

(우2)
당신의 몸에 최후의 목욕물이 부어졌지요,
죽음의 가장 불쌍한 잠자리에서.
아아, 슬프다, 아아, 슬프다.
당신을 가른 도끼의 쓰라린 160
타격이여, — 아버지! — , 트로이아에서
돌아오는 길에 대한 쓰라린 계획이여!
그 여인은 당신을 머리 장식으로도,
화환으로도 맞이하지 않았어요,
오히려 아이기스토스의 양날 칼에,
목욕에 당신을 넘기고서, 165
사기꾼 남편을 얻어 가졌지요.

(아르고스 여인 코로스가 오르케스트라로 들어온다.)

코로스　　(좌)

오, 아가멤논의 딸, 엘렉트라여, 나는 당신의

시골집으로 찾아왔어요.

우리에게 왔답니다, 어떤 뮈케나이 사람이, 우유를 마시고

산중을 돌아다니는 이가 왔답니다.　　　　　　　　　　　170

그리고 전해주었지요, 지금부터 사흘째에

축제를 벌이기로 아르고스인들이

선포했다고요. 그래서 모든 처녀들이

헤라 신전으로 행진해 갈 것이라고요.

엘렉트라　친구들이여, 불행한 나는　　　　　　　　　　　175

빛나는 화관으로도, 황금의

목걸이로도 마음이 날아오르지

않아요. 나는 아르고스 신부들과 더불어

춤추는 무리를 이루고, 빙빙 돌며

땅에 발을 구르지도 않을 거여요.　　　　　　　　　　　180

나는 눈물로 밤을

새워요, 눈물은 이 처량한 내가

날마다 보살피는 것이어요.

나의 지저분한 머리털을 보세요,

그리고 누더기인 내 옷도요, 185

이런 것이 아가멤논의 딸에게,

왕녀에게 어울리는지 말이어요,

그리고 트로이아에 어울리는지. 그 도시는 언젠가 내 아버지에게

함락되었음을 여전히 기억하고 있는데 말이죠.

코로스 (우)

여신은 위대하시죠. 자, 이리 오세요, 제게서 190

두툼하게 짠 의상을 받아 입으시고,

빛나는 우아함을 갖추도록 황금 장신구를 받으세요.

당신은 신들께 존경을 바치지 않고서

눈물만으로 적들을 이길 수 있다고

여기시나요? 하지만 비탄이 아니라 195

기원으로 신들을 섬겨야

좋은 날을 얻어 누리실 거여요, 아가씨.

엘렉트라 신들 중 누구도 불행한 자의 목소리를

듣지 않아요, 그리고 오래전에

일어난 아버지의 피살에 대해서도요. 200

아아, 죽어버린 이여,

그리고 살아서 방랑하는 이여,

그는 비참하게 이국땅

어딘가에 머물고 있어요,

하인의 화덕을 전전하며,   205

이름 높은 아버지에게서 태어난 이가.

그리고 나는 손일하는 가난뱅이 집에

거주하며 영혼이 녹아가고 있어요,

조상들이 물려준 집에서 쫓겨나

하늘까지 솟은 봉우리들 사이에서.   210

반면에 어머니는 살인의 침대 속에서

외간 남자와 혼인으로 결합해 살고 있지요.

코로스   헬라스인들의 수많은 불행의 원인은 당신 어머니의

         혈육인 헬레네지요, 그리고 당신 집안 불행의 원인도.

         (오레스테스와 필라데스가 숨어 있던 곳에서 나온다.)

엘렉트라   아아, 여인들이여, 나는 애곡을 중단했어요.   215

          저기 어떤 낯선 이들이 집 가까이 제단 곁에

          웅크리고 있다가 숨은 곳에서 튀어 일어서네요.

          당신은 길을 따라 도망치세요, 나는 달려서

집 안으로 들어가 못된 짓 하는 인간들에게서 벗어날게요.

오레스테스 기다리시오, 오, 불행한 여인이여! 내 손이 두려워 떨지 마시오. 220
엘렉트라 오, 포이보스 아폴론이여, 저는 당신 앞에 엎드립니다. 죽음을
  피하고자.
오레스테스 내가 당신보다는 오히려 다른 적들을 죽이기를!
엘렉트라 비키세요, 당신이 손대면 안 되는 이들에게 손대지 마세요.
오레스테스 당신에게보다 더 정당하게 내가 손댈 수 있는 사람은 없소.
엘렉트라 그러면 어찌 그대는 내 집 곁에 칼을 지닌 채 숨어 있소? 225
오레스테스 머물러 들어보시오, 그러면 그대는 곧 나와 다른 말을 하지 않게
  되리라.
엘렉트라 멈췄어요. 나는 완전히 당신 뜻에 맡겨졌어요. 당신이 더
  강하니까요.
오레스테스 저는 당신 오라비의 전갈을 가지고서 당신께 왔습니다.
엘렉트라 오, 가장 친근한 이여! 산 사람의 소식인가요, 아니면 죽은 사람의?
오레스테스 살아 있습니다. 먼저 당신께 좋은 소식을 전하려 하는 말입니다만.

230

엘렉트라 가장 달콤한 소식에 대한 대가로 행복이 그대에게 있기를!
오레스테스 저는 그 행복을 우리 둘이 공동으로 누리기를 원합니다.
엘렉트라 그 불행한 이는 어느 땅에서 불행한 망명 생활을 하고 있나요?
오레스테스 그는 한 도시의 법만 따르는 게 아니라, 떠돌며 시들어가고

있습니다.

엘렉트라   하루하루 목숨을 이어가기에 부족함은 없나요?   235

오레스테스   먹을 것은 있습니다만, 추방자는 힘이 없지요.

엘렉트라   그런데, 당신은 그에게서 어떤 소식을 가지고 왔나요?

오레스테스   혹시 당신이 살아 있는지, 살아 있다면 어떤 재난을 당하고 있는지
알아보려고요.

엘렉트라   그렇다면 당신은 내 몸이 얼마나 메말랐는지 보시지요?

오레스테스   고통에 쇠약해졌군요, 제가 탄식할 정도로.   240

엘렉트라   그리고 머리의 터럭은 면도칼로 바짝 밀었죠.

오레스테스   동생과, 또 마찬가지로 돌아가신 아버지가 당신 마음을
괴롭히는군요.

엘렉트라   아아, 사실 이들보다 내게 더 사랑스런 것이 어디 있겠어요?

오레스테스   아아, 아아, 당신 동생에게 역시 당신보다 더 친근한 게 뭐
있겠어요?

엘렉트라   친근하지만, 그는 내 곁에 있지 않고 멀리 있어요.   245

오레스테스   그런데 당신은 왜 도시에서 멀리 떨어져 이곳에 살고 있죠?

엘렉트라   난 결혼했어요, 이방인이여, 죽음 같은 결혼이지요.

오레스테스   저는 당신 동생을 위해 비탄합니다. 그런데 뮈케나이 사람 중
누구와 결혼했죠?

엘렉트라   예전에 아버지께서 나를 맡기려고 했던 분은 아니지요.

오레스테스   말해 보세요, 듣고서 당신 동생에게 전하게요.   250

엘렉트라   이게 그 사람 집인데, 나는 변방 멀리 이 집에 살고 있지요.

오레스테스   이 집에는 땅 파먹는 사람이나 소치기가 어울리겠군요.

엘렉트라   가난하지만 고귀하고, 나를 정말 경건히 대하는 사람이어요.

오레스테스   당신 남편에게 대체 어떤 경건함이 있나요?

엘렉트라   그는 결코 내 침상에 손을 대려 하지 않았어요.   255

오레스테스   뭔가 종교적 순결 때문인가요, 아니면 당신이 그럴 가치가 없다고
       해선가요?

엘렉트라   그는 자기가 내 조상들을 모욕할 자격이 없다고 여겼어요.

오레스테스   그러면 그는 왜 이 정도의 결혼에 즐거워하지 않았나요?

엘렉트라   나를 넘겨준 사람이 그럴 권한이 없다고 여겨서지요, 이방인이여.

오레스테스   알겠소. 그는 언젠가 오레스테스에게 죗값을 치를까봐 그런 거요.

                                                       260

엘렉트라   그가 바로 그 점을 두려워하긴 하죠. 하지만 그는 현명함을
       타고나기도 했어요.

오레스테스   아,
       당신은 고귀한 인물을, 그리고 잘 대접해야 할 사람을
       그려주었군요.

엘렉트라   언젠가, 지금은 멀리 있는 이가 집으로 돌아오면 그래야겠죠.

오레스테스   그런데 당신을 낳은 어머니는 이 일을 그냥 참았나요?

엘렉트라　이방인이여, 여자들은 남편에게 친근하다오, 아이들에게가 아니라.

265

오레스테스　그런데 아이기스토스는 무엇 때문에 당신을 이렇게 학대했나요?

엘렉트라　내가 무력한 아이를 낳길 원했던 거죠, 나를 그런 사람에게 주어서.

오레스테스　복수자가 될 아이들을 낳지 못하게 하려는 거군요?

엘렉트라　바로 그걸 획책했죠. 그 일에 대해 그가 내게 죗값을 치르기를!

오레스테스　그런데, 어머니 남편은 당신이 여전히 처녀라는 걸 알고 있나요?270

엘렉트라　전혀 몰라요. 우리는 그걸 조용히 감췄으니까요.

오레스테스　그럼, 이 이야길 듣고 있는 이 여인들은 당신 친구들인가요?

엘렉트라　나와 당신의 발언을 잘 숨겨줄 만큼요.

오레스테스　이 상황에 대체 오레스테스가 뭘 할 수 있을까요, 그가 아르고스로
　　　　　온다 해도?

엘렉트라　그런 질문을 해요? 수치스런 얘기군요. 왜냐하면, 지금이 적시
　　　　　아닌가요?　　　　　　　　　　　　　　　　　　　　275

오레스테스　그럼, 그가 와서 어떻게 아버지 살해자들을 죽여야 하나요?

엘렉트라　적들이 감히 아버지께 했던 대로 감행해야죠.

오레스테스　그러면 그자와 함께 어머니도 죽이길 감행해야 할까요?

엘렉트라　그래요, 그것에 아버지가 돌아가신 바로 그 도끼로 해야죠.

오레스테스　그 말을 오레스테스에게 전할까요, 그리고 당신 뜻이
　　　　　확고하다고요?　　　　　　　　　　　　　　　　　　280

엘렉트라　죄에 걸맞게 내 어머니의 피를 뿌릴 수만 있다면, 내가 죽어도

좋아요!

오레스테스 아,

오레스테스가 가까이 있어서 이 말을 들을 수 있다면!

엘렉트라 하지만, 이방인이여, 나는 그를 마주하더라도 알아볼 수 없을

거여요.

오레스테스 놀라운 일도 아니죠, 어린 당신이 어린 동생과 헤어졌으니까요.

엘렉트라 내 친구들 가운데 한 사람만이 그를 알아볼 수 있을 거여요.   285

오레스테스 동생을 피살 위기에서 빼돌려 구했다고들 하는 바로 그

사람인가요?

엘렉트라 그래요, 아버지의 가정교사였던, 이제는 많이 늙은 노인이지요.

오레스테스 그런데 돌아가신 당신 아버지는 무덤은 갖고 계신가요?

엘렉트라 되는대로 묻히셨죠, 집 밖으로 내동댕이쳐져서.

오레스테스 아아, 대체 이 무슨 말인가요? 내 이러는 것은, 내 집 밖의

고통이라도   290

그걸 지각하는 건 인간에게 아픔을 주기 때문입니다.

어쨌든, 말씀하십시오, 내가 잘 알고서 그대 동생에게 말 전하게,

듣기 즐겁진 않지만, 그래도 들어야 하는 것을.

무지 속에는 어디에도 동정심이 들어 있지 않지만,

인간들 중 현명한 이들에게는 그게 있지요. 물론 지나치게 현명한

생각을 품은 현자들에게는 징벌이 없는 건 아니지만요.[98]

코로스   저 역시 이 사람과 똑같은 마음의 열망을 품고 있어요.

저는 시내에서 멀리 있어서 도시 안에서 일어난 불행에 대해

알지 못하니까요. 하지만 이제 저도 들어 알고 싶어요.

엘렉트라   그래야만 한다면, 얘기해야겠죠, ── 그런데 친구에게는 얘기를

해주어야 해요. ──   300

나와 내 아버지의 힘든 운명을요.

그런데, 이방인이여, 간청합니다, 당신이 이 이야기를 부추겼으니,

오레스테스에게 나의, 그리고 그 사람의 불행을 전해주세요.

우선 내가 어떤 옷을 입은 채 여기 잡혀 있는지,

어떤 더러움에 짓눌리고 있는지, 왕들의 거처에서   305

쫓겨나 어떠한 지붕 아래 거주하고 있는지,

그리고 나 자신이 직접 북으로 직물을 애써 짜서 입고,

그러지 않으면 옷도 없이 벗은 몸으로 지내야 한다는 것을,[99]

---

98 지각 있는 사람들은 타인의 고통을 동정하면서 자기들도 고통을 느끼기 때문에, 이것을
'징벌'이라고 표현한 것이다.

99 여기 '옷도 없이'라고 옮긴 구절은 원문에 목적어 없이, '빼앗기게 될 것이다.'라고만 되어

또 나 자신이 샘에서 흐르는 물을 길어 와야 한다는 것을요.

신성한 축제에도 참여하지 못하고, 춤출 기회도 잃고서,   310

처녀이기 때문에 다른 여자들과 사귀는 것도 피하고 있어요.

그리고 나는, 신들에게로 가기 전에, 친척인 내게

구혼했었던 카스토르를 향해 부끄러움을 갖고 있어요.[100]

반면에 내 어머니는 프뤼기아[101]에서 가져온 전리품에 파묻혀

보좌 위에 앉아 있어요, 그 의자 주위에는 아시아에서 온   315

하녀들, 내 아버지가 잡아 온 이들이 시중들며 서 있고요,

이데산[102] 아래서 온 의상을 금브로치로

여미고서요. 아버지의 피는 집 안에 여전히

검게 엉겨 붙어 있는데, 그분을 죽인 자는

아버지가 쓰던 그 마차에 올라타고 나돌아 다니며,   320

그분이 헬라스 군대를 몰아가던 그 홀(笏)을

피로 더럽혀진 손에 들고 즐거워하고 있어요.

있어서, 학자들 사이에 논란을 불러일으키고 있다. 그다음에 한 행이 빠졌다는 주장도
있고, 이 행이 누군가 조작해 끼워 넣은 구절이라는 주장도 있는데, 이 번역에서는 목적어
'옷'을 보충해서 옮겼다.

100 카스토르는 '제우스의 쌍둥이(Dioskuroi)' 아들들이라고 불리는 두 사람 중 하나로,
레다가 낳은 알에서 나왔다. 그는 클뤼타이메스트라와 형제간이므로, 엘렉트라에게는
외삼촌인데, 고대에는 삼촌과 조카 사이의 결혼이 상당히 흔했다. 집안의 재산이
흩어지지 않게 하는 방편 중 하나여서다.

101 트로이아가 속한 소아시아반도 북서부.

102 트로이아 뒤에 있는 산.

또 아가멤논의 무덤은 전혀 존중받지 못하여

부어드린 제물도, 도금양 가지도

바쳐진 바 없고, 제단에는 희생물이 말라버렸죠.   325

사람들 얘기에 따르자면, 내 어머니의 저 유명하신 남편께선

술에 잔뜩 취하면, 그 무덤 위로 뛰어오르고,

아버지의 비석에 돌덩이를 던진답니다.

그리고 감히 이런 말을 지껄인다죠.

'네 아들 오레스테스는 어디 있느냐? 네 무덤 곁에 잘 머물면서 330

지켜주더냐?' 이런 식으로, 멀리 떠난 이는 모욕을 당하고 있죠.

어쨌든, 오 이방인이여, 당신께 간청하니, 이 말들을 전해주세요.

많은 것들이 이 소식을 보내고 있어요, 나는 그저 통역자일

뿐이지요,

이 손과 혀와, 고통을 품고 있는 이 마음과

짧게 잘린 내 머리와, 그리고 저 사람을 낳으신 분이 말이죠.   335

부끄러운 일이니까요, 아버지는 프뤼기아인들을 제압했는데,

그는 혼자서 그자 하나를 죽이지 못한다면요,

그는 젊고, 또 더 나은 아버지에게서 태어났는데 말이지요.

코로스   저기 보이네요, 당신 남편이요.

그는 힘든 일을 중단하고 집으로 오고 있네요.   340

농부   아니, 문간에서 내가 보는 이 손님들은 누구요?
      무슨 일 때문에 이 시골집 문으로
      찾아왔소? 그게 아니면, 내가 필요해서요? 한데 여자가
      젊은 남자들과 함께 서 있는 것은 부끄러운 일이오.

엘렉트라   오, 가장 친근한 이여, 저를 의심하지 마세요.   345
      당신은 참된 이야기를 듣게 될 거여요. 이 이방인들은
      오레스테스에게서 내게로 소식을 전하러 왔으니까요.
      그런데, 이방인들이여, 방금 한 말을 용서해 주세요.

농부   그들이 무슨 얘기를 합디까? 그가 살아서 햇빛을 보고 있는 거요?
엘렉트라   살아 있어요, 그들의 말에 따르면. 그리고 나는 그들의 말을 불신치
      않아요.   350
농부   그럼, 그가 아버지와 당신의 불행에 대해 조금이라도 주의하고
      있답니까?
엘렉트라   그러길 희망해요. 망명자는 무력하죠.
농부   한데 그들은 오레스테스에게서 어떤 전갈을 가지고 왔소?
엘렉트라   그는 이들을 나의 불행에 대한 염탐꾼으로 보냈어요.
농부   그렇다면, 일부는 그들이 눈으로 보고, 일부는 당신이
      얘기했겠구려?   355
엘렉트라   그들은 다 알고 있어요. 이 일에 대해 조금의 부족함도 없어요.

농부   그러면 진작 이들을 위해 우리 대문이 열렸어야 하는 것 아니오?

          (오레스테스 일행을 향해) 집으로 들어가시지요. 유익한 소식에 대한 보답으로

          접대를 받으셔야 하니까요, 저희 집이 갖고 있는 대로 거기 맞춰서.

          [수행원들이여, 짐을 내 집 안으로 들이시오.]   360

          그리고 전혀 사양치 마십시오, 당신들은 친구로서

          친구인 사람의 집에 온 것이니. 내 비록 가난하나,

          성품에 있어서는 비천한 모습을 보이지 않을 것이오.

오레스테스   (엘렉트라에게) 신들의 이름으로 청하니 말해 주십시오, 이 사람이 그대와 더불어

          거짓 결혼을 숨겨온 사람입니까? 오레스테스를 수치스럽게 하지 않으려고?   365

엘렉트라   그 사람이 이 불쌍한 나의 남편으로 불리고 있어요.

오레스테스   아아,

          좋은 사람을 판정하는 데 정확한 기준은 존재하지 않는군요.

          인간의 태생은 혼란을 보여주니 말입니다.

          나는 이미, 고귀한 아버지의 아들이 아무 가치도 없는 데 반해,

비천한 자들에게서 훌륭한 자식이 태어난 것을 본 적이
있으니까요.   370
또 부유한 자의 마음속에 기근이 들어 있는 데 반해,
가난한 이의 몸에 큰 지혜가 깃들어 있는 것도 보았습니다.
[그러니 사람이 어떻게 그걸 분간하고 올바르게 판단하겠습니까?
부를 기준으로? 그러면 그는 부실한 판정자를 이용하는 게 될
겁니다.
아니면, 아무것도 안 가진 사람들을 기준으로? 하지만 가난은
건강함을   375
주지 못하고, 결핍 때문에 인간이 비천해지게끔 가르친답니다.
그럼, 무기 쪽으로 몸을 돌리면? 하지만 적의 창을 마주 대했을 때
누가 훌륭할지, 증언할 수 있는 사람이 어디 있겠습니까?
이 문제는 그냥 혼란된 채 내버려두는 게 최선인 듯합니다.]
이런 말을 하는 것은, 이 사람이 아르고스인들 가운데 지위가   380
높은 것도 아니고, 집안의 명성으로 높임을 받는 것도 아니며,
그저 다수 중 하나일 뿐인데, 더없이 고귀한 자로 드러났기
때문입니다.
공허한 의견으로 가득 차 방황하는 이들이여, 어리석은 생각을
그치지 않으려는가? 사람이 누구를 사귀는지, 평소에
어떻게 행동하는지로, 고귀한 사람을 분간해 내지 않으려는가? 385
[왜냐하면 이런 사람들이 도시도 가정도 잘 관리하기

때문입니다. 반면에 생각은 없고 그저 살로만 이루어진 자는
시장 거리의 조각상에 불과하지요. 튼튼한 팔이 약한 팔보다
창을 더 잘 막아내는 건 아니니 말입니다.
이것은 타고난 기질과 용기에 달린 일입니다.]   390
어쨌든 여기 있는 사람도, 있지 않은 사람, 우리가 그를 위하여
여기에 온,
아가멤논의 아들도 이 일에 가치 있는 사람이니,[103]
이 집에서 쉬는 것을 받아들입시다. 하인들이여, 이 집으로
들어가시오. 내게는 부유하기보다는 가난하더라도
열의를 가진 접대자가 있기를!   395
따라서 나는 이 사람의 집에서 접대받는 것을 찬성합니다.
하지만 나로서는 당신의 동생이 행복을 누리면서
행복한 집으로 나를 맞아들였으면 싶습니다.
하지만 아마도 그는 돌아올 것입니다. 록시아스[104]의 신탁이
확고하니 말입니다. 반면에 인간들의 예언에겐 잘 가시라
하겠습니다.   400

---

103 직역하면 '이곳에 있는 사람도, 없는 사람도 가치가 있다.'여서, 무슨 의미인지 모호하다.
오레스테스로서는, '오레스테스가 여기 있건 없건, 그는 이 접대를 받을 자격이
있다.'란 뜻으로 한 말이겠지만, 농부의 입장에서는 '여기 있는 이 농부도, 여기 없는
오레스테스도 훌륭한 사람이다.'라거나 '여기 있는 오레스테스의 사자들도, 여기 없는
오레스테스도 이런 대접을 받을 만하다.'라는 의미로 받아들였을 것이다.
104 아폴론.

(오레스테스와 필라데스가 하인들과 함께 집 안으로 들어간다.)

코로스   이제 즐거움에 전보다 훨씬 더 마음이 따뜻해지네요,
엘렉트라여. 아마도 행운이 조금 전진하여
잘 멈추어 설 듯하니 말입니다.

엘렉트라   아, 딱하신 분, 당신 집의 궁핍함을 잘 알면서
왜 당신보다 훨씬 신분 높은 이 손님들을 맞아들였나요?   405

농부   왜 그런 소리를 하시오? 저들이 겉보기처럼 참으로 좋은
혈통이라면,
작은 집에서건 그렇지 않은 집에서건 마찬가지로 즐겁게 지내지
않겠소?

엘렉트라   당신이 지금 작은 집에 살면서 잘못을 저질렀으니,
내 아버지의 양육자, 친근한 노인을 찾아가세요.
그분은 도시에서 쫓겨나, 타나오스강이   410
아르고스 땅의 산들과 스파르타 지역을
나누는 곳 근처에서 양 떼를 돌보고 있어요.
그에게, 이들이 우리 집에 찾아왔으니, 그 자신이 이리 오라고
전하세요, 그리고 식사를 위한 접대 재료를 좀 가져오라고요.

그는 분명히 기뻐하고 신들께 기원할 거여요,   415

자기가 언젠가 구해낸 아이가 살아 있다는 소식을 들으면.

왜냐하면 조상 대대로 살아온 집에서는 어머니에게서 아무것도

얻어낼 수 없을 테니까요. 그 잔인한 여자가, 오레스테스가 아직

살아 있다는 사실을 듣게 된다면, 우리는 쓰라린 소식을 전한 게

될 거여요.

농부   아무튼, 그러는 게 좋아 보인다면, 그 소식을 노인께   420

전하겠소. 당신은 얼른 집 안으로 들어가서,

안에서 할 일들을 처리하시오. 여자는 그러려고만 하면,

식사가 될 만한 많은 것을 찾아낼 수 있다오.

우리 집엔 그래도, 이들이 하루 먹는 것 정도는

채워줄 만큼 가진 게 있소.   425

한데 이런 상황에 생각이 미칠 때마다

나는, 돈이 얼마나 큰 힘을 갖고 있는지 보게 된다오,

손님들을 접대하기에도, 그리고 질병에 빠진 몸을

비용 들여 구해내기에도. 하지만 하루 먹는 것에는

돈이 조금밖에 들지 않소. 왜냐하면 사람은 만족을 얻으면 모두, 430

부유하든 가난하든 대등하기 때문이라오.

코로스   (좌1)

이름 높은 배들이여, 너희는 언젠가 트로이아를 향해 갔었도다,

헤아릴 수 없는 노를 저어

네레우스의 딸들[105]의 춤추는 무리를 동반하고서,

피리를 좋아하는 돌고래가   435

검게 튀어나온 뱃머리 앞에서

뛰면서 선회할 때,

테티스의 아들을, 가볍게

도약하는 발을 지닌 아킬레우스를

아가멤논과 함께 트로이아의   440

시모에이스[106] 해변으로 데려가느라.

(우-1)

네레우스의 딸들은 에우보이아의 곶을 떠나[107]

방패 운반자의 무거운 짐을, 헤파이스토스의

모루로부터, 황금의 무장을 옮겨 왔도다,

펠리온을 향해, 그리고 가파른   445

---

105 '바다의 노인' 네레우스의 쉰 명의 딸들. 아킬레우스의 어머니 테티스도 그중 하나이다.

106 트로이아 앞으로 흐르는 강.

107 에우보이아는 희랍반도 동쪽에 남북으로 길게 뻗은 섬. 왜 바다의 요정들이
에우보이아에서 출발했는지는 명확치 않다. 이곳에 헤파이스토스의 대장간이 있다는
전설이 있었을 가능성도 있고, 거기에 네레우스 딸들의 거처가 있었을 수도 있으며, 그냥
그곳이 펠리온에 가깝기 때문일 수도 있다.

옷사산의 신성한 골짜기로,

요정들이 배회하는 곳으로,

젊은이를 찾으며. 거기서 말을 길들이는

아버지가,[108] 헬라스의 빛이 되도록

바다에 사는 테티스의 아들을, 빨리 달리는 발을 가진 이를   450

길렀도다, 아트레우스의 아들들[109]을 위하여.

(좌2)

트로이아에서 나우플리오스의 항구에

와 있는 사람에게서 나는 들었어요,

오, 테티스의 아들이여, 당신의

이름 높은 방패의 둥근 원 안에   455

이러한 그림이 새겨져 있었다고,

프뤼기아인들에게 공포가 되도록.

우선 방패의 테두리에는 목 베는 자

---

108 '아버지'라는 단어를 쓰긴 했지만, 대개 학자들은 이 말이 가리키는 존재가, 현명한 반인반마 케이론이라고 본다. 아킬레우스는 그에 의해 양육되었다. 그리고 지금 이 합창은, 아킬레우스가 트로이아 전쟁 시작 때 가지고 떠난 무장이 애당초 — 그의 아버지 펠레우스에게 결혼 선물로 주어진 게 아니라 — 아킬레우스 자신을 위해 만들어졌다는 판본을 따르고 있다. 또한 이 노래는, 아킬레우스가 스퀴로스섬에서 여자들 사이에 숨어 있다가 출전하게 되었다는 판본이 아니라, 그가 펠리온산에 케이론과 함께 있다가 전쟁에 참여했다는 판본을 따르고 있다.

109 아가멤논과 메넬라오스.

페르세우스가 자리 잡고 있었답니다, 날개 달린
신발로 바다 위 공중에 뜬 채,   460
고르곤의 머리를 들고서,
제우스의 전령 헤르메스,
들판을 돌아다니는 마이아의 청년 아들과 함께.

(우2)
방패의 한가운데에는 태양의 빛나는
원이 밝은 빛을 던지고 있었죠,   465
날개 달린 말들과,
별들로 이루어진 천상의 가무단,
플레이아데스와 휘아데스, 그리고 헥토르의
눈길을 돌려세울 것들과 더불어.
또한 황금을 두드려 만든 투구에는   470
노래하는 스핑크스가 발톱으로
사냥감을 쥐고 있었죠. 또, 옆구리를 두른
우묵한 무장[110]에는, 불의 숨결을 내뿜는
사자[111]가 발톱을 세운 채 달려 도망치고 있었죠,
페이레네[112]의 망아지를 돌아보면서.   475

---

110 가슴받이.
111 사자, 염소, 뱀이 합쳐진 괴물 키마이라.

(딸림노래)

피 뿌리는 칼에는 네 발로 달리는 말들이 질주하고 있었다오,

그들의 검은 등엔 먼지가 흩어져 날리고.

창으로 싸우며 노역을 치르는 이와 같은 남자들의

왕을 그대는 죽였도다, 튄다레오스의 딸이여,   480

그대의 배우자를, 사악한 마음을 품은 여자여.

하지만 그대에게 언젠가 하늘의 신들이

죽음이라는 대가를 보내리라.

나는 아직도, 아직도 무쇠 칼에 베인   485

그대 목에서 피가 쏟아져 내리는 걸 보고야 말리라.

노인   어디에, 어디에 나의 젊은 여주인, 공주님이,

아가멤논의 따님이 계시오, 내가 전에 길러드린 분이?

이 집으로 오는 길은 나 같은 주름투성이 노인이

발로 걸어오기에 어찌나 가파른지!   490

하지만 그래도 친구들에게 향하는 길이라면, 두 겹으로 접힌 허리와

뒤로 주저앉는 무릎이라도 끌고 와야 하지요.

---

112   페이레네는 코린토스의 샘. 페가소스가 발굽을 걷어차서 이 샘이 생겼다고 하며, 벨레로폰테스가 페가소스를 얻은 것도 이 샘가에서였다고 한다.

(엘렉트라를 향해) 오, 딸이여, — 저는 방금 그대를 집 가까이서

보았으니까요. —

제가 왔습니다, 당신을 위해 제가 먹이는 짐승들 가운데서

이 젖먹이 새끼 양을 떼어내가지고서,   495

그리고 화관과, 또 저장 바구니에서 치즈를 덜어내어,

그리고 디오뉘소스의 이 오래 묵은 보물을 가지고요,

그것은 향이 아주 잘 배었지요, 약하게 마시려면

이것을 잔으로 물에 섞으면 되지요, 적더라도 달콤하게 만들어

주는 것을요.

어쨌든 누군가 이것을 손님들을 위해 집 안으로 옮기게 해주세요.

                                                                        500

저는 눈물로 눈들을 적셨으니,

제 옷 조각으로 닦아내야겠네요.

엘렉트라   오, 노인이여, 그대는 왜 그렇게 눈물 젖은 눈을 하고 있나요?

저의 불행이 그대에게, 이미 오래된 불행들을 상기시킨 건

아니겠지요?

아니면 오레스테스의 불행한 추방에 대해 비탄하시나요,   505

그리고 내 아버지에 대해서? 당신은 그를 언젠가 품에 안고

키우셨죠, 그게 당신과 당신의 친구들에게 도움이 되진 못했지만.

노인　　　도움이 안 되었죠. 하지만 그래도 이것[113]만큼은 참을 수가 없더군요.

　　　　왜냐하면, 저는 이리 오다가 곁길로 그분의 무덤에 들렀으니까요.

　　　　저는, 마침 아무도 없는 것을 보고, 엎드려 애곡하고는,　　　510

　　　　손님들을 위해 가져오던 술 자루를 열어서 술을

　　　　바치고서, 무덤 주위에 도금양 꽃을 둘렀지요.

　　　　그러다가 저는 그곳 제단 위에 바쳐진 제물을, 털빛 검은 양을

　　　　보았습니다, 그리고 쏟아부은 지 오래지 않은 피와

　　　　잘라 바친 금발의 머리털을요.　　　515

　　　　그래서 저는 놀라 생각했습니다, 아가씨, 인간 중 대체 누가 감히

　　　　무덤에 왔던 걸까 하고요. 왜냐하면 아르고스인 중 하나는

　　　아니니까요.

　　　　그보다는 아마도 당신의 동생이 어떻게 몰래 왔던 것 같네요,

　　　　와서는 아버지의 버려진 무덤에 존경을 바친 거지요.

　　　　한데 그 머리털을 당신 머리에 갖다 대고 한번 살펴보시죠,　　　520

　　　　혹시 잘린 머리카락의 색깔이 같을지요.

　　　　같은 아버지의 피를 물려받은 사람들에게는

　　　　신체적으로 비슷한 점이 많은 게 보통이니까요.[114]

113　'이것'이 무엇인지 불분명한데, 대체로 아가멤논 무덤의 상태를 가리키는 것으로 보고
　　　있다.

114　여기서 노인이 제안하고, 엘렉트라가 공박하는 '알아보기' 장치(머리카락, 발자국, 직물)들은
　　　모두 아이스퀼로스의 「제주를 바치는 여인들」에 등장하는 것들이다. 에우리피데스는
　　　선배 극작가의 작품을 상기시킴으로써 관객/독자에게 즐거움을 주고 있다.

엘렉트라   오, 노인이여, 당신은 현명한 사람에게 어울리지 않는 말씀을
하시는 거여요,
만일 당신이, 뛰어난 용기를 가진 내 형제가, 아이기스토스가
두려워서   525
몰래 이 땅으로 들어올 거라고 생각하신다면 말이죠.
다음으로, 머리 타래가 어떻게 일치할 수 있겠어요?
남자의 머리카락은 신분 높은 남성들의 레슬링 장에서 자라고,
여자의 것은 빗질 받아 여자답게 자라는걸요. 그러니, 결코 안
되죠.
반면에 당신은, 같은 핏줄에서 태어나지 않았더라도   530
많은 사람에게서 비슷한 머리털을 발견할 수 있을 거여요,
노인이여.

노인   그러면 당신이 반장화 발자국에 발을 대어 살펴보시죠,
혹시 당신 발과 맞는 크기일지, 아가씨.

엘렉트라   하지만 단단한 땅바닥에 어떻게 발자국이
생겨날 수 있겠어요? 그리고 설사 그게 있다 하더라도,   535
동기간인 두 사람에게 발이 같을 수는 없지요,
남자와 여자의 발이. 그러기보단, 남자 발이 더 크지요.

노인 그대의 동생이 이 땅에 왔다 하더라도, 없을까요,[115]

    그걸 통해 당신이 알아볼 수 있는, 당신의 베틀로 짜인 직물이?

    언젠가 당신이 그것으로 그를 감싸서 죽음을 피하게 빼돌렸던

    것이?   540

엘렉트라 당신은, 오레스테스가 이 땅에서 떠나갈 때, 제가 아직 어렸다는 걸

    모르시나요? 그리고 설사 제가 직물을 짰다 하더라도,

    그때는 아이였던 그가 어떻게 지금도 같은 옷을 입고 있겠어요,

    의복이 몸과 함께 맞춰 자라나지 않은 한?

    그보다는, 어떤 친구가 그의 무덤을 불쌍히 여겨   545

    머리카락을 잘라 바쳤거나, 아니면 이 땅의 감시자를 취했던

    거여요.[116]

노인 한데 손님들은 어디 계신가요? 제가 직접 보고서

    당신 동생에 대해 그들에게 묻고 싶어서요.

[115] 전해지는 사본들에서 이 부분의 구문이 불완전해서(중심 동사가 없고, 분사만 있다.),
   학자들은 538행 다음에 적어도 한 행이 사라진 것으로 보고 있다. 이 번역에서는,
   다소 어색하더라도 최소로 고치는 쪽을 따라 옮겼다. (분사(molon)를 중심 동사(moloi)로
   고치자는 제안을 따랐다. 그래도 문법적으로 어색한데, 어쨌든 그럭저럭 뜻은 통한다.)
[116] 이 문장도 분사만 있고, 중심 동사가 없어서 불완전하다. 중간에 한 행 정도의 내용이
   사라진 듯하다. '감시자를 취하다.'를 '감시자를 피하다.'로 고치자는 제안도 있다.

(오레스테스와 퓔라데스가 집에서 나온다.)

엘렉트라　여기 그 사람들이 재빠른 발로 집에서 나오는군요.

노인　하지만 높은 혈통이라 하더라도, 위조품일 수 있습니다.　550
　　　　많은 사람이 혈통은 높지만, 질은 떨어지니까요.
　　　　그렇지만 어쨌든 이 손님들께 인사를 드려야겠네요.

오레스테스　안녕하시오, 노인장? (엘렉트라에게) 엘렉트라여, 남자의 이 오래된 잔재는
　　　　대체 친구들 중 누구에게 속해 있습니까?

엘렉트라　이분은 제 아버지를 길러주셨습니다, 이방인이여.　555
오레스테스　무슨 말씀이시오? 이 사람이 당신의 혈육을 몰래 빼돌렸단
　　　　말입니까?
엘렉트라　그를 구해낸 사람이 이분이지요. ── 그가 여전히 살아 있다면
　　　　말이어요.
오레스테스　아니?
　　　　왜 나를 그렇게 들여다보시오, 마치 은화의 빛나는 문양을
　　　　살펴보는 사람처럼? 그는 나를 누군가와 닮았다고 생각하는

걸까요?

엘렉트라　아마도 오레스테스와 동년배인 당신을 보면서 즐거워하는 거겠죠.

560

오레스테스　그와 친하긴 하죠. 그런데 이 사람은 왜 주위를 빙빙 도는 거요?

엘렉트라　나도 이걸 보면서 의아히 여기고 있어요, 이방인이여.

노인　오, 여주인이여, 신들께 기원하시오, 딸이여, 엘렉트라여!

엘렉트라　대체 무엇을요, — 있는 것에 대해서든 없는 것에 대해서든?

노인　신께서 드러내주시는 보물 같은 친구 얻기를요.　565

엘렉트라　자, 보세요, 신들을 부르고 있어요. 그런데 무슨 말씀이신가요,
　　　　노인이여?

노인　이제 이 사람을 보세요, 아가씨, 가장 친근한 사람을.

엘렉트라　아까부터 보고 있어요. 그런데 당신이 제정신 아닌 건 아니겠지요?

노인　제가 당신 동생을 보고 있다면 제정신 아닌가요?[117]

엘렉트라　대체 무얼 의미하시나요, 노인이여, 전혀 예상치 못한 말로써?　570

노인　여기 아가멤논의 아들 오레스테스를 보고 있단 말입니다.

엘렉트라　어떤 표징을 보고서죠? 내가 설득될 만한 걸로?

117　이 구절은 '…… 마음이 즐겁지 않겠습니까?'로 옮길 수도 있다. '에우 프로네인(εὖ φρονεῖν)'에 '호의를 가지다', '제대로 생각하다', '기뻐하다' 등 여러 뜻이 있어서, 그것을 이용한 말장난이 꽤 많다.

노인   눈썹 곁의 흉터요, 그건 언젠가 아버지 집에서 그가
        당신과 함께 사슴을 쫓아다니다가 넘어져서 피 흘리고 얻은
        것이죠.

엘렉트라   무슨 말인가? 그가 넘어졌었단 표시는 봅니다만.   575
노인   그렇다면 가장 친근한 이들을 포옹하는 일을 미루시렵니까?

엘렉트라   아니, 더는 그러지 않겠어요, 노인이여. 당신의 증거들에 의해
        제 마음이 설득되었어요. (오레스테스에게) 오, 너는 마침내
        나타났구나,
        나는 너를 만나게 되었구나, 예상치 못하게!
오레스테스   저도 당신을 만나게
        되었네요, 마침내.
엘렉트라   전혀 생각도 못 했단다.
오레스테스   저도 정말 기대하지 못했어요.   580
엘렉트라   네가 정말 그 사람이냐?
오레스테스   당신의 유일한 동맹자지요.
        만일 내가 지금 잡고자 따라가고 있는 것을 잡아 올리게
        된다면……[118]

---

[118] 582행에 조건문만 나오고 결과문(예를 들면, '우리는 승리를 거두고 아버지의 유산을 차지할
    것입니다.')이 뒤따르지 않는 데다가, 583행 '확신하다'의 목적어도 없어서 학자들은 여기

어쨌든 난 확신합니다. 그러지 않다면 더는 신들을 따를 필요가
없겠죠,
　　부정의가 정의를 이기게 된다면 말입니다.

코로스　　너는 왔구나, 왔구나, 아, 오래 지체했던 날이여,　　　　　　585
　　　　너는 밝아왔구나, 도시를 위해 환한 횃불을
　　　　드러내 보였구나, 오래전 추방으로
　　　　아버지 집에서 내쫓겨
　　　　불행하게 방황하던 이를.
　　　　어떤 신께서 다시, 신께서 우리의 승리를　　　　　　　　　　590
　　　　이끌어 오시는군요, 오, 친구여.
　　　　손들을 들어 올리시오, 목소리를
　　　　높이시오, 신들께 간청을 올려 보내시오,
　　　　행운에 의해, 행운에 의해
　　　　그대 동생이 도시로 들어갈 수 있도록.　　　　　　　　　　　595

오레스테스　　됐습니다. 저는 환영하는 포옹의 달콤한 즐거움을
　　　　얻었고, 나중에 다시 그것을 갚아드리겠습니다.
　　　　(노인에게) 그런데 노인이여, 당신이 시기적절하게 찾아왔으니,

　한 행이 사라진 것으로 보고 있다.

말해 주십시오, 어떻게 해야 제가 아버지를 죽인 자에게 보복할 수
있을까요, 그리고 어머니, 불경스런 결혼을 함께하고 있는
그녀에게?   600

아르고스에 혹시 호의를 지닌 어떤 친구라도 남아 있습니까?
아니면 저는 모든 것을 빼앗긴 건가요, 제 운수가 그러하듯이?
누구와 함께할까요? 밤에요, 아니면 낮에요?
나의 적들을 만나려면 어느 길로 가야 하나요?

노인   오, 아들이여, 불운한 당신에겐 아무 친구도 없소이다.   605
왜냐하면 이것은, 어떤 이가 당신과 좋은 일도 나쁜 일도
함께 나눈다는 것은, 희귀하게나 발견되는 보물이기 때문입니다.
당신은, ── 친구와 관련해서 바닥부터 완전히 모든 걸 빼앗겼고,
아무 희망도 남긴 게 없기 때문에 ──, 제 말을 듣고 잘
알아두십시오.
당신의 손과 행운에 모든 게 걸려 있습니다,   610
당신 조상 전래의 집안과 도시를 차지하자면.

오레스테스   대체 우리는 무엇을 해야 거기에 도달할 수 있겠소?
노인   튀에스테스의 아들과 그대 어머니를 죽임으로써요.
오레스테스   나는 그러한 화관을 차지하러 여기 왔소. 그런데 어떻게 그들을
잡겠소?

노인   성안으로 들어감으로써는 아닙니다, 설사 그대가 원한다 할지라도.

615

오레스테스 경비병과 능숙한 경호원들을 갖추고 있어선가요?

노인   잘 아시는군요. 그는 당신이 두려워서 잠도 제대로 못 자고
          있으니까요.

오레스테스 좋습니다. 그다음 것을 당신이 충고해 주십시오, 노인이여.

노인   그러면 제 말을 들으십시오. 방금 제게 뭔가 떠올랐으니.

오레스테스 뭔가 좋은 걸 밝혀주시길, 그리고 저는 그걸 알아채기를
          기원합니다.

620

노인   아이기스토스를 보았습니다, 제가 이리로 올 때요.

오레스테스 그 말을 기쁘게 얼른 받겠습니다. 어떤 곳에선가요?

노인   이 들판에 가까운 곳, 말 먹이는 곳입니다.

오레스테스 무엇을 하고 있던가요? 저는 무력함을 벗어나 희망을 보니 말입니다.

노인   제가 보기엔 요정들에게 바치는 축제를 서두르고 있었던 듯합니다.

625

오레스테스 아이들의 성장을 위해선가요, 아니면 태어날 아이를 위해서인가요?

노인   저는 한 가지밖에는 모릅니다. 소를 잡으려 준비하고 있더라는 것
          말입니다.

오레스테스 얼마나 많은 사람과 함께요? 아니면 자기 혼자 하인들과만
          있던가요?

노인   아르고스 시민은 없고, 집안 일손들뿐입니다.

오레스테스　혹시 나를 보면 누군지 알 사람은 없던가요, 노인이여?　　　630

노인　　　그들은 집안 하인들이지만, 당신을 본 적은 없습니다.

오레스테스　우리가 승리하면 그들은 우리에게 호의를 보일까요?

노인　　　그러는 게 노예들의 특성이니까요, 하지만 그건 당신에게
　　　　　유익합니다.

오레스테스　그러면 대체 그에게 어떻게 다가갈 수 있을까요?

노인　　　그가 소를 잡아 제사 지내다가 당신을 볼 수 있는 데로 가면
　　　　　됩니다.　　　　　　　　　　　　　　　　　　　　　635

오레스테스　내가 보기에, 그는 바로 길가에 농지를 가지고 있소.

노인　　　거기서 당신을 보면, 그는 당신을 식사 손님으로 부를 것입니다.

오레스테스　쓰라린 잔치 손님을 부르는 게 될 거요, 신께서 원하신다면.

노인　　　그다음 것은, 되어가는 대로 맞춰 당신이 생각하십시오.

오레스테스　잘 말씀하셨소. 그런데 나를 낳은 여인은 어디에 있소?　　640

노인　　　아르고스에 있습니다. 그래도 잔치를 위해 남편 있는 데로 갈
　　　　　것입니다.

오레스테스　그런데 왜 내 어머니는 남편과 함께 출발하지 않았소?

노인　　　시민들의 비난이 두려워서 뒤에 남았습니다.

오레스테스　알겠습니다. 그녀는 자신이 도시에서 눈 흘김 받는다는 걸 알고
　　　　　있군요.

노인　　　그런 거죠. 불경스런 여자는 미움을 받으니까요.　　　　　645

오레스테스　그럼 어떻게 할까요? 그녀와 그 남자를 같은 데서 죽일까요?

엘렉트라　어머니를 죽이는 건 내가 잘 챙기겠다.

오레스테스　좋아요, 그러면 그 일은 행운이 잘 처리해 줄 것입니다.

엘렉트라　이분은 우리 두 사람을 보조하도록 하자.

오레스테스　그렇게 하지요. 그런데 누나는 어머니 죽일 길을 어떻게 찾겠어요?

650

엘렉트라　이렇게 말하세요, 노인이여, 클뤼타이메스트라에게 가서.

내가 사내아이를 낳고서 침상에 있다고 전하세요.[119]

노인　아이 낳은 지 한참 되었다고 할까요, 아니면 최근에 낳았다고

할까요?

엘렉트라　열흘 되었다고 하세요, 그동안은 아이 낳은 여자가 정결을 지켜야

하지요.[120]

노인　한데, 그게 어떻게 당신 어머니에게 죽음을 가져다주죠?　655

엘렉트라　그녀는 내가 아이 낳고 아픈 상태라는 말을 들으면 이리 올 거여요.

노인　어떻게 그렇죠? 왜 그녀가 당신에게 신경 쓸 거라고 생각하시나요,

119　여기서 갑자기 '한 줄씩 말하기(stichomythia)'가 끊어진 데다가, 651행과 652행의
명령법이 겹치기 때문에, 이 부분을 고치자는 의견이 많다. 그중에서도, 두 행 사이에
있던 노인의 대답이 사라졌다고 보는 입장이 꽤 강하다. 여기서는 전해지는 사본대로
옮겼다.

120　아이를 낳은 여자는 일종의 '오염' 상태가 되기 때문에, 그 오염을 옮기지 않기 위해
타인과의 접촉을 피해야 했다.

아가씨?

엘렉트라   그럴 거여요. 게다가 그녀는 내 아이의 낮은 신분에 눈물까지 흘릴
거여요.

노인   그럴지도 모르죠. 제게 얘기를 반환점에서 돌아오는 데까지
마쳐주세요.

엘렉트라   아무튼 그녀가 오기만 하면 죽는 건 확실해요.   660

노인   그녀는 확실히 당신 집의 이 문까지는 올 것입니다.

엘렉트라   그러면 그땐 하데스로 돌아드는 건 잠깐 사이 아니겠어요?

노인   제가 그걸 보게 된다면 죽어도 좋습니다!

엘렉트라   그런데 우선 이 사람을 안내해 주세요, 노인이여.

노인   아이기스토스가 지금 신들께 제사 지내고 있는 곳 말이죠?   665

엘렉트라   그다음엔 가서 어머니를 만나, 제가 말한 것을 전하세요.

노인   당신 입에서 직접 말해진 듯 보이게끔, 그렇게 하겠습니다.

엘렉트라   (오레스테스에게) 이제 일은 네게 달렸다. 이 살해는 이미 예전에
정해진 거다.

오레스테스   갈 수 있습니다, 누군가 길 안내를 해준다면.

노인   물론 제가 기꺼이 수행할 수 있지요.   670

오레스테스   오, 조상 때부터 섬겨온 제우스시여, 내 적들을 돌려세우는
분이여![121]

---

[121]   671~684행의 대사 배당은 학자마다 다른데, 여기서는 디글을 따랐다.

엘렉트라   우리를 불쌍히 여기소서! 우리는 불행한 일들을 겪었으니까요.

노인   당신의 자손에게서 태어난 이들을 불쌍히 여기소서!

오레스테스 그리고 헤라여, 뮈케나이의 제단을 지배하시는 이여!

엘렉트라   우리에게 승리를 주소서, 우리가 정당한 걸 청하는 것이라면!   675

노인   이들에게 아버지를 위해 복수하는 정의를 허락하소서!

오레스테스 그리고 그대, 불경스러운 자들에 의해 땅 아래 집에 살게 된
         아버지여!

엘렉트라   그리고 여왕이신 가이아여, 당신을 향해 저의 두 손으로 땅을
         두드립니다!

노인   보호하소서, 보호하소서, 가장 사랑스런 이 자녀들을!

오레스테스 이제 모든 죽은 자를 전우로 데리고서, 오소서!   680

엘렉트라   당신과 더불어 창으로써 프뤼기아인들을 무찔렀던 이들과 함께!

노인   그리고 불경스럽게 오염을 일으키는 자들을 미워하는 모든
         존재들도!   [683]

오레스테스 들으셨습니까, 오, 내 어머니에게서 끔찍한 짓을 당하신 이여?   [682]

노인   아버지께서 이 모든 걸 들으셨음을 저는 압니다. 이제 가야 할
         적시입니다.   684

엘렉트라   그가 모든 걸 들으셨음을 나도 안다. 너는 이 일들에 대해 남자답게
         행동해야 한다.   [693]

         [그리고 네게 이 일에 대해 선언하노라, 아이기스토스는 죽어야

264

한다는 걸.
685

혹시 네가 반격을 당하여 죽어 넘어진다면,

나도 곧 죽을 것이고, 너는 내가 살았다고 말하지 못하리라.

나는 양쪽으로 날을 세운 칼로 내 머리를[122] 칠 테니까.

이제 나는 집 안으로 들어가서 준비를 적절히 갖추겠노라.][123]

왜냐하면 네게서 행운의 소식이 전해져 오면,   690

온 집 안이 환호성을 지를 테니까. 하지만 네가 죽으면,

이와는 반대의 일이 있게 될 것이다. 이것이 내가 네게 해주는

말이다.

(코로스에게) 그런데 그대들은, 여인들이여, 이 싸움의 소식을

알리는   694

함성을 잘 피워 올려주세요. 나는 손에 잘 준비된   695

칼을 치켜들고 주시하고 있을게요.

왜냐하면, 내가 나의 적들에게 패배하여, 내 몸에

모욕을 당하고 값을 치르는 일은 결코 일어나지 않을 테니까요.

(오레스테스 일행이 무대를 떠난다. 엘렉트라는 집 안으로 들어간다.)

---

122 사본들에 전해지는 '머리를(kara)'은, '간을(hepar)'이 잘못 옮겨 적힌 것이라 보는 학자도
있다.

123 거사가 실패하면 자기도 자결하겠다는 엘렉트라의 선언은, 후대에 누군가가
'멜로드라마적 감상'을 끼워 넣은 것이라는 주장이 있다.

엘렉트라   265

코로스   (좌1)

온화하신 어머니,

아르고스산들로부터 언젠가, ─ 오래 묵어 머리 허연   700

이야기들 가운데 이런 소문이 있지요 ─ ,

교묘하게 이어 붙인 갈대들 속에서

달콤하게 속삭이는 음악을 불어 보내며,

판 신이, 들판의 배분자께서,

황금의 아름다운 양털 지닌 새끼 양을   705

가져다주었다는 소문이. 그러자 바윗돌 위에

올라서서 전령이 외쳤다지요,

'광장으로, 광장으로, 뮈케나이인들이여,

가시오, 행복하신

지배자들에게 나타난 것을,   710

두려움 주는 것을 보게 될 것이오.'

그러자 가무단은 아트레우스 집안을 찬양했다지요.

(우1)

황금 박아 넣은 제단들엔 제물의 피가 흩뿌려지고,

아르고스인들의 온 도시 제단 위엔

불들이 타올라 빛났죠.   715

무사 여신들의 시종인 피리는
아름답기 그지없는 소리를 울려 보내고,
매혹적인 노래들이 커져갔지요,
튀에스테스의 황금 양을
칭찬하며. 그가 비밀스런 사랑으로   720
아트레우스의 친애하는 아내를
설득하여, 그 기적을 빼돌려서는
자기 집으로 가져갔지요. 그는 모임에
출석하여 외쳤지요,
그 뿔 가진 짐승을, 황금 털의 양을   725
자기 집에 가지고 있노라고.[124]

(좌2)
그때에 참으로, 그때 참으로, 별들의
빛나는 길들을 제우스께서
바꾸셨도다, 그리고 태양의 광채와
새벽의 새하얀 얼굴을,   730

124 아트레우스와 그의 형제 튀에스테스 사이에 왕권 분쟁이 있었는데, 그들은 황금 양을
소유하고 있는 사람이 왕이 되기로 합의했다. 하지만 튀에스테스가 아트레우스의 아내
아에로페를 꼬드겨, 원래 아트레우스의 것이던 황금 양을 빼돌리고 그것을 내세우며
왕권을 요구한다. 아트레우스가 제우스께 탄원하자, 제우스는 우주의 운행 방향을 돌려,
아트레우스가 옳다는 것을 보여준다.

또한 서쪽의 넓은 영역으로 태양신은 수레를 몰아갔도다,[125]

신적인 불길의 뜨거운 화염으로써.

물기 머금은 구름들은 큰곰자리 쪽으로 향하고,

메마른 암몬의 거처는

이슬을 얻지 못해 시들어갔도다,   735

제우스에 의해 아름답기 그지없는 비를 빼앗기고서.[126]

(우-2)

이런 얘기들이 전해지지만, 내게선

큰 신뢰를 얻지 못해요,

황금빛 얼굴 지닌 태양이

방향을 돌리고, 뜨거운 거처를 바꾼다는 것은요,   740

인간의 불행에 맞춰서,

필멸의 인간들의 정의 때문에 말이죠.

---

125 우주의 운동 방향이 이따금 바뀐다는 믿음은 플라톤의 「정치가」 269a 등에서 발견된다.
지금 여기 나오는 것은, 그 이전까지는 (태양을 포함해서) 우주가 서쪽에서 동쪽으로
회전하다가, 이때부터 동쪽에서 서쪽 방향으로 회전하게 되었다는 판본이다. 731행
마지막 부분은 희랍어 원문에 주어도 목적어도 없이 '운행하다(elaunei)'라고만 되어
있는데, 대개의 학자들은 숨은 목적어는 '태양 마차', 주어는 '태양신'이라고 보고 있다.
보통 지는 해가 더 뜨겁기 때문에 불길이 강조되었다.

126 노래 내용이, 마치 해 뜨는 방향이 달라진 것 때문에 남쪽은 건조해지고 북쪽에는 비가
많이 오게 되었다고 주장하는 듯해서 좀 앞뒤가 맞지 않는데, 학자들은 여기에 신화와
과학적 사실이 뒤섞인 것으로 보고 있다.

하지만 무서운 이야기들은 인간들 사이에서

신들을 섬기게 하는 데 유용하지요.

그대는 그것들에 주의하지 않고서, 남편을   745

죽였어요, 이름 높은 형제들과 함께 태어난 누이여![127]

코로스 장   멈추세요, 멈춰요!

친구들이여, 고함 소리를 들었나요? 아니면 공연한 짐작이

내게 닥친 걸까요? 마치 제우스의 땅속 천둥처럼?

보세요, 이렇게 뭔가 뜻을 지닌 바람결이 일어나고 있어요.

여주인이여, 엘렉트라여, 그 집에서 나와보세요.   750

엘렉트라   친구들이여, 무슨 일인가요? 싸움과 관련하여 우리는 어떤 상황에

도달했나요?

코로스 장   한 가지밖엔 모르겠어요. 살인에 대한 비탄이 들린다는 것 말이죠.

엘렉트라   내게도 들리네요, 멀리서이긴 하지만 그래도 들리네요.

코로스 장   정말 소리가 멀리서 오네요, 그렇지만 또렷해요.

엘렉트라   신음하는 게 아르고스인일까요, 아니면 우리 친구들 소리일까요?

     755

코로스 장   모르겠네요. 모든 외침의 곡조가 뒤섞였으니까요.

---

127   클뤼타이메스트라는 제우스의 유명한 쌍둥이 아들들인 '디오스쿠로이'의 누이이다.
(각주 100번 참고.)

엘렉트라　　당신 말에 따르자면, 내게 죽기를 요구하는 거군요. 뭘
　　　　　　망설이겠어요?

코로스 장　　기다리세요, 당신의 운명을 뚜렷이 알 때까지.

엘렉트라　　불가능해요. 우리는 패했어요. 왜냐면, 그게 아니라면 대체
　　　　　　전령들은 어디 있죠?

코로스 장　　올 거여요. 왕을 죽이는 건 작은 일이 아니거든요.　　　　760

(전령이 도착한다.)

전령　　　　오, 승리로 빛나는 뮈케나이의 딸들이여,

　　　　　　나는 모든 친구들에게 오레스테스가 승리를 누리고 있노라고
　　　　　　전합니다,

　　　　　　그리고 아가멤논의 살해자, 아이기스토스는 바닥에

　　　　　　쓰러졌노라고. 자, 신들께 기원을 드려야만 하오.

엘렉트라　　그런데 당신은 누군가요? 당신이 전하는 이것들을 내가 어떻게
　　　　　　믿을 수 있나요?　　　　　　　　　　　　　　　　　765

전령　　　　당신은 동생의 하인인 저를 보고도 모르시나요?

엘렉트라　　오, 가장 친근한 이여, 내가 두려움 때문에 그대 얼굴을
　　　　　　알아보지 못했군요. 하지만 이제는 그대를 분명히 알아보겠네요.

뭐라고 하셨나요? 내 아버지의 가증스러운 살해자가 죽었다고요?

전령　　죽었습니다. 당신이 원하시니, 같은 것을 두 번 말씀드립니다.　770

엘렉트라　오, 신들이여, 그리고 모든 것을 보시는 정의여, 마침내 오셨군요.
그런데 어떤 방식으로, 그리고 어떤 살해의 틀에 따라
튀에스테스의 아들을 죽였나요? 알고 싶어요.

전령　　우리는 이 집으로부터 발을 들어 떠나서는,
두 바퀴 자국이 난 마차 길[128]로 들어섰는데,　　　775
거기에 뮈케나이인들의 새로운 왕이 있었습니다.
그는 마침 물을 잘 댄 과수원에 들어가 있었지요,
머리에 쓸 관(冠)을 만들기 위해 낭창낭창한 도금양을
베어내려고요.
그는 우리를 보고 말했습니다. '안녕하시오, 나그네들이여?
그대들은
누구고, 어디서 출발했으며, 어느 땅 출신이오?'　　780
그러자 오레스테스가 말했죠. '텟살리아인들입니다.
알페오스강[129]으로

128　'마차 두 대가 비껴 지나갈 수 있는 넓은 길'로 옮길 수도 있지만, 배경이 궁벽한 시골이니
좀 더 좁은 길로 해석하는 게 나을 듯하다.

올륌포스 제우스께 제사 드리러 가고 있습니다.'
아이기스토스는 이 말을 듣고 이렇게 말했죠.
'그러면 우리와 같은 집에 머물면서 함께 잔치에
참여하셔야겠소. 나는 마침 소를 잡아서 요정들께   785
제사를 드리던 참이오. 당신들은 내일 새벽에 침상에서 일어나
지금 있는 같은 곳으로 돌아올 수 있습니다. 어쨌든 집으로 갑시다.'
── 그렇게 말하면서 동시에 손을 잡고서
우리를 길 밖으로 이끌어갔습니다. ── '거절하시면 안 됩니다.'
그리고 우리가 집 안으로 들어갔을 때, 이렇게 말했죠.   790
'누가 손님들을 위해 얼른 손 씻을 물을 들여오게 하여라,
이분들이 손 씻는 대야 가까이, 제단을 둘러서게끔.'
그러자 오레스테스가 말했죠. '저희는 방금 흐르는 강물에서
정결한 목욕물을 취하여 정화 의식을 치렀습니다.
손님으로서 시민들과 함께 제사를 지내야 한다면,   795
아이기스토스여, 저희는 준비가 되어 있으며, 그걸 사양하지
않겠습니다, 왕이여.'
이러한 이야기를 그들은 무리 가운데서 나누었습니다.
그러자 하인들은 주인을 지키기 위해 들고 있던 창을
치워놓고는, 모두가 일을 위해 손을 놀렸습니다.

---

129   올륌피아 옆으로 흘러가는 강.

일부는 희생 짐승의 피 받을 그릇을 날랐고, 일부는 바구니를 들어

옮겼으며, 다른 이들은 불을 다시 지피고, 화덕 주위에

손 씻는 대야를 세웠죠. 온 집 안이 소리로 울렸습니다.

당신 어머니의 배우자는 곡식을 집어

제단에 뿌리며, 이렇게 말했습니다.

'바위의 요정들이여, 저와, 집에 있는 저의 아내,   805

튄다레오스의 딸이 자주 제물을 바치고, 지금처럼

잘 지낼 수 있게 해주소서, 그리고 나의 원수들은 잘되지 못하게

하소서.'

   — 이 말은 오레스테스와 당신을 의미하는 것이었죠. 반면에 나의

주인께서는

그 반대 것을 기원하셨습니다, 소리 내어 말은 하지 않았지만,

조상들의 집을 차지할 수 있기를요. 그러자 아이기스토스는

바구니에서   810

날이 제대로 선 희생용 칼을 집어 들고, 송아지의 머리 터럭을

잘라, 오른손으로 신성한 불 위에 얹었죠.

그러고는 하인들이 송아지를 손으로 들어 어깨 위로 올리자,

그것의 목을 베었습니다. 그러면서 당신 동생에게 이렇게

말했습니다.

'사람들이 말하길, 텟살리아인들 사이에서는 이것이 훌륭한 일

하나로 자랑스레 꼽힌다고 합디다, 누구든 황소를 잘 해체하는
것과

말을 잘 길들이는 것 말이오. 그러니 칼을 잡으시오, 나그네여,

그리고 텟살리아인들에 대한 소문이 진실임을 보여주시오.'

그러자 오레스테스는 잘 두드려 만든 도리스 칼을 손에 집어 들고,

어깨 위에 여며 입었던 두툼한 옷을 벗어 던지고서, 820

퓔라데스를 이 노역의 조수를 택하여

하인들을 밀쳐냈습니다. 그는 송아지 다리를 잡고서

팔을 뻗어 송아지의 흰 살을 드러냈습니다.

그는 달리기 선수가 말 경주장을 두 바퀴

도는 것보다 더 빠르게[130] 가죽을 벗겨냈고, 825

옆구리를 절개해 놓았습니다. 그러자 아이기스토스는 신성한
부분을

취해 손에 들고 관찰하였죠. 한데 간에는 간엽(肝葉)이

없었고, 문맥(門脈)과 쓸개는 관찰자에게

불길한 공격이 임박했음을 보여주었습니다.

그가 역정을 내자, 우리 주인께서 물으셨죠. 830

---

130 말 경주장(hippios diaulos)은 한쪽 끝에서 다른 끝까지가 보통 경주장(stadion)의 두
배이므로 360미터 정도 거리이다. 그것을 두 번 왕복하는 것이니 거리는 1500미터에
약간 못 미치는 정도, 시간은 대략 4분 정도 걸릴 것으로 추정된다.

'무슨 일에 언짢아지셨습니까?' '나그네여, 나는 외부에서 오는
어떤 계략을 두려워하고 있다오. 그런데 아가멤논의 아들이
인간들 중 내게 가장 적대적인 자이고, 내 집안의 원수라오.'
그러자 오레스테스가 말했습니다. '도시를 다스리는 분이 어찌
추방자의 계략을 두려워하십니까? 우리가 내장을 맛볼 수 있도록,
835

누군가 우리에게 도리스 칼 말고 프티아의 큰 칼을
가져다주지 않겠소? 흉곽을 열어젖히게 말입니다.'
그래서 칼을 잡고는 제물을 내리쳤습니다. 아이기스토스는 내장을
골라내어 살펴보았지요. 한데 그가 고개를 아래로 숙이자,
당신 동생은 발끝으로 서서   840
등줄기를 가격하였고, 상대의 척추를
부수었습니다. 상대는 온몸을 위아래로
경련하며, 피투성이가 되어 괴롭게 죽어가면서 몸을 뒤틀었습니다.
한데 하인들이 그걸 보더니 곧장 달려가 창을 집어 들고,
다수로서 두 사람과 싸우려 했지요. 필라데스와 오레스테스는 845
용기에 힘입어 무기를 휘두르며 정면으로
맞섰죠. 그리고 오레스테스가 말했습니다. '나는 이 도시와,
나의 시종들을 향해 적의를 품고 온 게 아니오.
그저 내 아버지의 살해자에게 맞서 되갚아주었을 뿐이오,
이 불행한 오레스테스가. 그러니 나를 죽이려 하지 마시오,   850

아버지의 오래된 하인들이여.' 그러자 그들은, 그 말을
듣고, 창 자루를 거두었습니다. 그리고 이 집안에서
오래 있었던 한 노인이 그를 알아보았습니다.
그들은 즉시 당신 동생의 머리에 관(冠)을 씌웠죠,
기뻐서 환호성을 올리며. 그는 지금 당신께 머리를   855
보여주러 오고 있습니다, 고르곤이 아니라, 당신이 미워하는
아이기스토스 머리를 들고서. 피에 대해 피가
쓰라리게 상환되어 방금 죽은 자에게 돌아온 거지요.

코로스   (좌)
           오, 사랑하는 여인이여, 그대 발을
           춤판으로 들여놓으세요,   860
           축제의 즐거움으로써 어린 사슴처럼 공중으로 가벼이 도약하며.
           당신의 동생은 여행을 완결 지어, 알페이오스의 흐름 곁에서
           얻은 것보다 더 나은 화관 경쟁에서
           승리했어요. 자, 그대는 나의 춤에 맞춰
           아름다운 승리를 노래로 찬양하세요.   865

엘렉트라   오, 햇빛이여, 오, 사두마차에 올라탄 태양의 빛살이여,
           오, 땅이여, 그리고 이전에 내가 늘 눈앞에 보아온 밤이여,
           이제 나의 눈과 시야는 자유롭도다,

아버지의 살해자 아이기스토스가 거꾸러졌으니.

자, 친구들이여, 내가 지닌 머리 장식들,   870

이 집이 숨겨 가진 것들을 옮겨냅시다.

나는 승리하고 돌아오는 내 형제의 머리를 치장하렵니다.

코로스   (우)

그대는 머리에 두를 장식을

가져오시라, 나는

무사 여신들을 위하여 사랑스런 춤을 추리니.   875

이제 이전의 친근하신

왕들이 우리 땅을 다스리시리라,

정당하게, 부정의한 자들을 제압하여 쓰러뜨리고서.

자, 피리 소리 맞춰 기쁨으로 외쳐봅시다.

엘렉트라   오, 아름다운 승리를 거둔 자여, 일리온 도시 아래 전투에서   880

승리를 얻었던 아버지의 자식, 오레스테스여,

너의 머리 타래에 둘러 묶을 장식을 받아라.

너는 쓸데없는 6플레트론[131] 달리기 경주를 마치고

---

131 길이 단위로서 1플레트론은 6분의 1스타디온이다. 따라서 6플레트론은 1스타디온,
즉 180미터 정도의 거리이다. 6플레트론 달리기는 최단거리 경주이고, 올륌피아 경기
등에서 가장 중요하게 여기던 경기였다.

집으로 돌아온 게 아니라, 원수인 아이기스토스를
죽이고서 왔으니까. 그는 너와 나의 아버지를 파멸시켰었지.   885
그리고 그대, 오, 나란히 방패를 든 전우여, 가장 충직한 이[132]의
아들, 필라데스여, 내 손에서 화관(花冠)을
받으세요, 당신도 이 싸움에 대해 이 사람과 같은 몫을
지녔으니. 당신들이 언제까지나 행운을 누리며 내 앞에
나타나기를!

오레스테스   우선 신들을, 엘렉트라여, 이 행운을 이끄신 이들로   890
여기십시오, 그리고 그 후에야 나를 신들과
행운의 보조자로 칭찬하십시오.
왜냐하면 저는 말로써가 아니라, 행동으로써 아이기스토스를
죽이고서
돌아왔으니까요. 당신이 이것을 확실히 알도록
하기 위해, 저는 죽은 그자를 옮겨 왔습니다,   895
당신이 원한다면, 그를 짐승들에게 먹잇감으로 주시고,
창공의 자녀인 새들의 전리품이 되도록
말뚝에 꿰어 세우십시오. 그는 이제 당신의
노예이니까요, 이전엔 주인이라 불리었지만.

132   스트로피오스.

엘렉트라   부끄럽구나, 그래도 말하고 싶긴 하지만.   900

오레스테스 무엇인가요? 말씀하세요, 당신은 이제 두려움을 벗어났으니.

엘렉트라   시신을 모욕하는 것에 대해 누군가 내게 앙심을 품지 않을까
        해서다.

오레스테스 그 누구도 당신을 비난할 이는 없어요.

엘렉트라   우리 도시는 불평 잘하고, 남 비난하기를 좋아하니까.

오레스테스 원한다면 말씀하세요, 나의 혈육이여. 우리는   905
        타협 없는 법에 따라 이자와 원수가 되었으니까요.

엘렉트라   그러면, (시신을 향하여) 욕설들 중에 먼저 무엇을 네게 퍼붓고,
        어떤 것으로 끝을 맺을까? 중간에는 어떤 말을 맞춰 넣을까?
        사실 나는 매일 새벽마다, 내가 이전의
        그 공포로부터 자유로워지기만 하면,   910
        네 얼굴에 대고 퍼붓고 싶은 말들을 되뇌길
        그친 적이 없지. 그런데 이제 나는 자유롭게 되었다. 그러니 살아
        있는 네게
        내가 퍼붓고 싶었던 저 욕설들을 지금 쏟아붓겠노라.
        너는 나를 파멸시켰다. 그리고 내게서, 그리고 이 사람에게서도,
        사랑하는 아버지를 빼앗았다, 우리에게서 부당한 일을 당한 적도

없으면서.

그리고 수치스럽게 우리 어머니와 결혼했다, 그녀의 남편을

죽이고서.

그는 헬라스 군대를 이끌었던 분인데, 자기는 프뤼기아에 가지도

않은 주제에!

너는 그 정도의 무지에 다다라 있었지, 우리 어머니와 결혼하면,

너를 향해선 못되지 않은 아내를 가지게 되리라고

기대할 만큼. 그녀는 이미 내 아버지의 침상을 배신했는데! 920

사람은 알아야 한다, 누군가 비밀스런 불륜으로 다른 이의

아내를 망쳐놓고, 후에 그녀를 데려가야만 한다면,

그는 불쌍한 바보라는 것을. 이전엔 정절이 없던 여자가

자기 곁에서는 정절을 지키리라고 생각한다면 말이다.

너는 아주 괴롭게 살고 있었던 것이지, 잘 사는 게 아님을 생각지

못했겠지만. 925

물론 너는 알고 있었다, 네가 신성치 않은 결혼을 했으며,

내 어머니가 너를 불경스런 남편으로 가졌다는 것을.

너희는 둘 다 사악한 존재로서, 서로의 운명을 취해 가졌지,

저 여자는 네 운명을, 너는 그녀의 사악한 운명을.

너는 이런 말을 모든 아르고스인들 가운데서 듣고 있었지. 930

'남자가 아내에게 속해 있도다, 여자가 남자에게 속한 게 아니라.'

하지만 이건 부끄러운 일이로다, 여자가 집안을 관장하고

남자가 그러지 않는 것은. 그리고 나는 저 아이들을
경멸하노라, 도시 안에서 남자인 아버지를 따라서가 아니라,
어머니를 따라서 이름 불리는 아이들을.   935
자기보다 높고 귀한 신분의 여자와 결혼하는 남자에겐
언급할 아무 가치도 없고, 오로지 여자에게만 그 가치가 있는
법이지.
그런데 네가 모르는 가운데 가장 크게 속고 있었던 것은 이 점이다,
즉 네가 재산으로 인해 뭔가 강한 존재라고 자부했던 점 말이다.
하지만 재산은 잠깐 동행할 뿐 그 외에는 아무것도 아니다.   940
왜냐하면 품성은 확고하나, 돈은 그렇지 않으니까.
품성은 언제나 곁에 머물며 불행을 함께 견뎌주지만,
재산은 그걸 부당하고 어리석게 차지한 자들과 함께 있을 때
잠깐 꽃피고는 집 밖으로 날아가버리는 법이니까.
그리고 여자들과 관련된 사안은, 처녀가 얘기하기 적절치 않으니 945
조용히 지나가고, 알기 쉽게끔 수수께끼식으로 말하겠노라.
너는 난봉을 부렸지, 왕가를 차지하고 있다 해서,
미모를 챙겨 지녔다 해서. 하지만 내게는 계집애 같은 얼굴의
남편보다는, 남자다운 자질을 갖춘 남편이 있기를!
남자다운 이의 자식은 아레스와 늘 붙어 지내지만,   950
예쁘장한 것들은 가무단의 장식 노릇이나 하는 법이다.
가거라, 너는 이제 때가 되어 드러난 것들을 전혀 모르는 채

죗값을 치렀으니! 그와 같이, 어떤 악행 저지른 자가

첫 발걸음을 잘 달렸다고 해서,

정의의 여신을 이겼다고 생각지 못하게 하라, 결승선에   955

도달해, 삶의 목표점으로 돌아갈 때까지는.

코로스   그는 무서운 짓을 저질렀고, 무서운 것으로 되갚고 말았어요, 당신과

이분께. 정의의 여신은 큰 힘을 갖고 계시니까요.

엘렉트라   자, 됐어요. 그런데 이자의 시신을 안으로 옮겨서, 어둠 속에

감춰두어야 해요, 하인들이여, 어머니가 와서는   960

참살을 당하기 전에 시신을 먼저 보지 못하게끔.

(하인들이 시신을 집 안으로 들여간다.)

오레스테스 멈추세요. 다른 문제에 주목합시다.

엘렉트라   왜 그러니? 뮈케나이에서 오는 지원군이 보이는 건 아니겠지?

오레스테스 아니요, 그게 아니라 나를 낳아준 여인이 보이네요.

엘렉트라   그러면 그물 한가운데로 제대로 들어오는 셈이군.   965

오레스테스 ......[133]

---

133 이 부근, 특히 959~965행의 대사 배당을 어떻게 할지를 놓고 학자들 사이에 논란이 있다.
지금 이 번역에서 표시한 것과는 반대로, 그러니까 959~961행은 오레스테스가 말하고,

엘렉트라 마차며 옷이며 정말 찬란하기도 하지!

오레스테스 어떻게 하죠? 어머니를 죽여야 하나요?

엘렉트라 설마 어머니를 직접 보니까 갑자기 동정심이 찾아든 건 아니겠지?

오레스테스 아아, 나를 낳고 길러준 이를 어떻게 죽이나요?

엘렉트라 저 여자가 너와 나의 아버지를 없앤 것과 똑같은 방식으로! 970

오레스테스 오, 포이보스여, 당신은 크나큰 어리석음을 신탁으로 내리셨군요!

엘렉트라 하지만 아폴론이 어리석다면 대체 누가 현명하겠느냐?

오레스테스 (아폴론을 향해) 당신은 내게 어머니를, 그러면 안 되는 이를,

　　　　　죽이라고 하셨습니다.

엘렉트라 하지만 네 아버지를 위해 복수하는 게 어떻게 네게 해가 되겠니?

오레스테스 저는 지금은 깨끗하지만, 곧 어머니를 죽이고서 추방자가 될

　　　　　것입니다. 975

엘렉트라 하지만 복수를 하지 않으면 너는 아버지께 불경스런 자가 될

　　　　　것이다.

오레스테스 저도 알아요. 하지만 어머니 죽인 것에 대해서는 죗값을 치르지

　　　　　않나요?

엘렉트라 하지만 네가 아버지를 위한 복수를 저버리면 그분께 죗값을 치를

그다음부터 엘렉트라와 오레스테스가 한 줄씩 말하는 게 옳다는 입장도 있는데, 내가
보기엔 965행의 냉정한 발언은 엘렉트라에게 배정하는 게 좋은 듯하다. 그러면 965행
다음에 오레스테스가 한 말이 한 줄 사라졌거나, 아니면 엘렉트라가 한 줄 말하고, 조금
쉬었다가 다시 한 줄 말하는 것으로 보아야 한다. 967행(사라진 행은 헤아리지 않고)의, 모친
살해에 대한 두려움은 오레스테스에게 배정해야 하기 때문이다.

것이다.

오레스테스 하지만 복수의 악령이 신의 모습을 하고서 말한 건 아닐까요?

엘렉트라 성스러운 세발의자에 앉아서? 나는 그렇게 생각하지 않는다. 980

오레스테스 그리고 저는 그분이 이 신탁을 제대로 내린 거라고 믿을 수가
없어요.

엘렉트라 나약하게 남자답지 않은 데로 빠져들지 말고,

이 여자에게 같은 덫을 놓지 않겠니?

그녀가, 아이기스토스와 더불어, 제 남편을 잡는 데 썼던 것과 같은

것을?

오레스테스 들어가겠어요. 하지만 저는 무서운 길을 걷기 시작하는 거군요, 985

무서운 짓을 저지를 것이고요. 신들께 이게 좋아 보인다면,

그렇게 이루어지라 하지요. 하지만 이것은 내게 달지 않고 쓰디쓴

싸움이군요.

(클뤼타이메스트라가 도착한다.)

코로스 만세!

아르고스 땅을 지배하는 여인이여,

튄다레오스의 딸이여,

제우스의 특출한 젊은이들[134]과   990
함께 태어난 자매여! 그들은 불타는 창공에, 별들 가운데
살고 있지요, 바다의 파도 속에서 인간들을
구해내는 특권을 누리면서.
평안하소서, 저는 당신을 신들과 대등하게 경배합니다, 거대한
부로 인하여, 그리고 크나큰 행복으로 인하여.   995
한데 지금은 당신의 행운이 섬김을 받기에
적절한 때입니다, 오, 왕비여!

클뤼타이메스트라   마차에서 내리거라, 트로이아 여인들아, 그리고 내 손을
잡아다오, 이 수레 밖으로 내가 발을 내려놓을 수 있도록.
신들의 집은 프뤼기아에서 온 전리품으로   1000
치장되어 있고, 나는 이들을 트로이아 땅으로부터
데려다가, 내가 잃어버린 딸을 대신하는
작은, 하지만 아름다운 보상으로서, 내 집에 소유하고 있으니까.

엘렉트라   제가, ─ 저는 조상들의 집에서 내쫓겨
불우한 집에서 노예로 살고 있으니 ─ ,   1005
어머니, 행복하신 당신의 손을 잡아드리면 안 될까요?

---

134   디오스쿠로이. (각주 127번 참고.)

클뤼타이메스트라   이 노예 여인들이 곁에 있다. 나를 위해 수고하지 말아라.

엘렉트라   왜죠? 당신은 저를 포로처럼 집에서 내쫓으셨는데요?

저는 가정을 빼앗기고서 붙들렸고,

이들처럼, 아버지를 잃고서 버려졌는데요.   1010

클뤼타이메스트라   하지만 그러한 계획을 네 아버지가 세웠단다,

친구들 중에서도 절대로 그렇게 하면 안 되는 이들을 향하여.

내가 다 얘기하마. 한데, 나쁜 평판이 여자를

움켜쥐고 있으면, 말에는 어떤 거친 면이 깃드는 법이란다.

내가 보기에 그건

좋은 일은 아니다.[135] 그러나 사람들이 진실을   1015

다 알았을 때, 그녀를 미워할 만하다면, 미워하는 게

정당하지. 반면에 그렇지 않다면, 대체 왜 미워해야 하겠니?

---

[135]   전해지는 사본들에 '좋지 않다(οὐ καλός)'라고 되어 있는 것을, 디글은 '나쁘지 않다(οὐ κακός)'로 고쳤는데, 이 번역에서는 원래 사본에 전해지는 대로 옮겼다. 디글은 '평판이 나빠지면 여자는 독한 말로 대응하게 되지만, 그래도 사람들이 객관적 정보를 얻게 되면 공정하게 판단할 것이고, 따라서 그 여자가 독하게 말하는 것은 그다지 불리하게 작용하지 않는다.'라는 식으로 논리를 구성한 것이다.
1014행은 의미가 모호한데, 직역하면 '혀에는 쓰디쓴 것이 담겨 있다.'여서, 이 '혀'가 여자 본인의 것인지 주변 사람들의 것인지 불분명하다. 이 번역에서는 '평판이 안 좋아지면 여자도 사납게 대응하기 마련인데, 이게 사실 좋은 일은 아니다.'라는 뜻을 담고자 했다.

어쨌든, 튄다레오스께서 나를 네 아버지에게 줄 때는 죽으라는
뜻에서가 아니었고, 아이들도 마찬가지지, 바로 내가 낳은 아이들
말이야.

한데 저 인간은 나의 딸을 아킬레우스와   1020
결혼시킨다고 설득해서 집에서 이끌어내어서는 데리고 가버렸지,
배들의 고물이 붙잡혀 있는 아울리스로. 거기서 제단 위로
하얀 목을 뻗게 하고는 베어냈지, 이피고네[136]의 목을.
만일 도시의 함락을 막기 위해서라거나,
아니면 집안에 도움을 주고자, 그리고 다른 아이들을 구해내기
위해서   1025
여럿을 위해 하나를 죽인다면, 이해가 될 수도 있겠다.
그런데 이제 그는, 음탕한 헬레네와, 또 자기를 배신할 아내를
얻어 들이고는 그녀를 통제할 줄 몰랐던 자를 위해서,
이들 때문에 내 딸을 죽여 없앴다.
하지만 이 일만으로는, 내가 부당한 짓을 당하긴 했지만,   1030
사납게 굴거나 남편을 죽이지 않을 수도 있었다.
하지만 그는 신들린 미친 여자[137]를 데리고서 돌아왔고,
침실로 끌어들였다. 그리고 같은 집 안에 동시에
두 아내를 지니고자 획책했지.

---

136 '이피게네이아'라는 이름이 가장 널리 알려져 있으나, 이 작품에 나온 대로 적었다.
137 캇산드라. 신적인 광기에 빠져서 예언을 하기 때문에 이렇게 표현되었다.

물론 여자들은 어리석지,[138] 나도 달리 말하진 않겠다.   1035
한데, 이런 사정에 더해서, 남편이 집 안의 아내를
마다하고 잘못을 저지르면, 여자도 남자를 모방하여
다른 친구를 갖고자 하게 된단다.
그러면 그다음엔 우리에게 비난이 찬란하게 쏟아지고,
이 일의 원인인 남자들은 나쁜 소리를 전혀 안 듣게 되지.   1040
그런데, 만일 메넬라오스가 집에서 남모르게 납치된다면
내가 오레스테스를 죽여야 하는 거니, 여동생의 남편인[139]
메넬라오스를 구하기 위해서? 그러면 네 아버지가 이것을
어떻게 참을 수 있겠니? 그런데도 내 아이를 죽인 그가
죽으면 안 된다는 거냐? 반대인 경우 내가 그에게 벌받는 건 옳고?

      1045

나는 그를 죽였다, 내가 갈 수 있는 길로, 그의
적들에게로 방향을 돌려서. 왜 그랬냐 하면, 친구들 가운데
대체 누가 네 아버지를 죽이는 데 나와 함께할 수 있었겠니?
원한다면 말해 보아라, 그리고 마음껏 반박해 보아라,
어떻게 네 아버지가 부당하게 죽었다는 것인지.   1050

---

138   여자들이 ── 옛사람들의 편견에 의하면 ── 지적으로 뒤지는 만큼 성적인 유혹에도
약하다는 뜻.
139   클뤼타이메스트라는 헬레네와 자매지간이다.

코로스   당신은 정당한 것을 말씀하셨습니다. 하지만 그 정의는 부끄러운 것입니다.

여자는 모든 일에 있어서 남편과 동행해야 하니까요,
현명한 여자라면 말이죠. 이렇게 생각하지 않는 여자라면,
저는 전혀 헤아려줄 가치도 없다 여깁니다.

엘렉트라   기억하세요, 어머니, 당신이 마지막에 말한 것,   1055
내가 당신을 향해 자유롭게 발언해도 된다는 권한을 준 것
말이어요.

클뤼타이메스트라   지금도 그걸 인정하고, 거절치 않겠다, 얘야.
엘렉트라   그럼, 다 듣고 나서 나중에 못되게 대하지 않을 건가요, 어머니?
클뤼타이메스트라   그럴 일은 없단다. 나는 네 마음에 즐거움을 주련다.

엘렉트라   그러면 얘기하는 게 낫겠죠. 이게 제 얘기 서두의 시작입니다.   1060
당신이, 오, 나를 낳은 여인이여, 더 나은 지혜를 가지셨더라면!
외모는 칭찬을 받을 만하니까 말이죠,
헬레네도, 당신도. 그런데 당신들은 둘이 정말 한 핏줄로 태어나,
둘 다 어리석고, 카스토르의 자매가 될 자격이 없어요.
왜냐하면, 한 여자는 납치되어 자발적으로 파멸했고,   1065
당신은 헬라스에서 최고인 남편을 죽여 없앴으니까요,

자식을 위해 남편을 죽였다는 핑계를

앞세우고서. 사람들은 저처럼 당신을 잘 알지 못하니까요.

당신은 딸의 희생이 결정되기도 전에,

남편이 집에서 출발하자마자,   1070

거울 앞에서 금발 머리 타래를 다듬었던 여자죠.

그런데 남편이 집에서 떠나 없을 때에 아름답게

자신을 다듬는 여자라면, 못된 여자로 기록에서 지워버려야 해요.

왜냐하면, 여자는 집 밖으로 예쁜 얼굴을 드러낼

필요가 없으니까요, 뭔가 나쁜 짓을 찾아다니는 게 아닌 한.   1075

저는 전체 헬라스 여자 가운데 유일하게 당신 한 사람만 이랬다는

걸 알아요,

트로이아인들의 일이 잘되어가면 크게 기뻐했고,

그게 안 좋게 되면 얼굴에 구름이 잔뜩 끼었다는 것을요,

아가멤논이 트로이아로부터 돌아오길 원치 않아서였죠.

당신으로서는 아주 정숙한 여자가 될 수도 있는 상황이었죠.   1080

당신은 아이기스토스보다 못하지 않은 남편을 갖고 있었고,

헬라스가 그를 자신들의 지휘관으로 선택했죠.

그리고 당신 자매인 헬레네가 그러한 짓을 저질렀으니,

당신으로서는 큰 명예를 얻을 수도 있었죠. 왜냐하면 나쁜

비교 대상은 훌륭한 사람들에게 주목받을 기회를 주기도

하니까요.   1085

그건 그렇고, 당신 말대로, 아버지가 당신의 딸을 죽인 건 인정한다
해도,

나는 무슨 불의를 당신께 저질렀나요? 그리고 내 동생은요?

남편을 죽이고 나서는 어째서 조상들의 집을

우리에게 넘겨주지 않고, 남의 것을 결혼을 위한 지참금으로

가져갔나요, 값을 치르고 결혼을 구입하면서?   1090

그리고 왜 아들 대신 당신 남편이 망명하지를 않나요?

또 왜 나 대신 그가 죽질 않았나요? 살아 있는 나를

내 자매가 당한 죽음의 두 배나 되게 죽이고 있으면서? 만일
살인이

심판자가 되어 살인으로 되갚게끔 된다면, 나와, 당신의 아들
오레스테스는

아버지를 위해 복수하면서 당신을 죽일 거여요.   1095

만일 저게 정당한 짓이었다면, 이것 역시 정의로운 일일 테니까요.

[누구든, 부나 좋은 혈통을 보고서 사악한 여자와

결혼하는 사람은 어리석은 자입니다. 대단치 않지만 정숙한 결혼
상대가

대단한 상대보다 집 안에서는 더 낫기 때문이지요.

코로스   여자들의 결혼은 우연에 달려 있어요. 사람들의 일이   1100

        어떤 때는 좋게, 어떤 때는 안 좋게 떨어지는 걸 보니 말이지요.]

클뤼타이메스트라   얘야, 너는 언제나 네 아버지를 좋아하는 쪽으로 타고났구나.

이건 늘 그렇단다. 어떤 이는 남자를 좋아하고,

어떤 이는 아버지보다는 어머니를 더 사랑하지.

내 너를 용서하마. 나도 내가 한 일에 대해   1105

뭐 그리 엄청나게 즐거워하는 건 아니니 말이다, 애야.

한데 너는 왜 이렇게 씻지도 않고, 몸에 옷도 허술하게 입고 있는
거니,

근래에 아기 낳고 침상에서 몸조리하고 있는 애가?[140]

아아, 기구하구나, 내가 꾸몄던 짓이여!

내가 남편을 향해 몰아갔던 분노는 적절한 것보다 얼마나 더

심했던가!   1110

엘렉트라   늦게야 한탄하시는군요, 이제는 고칠 길이 없어졌는데요.

그건 그렇고, 아버지는 이미 돌아가셨으니 그렇다 쳐요. 하지만
나라 밖에서

떠도는 당신 아들은 왜 데려오지 않는 거죠?

클뤼타이메스트라   나는 두렵다. 나는, 그의 이익보다는 나의 이익에 주의를

---

140 1107~1108행은 1131행 다음으로 옮겨야 한다는 주장도 있지만, 이 번역에서는
사본들에 나온 위치에 그대로 두었다.

기울이고 있는 거야.

　왜냐하면, 사람들이 말하길, 그는 아버지가 피살된 것에 분개하고

있다 하니까.　　　　　　　　　　　　　　　　　　　1115

엘렉트라　　그러면 또, 당신은 왜 당신 남편으로 하여금 우리에게 사납게

　　　　　대하도록 하나요?

클뤼타이메스트라　그 사람 방식이 그러하니까. 그리고 너도 고집스레 타고나지

　　　　　않았니?

엘렉트라　　괴로워서 그래요. 하지만 이제 화내기를 그치겠어요.

클뤼타이메스트라　그러면 그 사람도 네게 심하게 대하지 않을 것이다.

엘렉트라　　그는 거만해요, 내 집에 거주하고 있어서 그래요.　　　1120

클뤼타이메스트라　너도 알겠니? 너는 다시 새로운 논쟁에 불을 붙이고 있구나.

엘렉트라　　이제 입 다물게요. 저는 그를 지금 두려워하는 식으로

　　　　　두려워하니까요.

클뤼타이메스트라　그 얘기는 그만하자. 한데 애야, 왜 나를 불렀니?

엘렉트라　　아마, 제가 아이 낳은 것은 들으셨겠지요.

　　　　　저를 위해 이것을 감사하는 제사를 지내주세요, ── 저는

　　　　　모르니까요 ──,　　　　　　　　　　　　　　1125

　　　　　사람들이 이름 붙이길 '아이의 열 번째 달님'이라고 하는 것을요.

　　　　　저는, 이전에는 아이가 없었기 때문에 익숙지 않으니까요.

클뤼타이메스트라   그것은 다른 사람의 일, 네 해산을 도와준 여인이 할 일이다.

엘렉트라   저는 스스로 산파가 되었어요, 혼자서 제 아이를 낳았어요.

클뤼타이메스트라   네 집은 이웃 친구들로부터 그토록 멀리 자리 잡고 있니? 1130

엘렉트라   누구도 가난한 사람을 친구로 삼고자 하지 않아요.

클뤼타이메스트라   어쨌든 내 들어가마, 아이의 날수가 찬 것에 감사하여
           신들께 제사를 드리마. 너를 위해 이 감사를 드린
           후에는, 남편이 요정들께 제사를 바치고 있는
           들판으로 가야겠다. 시종들아, 이 수레 끄는 짐승들을 이끌어다 1135
           구유 앞에 두어라. 그리고 너희 보기에, 내가 신들께
           이 제사를 다 바쳤다고 여겨지거든, 그때
           이리 오거라. 나는 남편에게도 호의를 보내야만 하니까.

엘렉트라   가난한 집으로 들어가세요. 부디 조심하세요,
         집에 그을음이 많으니 당신 옷이 더러워지지 않게끔.   1140
         당신은 진정 당신이 바쳐야만 하는 제사를 신들께 바칠 거여요.
         (클뤼타이메스트라가 집으로 들어간다.)
         바구니가 마련되어 있고, 칼에 날이 서 있어요,
         황소를 잡았던 칼에. 그 황소 곁에 당신은 맞아
         쓰러질 거여요. 그리고 하데스의 집에서 함께 결혼할 거여요,

살아 있을 때 함께 자던 그자와. 이와 같은 호의를 나는   1150
당신께 베풀겠어요. 당신은 내게 아버지에 대한 죗값을 치르고요.

(엘렉트라도 집 안으로 들어간다.)

코로스   (좌)
         죄악에 대한 보복이로다. 집 안의 바람이
         방향을 바꾸어 부는구나. 그때는 목욕 중에
         쓰러졌도다, 나의, 나의 통치자께서.
         지붕이 울렸었다, 돌로 만든   1155
         건물 꼭대기 장식도, 그가 이렇게 외칠 때. '오,
         잔인한 여인이여, 왜 나를 참살하는가, 내
         사랑하는 조국에, 10년의
         씨 뿌리는 시기가 지나고서야 돌아온 사람을?'
         ......
         ......**141**

         (우)
         정의의 흐름이 방향을 뒤로 돌려 이 여인을 심판으로 데려갔네,   1155

---

141   다음에 나오는 노래와 짝이 맞지 않는 것으로 보아, 마지막 두 줄이 사라진 것 같다.

이리저리 옮겨 가는 사랑을 벌하여. 그녀는 불쌍한 남편을,
오랜 시간 뒤에 집으로, 그리고 퀴클롭스들이 세운,
하늘까지 솟은 성벽으로 돌아온 그를,
자기 손으로 날카롭게 날을 세운 무기를 들어 죽였다,
손에 도끼를 잡고서. 오, 불운한   1160
남편이여, 그 어떤 불행이
그 잔혹한 여인을 잡았든 간에!
그녀는 마치 산속에, 물이 넉넉한
숲에 사는 암사자처럼, 이 일들을 실행해 냈도다.

클뤼타이메스트라 (안에서)
　　오, 아들아, 신들의 이름으로 청하니, 어머니를 죽이지 말아다오.

                                                        1165

코로스　　　지붕 밑에서 울리는 소리가 들리나요?
클뤼타이메스트라　　아아, 슬프고, 슬프다!

코로스　　　나 역시 비탄하노라, 그대가 자식들의 손에 제압되었으니.
　　　　　　그대는 아시라, 신께서 정의를 보내셨다는 것을, 언제가 되었든.
　　　　　　무자비한 짓을 그대는 겪었지만, 그대 역시 경건치 않은 짓을
　　　　　　배우자에게   1170

저질렀도다, 불행한 여인이여.

(오레스테스와 엘렉트라가 집에서 나온다.)

한데 여기 이들이 새로 흘린 어머니의 피로

범벅이 된 채로 집에서 발을 옮겨 나오는구나,

승리의 기념물을, 불쌍한 희생자를 보여주기 위해 들고서.

결단코 탄탈로스의 자손들보다 더 불행한 가문은   1175

지금도 없으며, 이전에도 있었던 적 없네.

(좌1)

오레스테스 아아, 땅이여, 인간의 모든 일을 지켜보시는

제우스여, 당신들은 보십니다, 이 유혈 낭자하고

혐오스러운 일들을, 두 시신을,

저의 손에 타격을 받아   1180

땅에 누운 이들을. 이들은 저의 고통에 대한

값을 치른 것입니다. ……

……

……142

---

142 이 부분에서 두 행 반 정도가 사라진 것으로 보인다.

엘렉트라   진정 눈물 쏟을 일이구나, 오, 한 핏줄 형제여! 하지만 책임은 내게

있다.

불행한 나는 분노의 불 속으로 뛰어들었구나, 이 어머니를 향해,

나를 자기 딸로 낳아준 분을 향해.

코로스   아아, 불운이여, 그대의 불운이여,   1185

어머니여, 이들을 낳은 이여!

그대는 견딜 수 없이 비참한 일을, 그리고 그보다 더한 것을

당신 자식들로부터 당했군요.

하지만 당신은 이들 아버지를 살해한 것에 대해 정당한 값을 치른

것이지요.

(우1)

오레스테스 아아, 포이보스여, 당신은 정의는 불분명하게   1190

노래하시고, 고통은 분명하게

이루셨군요. 당신은 제게 살인을 저지르고, 헬라스 땅으로부터

멀리 쫓겨나는 몫을 주어 밀쳐내셨군요.

저는 다른 어떤 도시로 가야 하나요?

어떤 친구, 어떤 경건한 이가   1195

나의 머리를 맞이하여 보살필까요,

제 어머니를 죽인 사람을?

엘렉트라   아아, 아아, 나의 처지여! 나는 어디로, 어떤 춤추는 무리로,

어떠한 결혼으로 향해 갈 것인가? 어떠한 남편이 나를 받아줄

것인가,

신부의 침실로?   1200

코로스   반대로, 반대로 당신의 생각은

돌아섰군요, 바람이 바뀐 데 맞춰서.

지금 당신은 경건한 것을 생각하고 있지만, 이전엔 그렇게

생각지 않았으니까요. 당신은 무서운 일을 이뤄주었죠,

친구여, 원치 않는 동생에게.   1205

(좌2)

오레스테스 당신은 보았어요, 그 불행한 여인이 유혈 속에

옷 밖으로 젖가슴을 드러내어 보여주었던 것을,

아아, 슬프다, 어머니 된 이가

바닥에 몸을 던지고서. 그때 나는 녹은 듯 힘을 잃었죠.

코로스   나는 분명히 알아요. 당신은 고통 속으로 빠져들었죠,   1210

당신을 낳아주신 어머니의

괴로운 비명을 들었을 때.

오레스테스 그녀는 이렇게 소리를 질렀어요, 내 턱을 향해

손을 내밀면서. '내 아들아, 간청한다.'   1215

그러고는 나의 뺨에

매달렸지요, 내가 손에서 칼을 놓칠 정도로.

코로스 불행한 여인! 한데 당신은 어떻게, 살해된 여인을

당신의 눈으로 참고 견디며 쳐다볼 수 있었나요,

마지막 숨을 내쉬는 어머니를?   1220

(좌3)

오레스테스 나는 내 눈을 천으로 가리고서

칼로써 희생 제물을 죽였죠,

어머니의 목에 칼을 박아 넣어서.

엘렉트라 나는 너를 격려했지,

그리고 함께 칼을 잡았지.   1225

고통 중에 가장 끔찍한 것을 실행한 거야.

(우-3)

오레스테스 옷을 들어서, 어머니의 몸을 가리세요,
그리고 칼 맞은 상처를 깨끗이 다듬으세요.
(어머니에게) 당신은 자신의 살해자들을 낳으셨군요.

엘렉트라 보라, 나는 친구이면서 친구가 아닌 자로서   1230
이 옷들을 감싸 덮는다,
집안의 크나큰 불행을 끝맺는 것을.

(카스토르와 폴뤼데우케스가 지붕 위에 나타난다.)

코로스 한데 저기 집 꼭대기 위로
어떤 신령들이, 아니면 하늘의 신들 중
누군가가 오시네요. 저 길은 필멸의 존재들에게   1235
속한 게 아니니까요. 저들은 대체 왜 인간들이
분명하게 볼 수 있도록 오시는 걸까요?

카스토르 아가멤논의 아들이여 들으라. 네 어머니의 한 쌍의
혈육인 디오스쿠로이가 너를 부르노라,
카스토르와, 여기 있는 이 형제 폴뤼데우케스가.   1240
우리는 방금 배들을 위해 바다의 무서운 풍랑을
가라앉히고서 아르고스로 왔노라, 여기 있는 우리 자매,

네 어머니가 참살된 것을 알았으므로.

그녀는 이제 정당한 일을 당했지만, 너는 정당하게 행동한 게 아니다.

한데 포이보스는, 포이보스는……. 하지만 그는 내 주인이시니, 1245

침묵하겠노라. 그는 현명하지만 네게 현명한 것을 신탁으로 주진

않으셨다.

그래도 우리는 이 일을 받아들여야 한다. 그리고 앞으로의 일은,

운명과

제우스께서 너에 대해 정하신 대로 행하는 수밖에 없다.

엘렉트라는 퓔라데스에게 주어라, 아내로서 집으로 데려가도록.

그리고 너는 아르고스를 떠나라. 네게는 이 도시에 발 들여놓는

것이 1250

허용되지 않기 때문이다, 네 어머니를 죽였으므로.

한데 무서운 죽음의 신들이, 개의 눈을 가진 여신들이 너를

마차 타고 달리듯 쫓을 것이다, 네가 광기에 빠져서 떠돌도록.

그러면 너는 아테나이로 가서, 팔라스 여신의 신성한 목상을

껴안거라. 그녀는 무서운 뱀들로 광란하는 여신들을 1255

막아, 네게 손대지 못하게 해줄 것이다,

고르곤의 머리가 붙은 둥근 방패를 네 머리 위로 펼쳐서.

거기 아레스의 언덕이라 하는 어떤 언덕이 있는데, 거기에 신들이

처음으로

살인의 피에 대해 투표하기 위해 앉았었다.

그건 잔인한 아레스가 할리로티오스를, 바다를 다스리는 신의 1260
아들을 죽였을 때였다, 자기 딸과 경건치 않은 방식으로
결합한 것에 분노하여. 그래서 그때부터 투표의 법이
가장 신성하고 확고하게 자리 잡게 되었다.
너도 거기서 살인에 대하여 경주를 벌여야 한다.
그 재판에서 유무죄가 같게끔 던져진 투표 자갈들이 1265
너를 죽지 않게 구해주리라. 왜냐하면 록시아스께서 책임을
자신이 떠맡을 것이기 때문이다, 어머니 살해를 신탁으로
명했으므로.
그리고 후대 사람들에게는 이것이 법으로 자리 잡게 될 것이다,
즉 투표에서 유무죄가 동수이면 언제나 피고 쪽 승리라는 것이다.
한편 무서운 여신들은 이 고통에 타격을 입은 채 1270
그 언덕 곁 갈라진 땅속으로 들어가게 될 것이다,
경건한 인간들을 위한 신성한 신탁소가 되도록.
그리고 너는 아르카디아인들의 도시에, 알페이오스의 흐름 곁에서
살아야 한다, 뤼카이오스산[143]의 성역 가까이에서.
그 도시는 네 이름을 따서 불리게 될 것이다. 1275
너에 대해서는 이상의 것을 얘기했다. 그리고 아이기스토스의
시신은

143　펠로폰네소스 중심부 아르카디아 지역의 산.

아르고스 땅의 시민들이 무덤에 묻을 것이다.

반면에 네 어머니는, 방금 나우플리아에 메넬라오스가

도착했는데, —— 트로이아 땅을 차지하고서 이제야 왔도다. ——,

그와 헬레네가 묻어줄 것이다. 그녀는 프로테우스의 집으로부터,

1280

아이귑토스를 떠나서 온 것이고, 프뤼기아에는 간 적이 없다.

제우스께서, 인간들 사이에 싸움과 살육이 일어나도록,

헬레네의 허상을 일리온으로 보내셨던 것이다.

그럼, 퓔라데스는 처녀인 아내를 데리고서

아카이아 땅을 떠나서 집으로 가게 하라.

1285

그리고 명목상 너의 자형(姊兄)[144]은 포키스 땅으로

데려가게 하라, 그리고 큰 재산을 주도록 하라.

너는 이스트미아 땅의 좁은 목으로 진입하여, 케크롭스[145]의

땅에 있는 행복한 언덕을 향해 나아가거라.

너는 이미 정해진 살인의 운명을 충족시켰으므로

1290

이 노역에서 벗어나 행복하게 살 것이기 때문이다.

코로스   오, 제우스의 아들이여, 당신들의 목소리에

우리가 다가가는 게 적법한 일인가요?

---

144   엘렉트라의 명목상의 남편이었던 농부.
145   아테나이의 옛날 왕.

카스토르　　　적법하오, 이 살인으로 오염되지 않은 사람이라면.[146]　　　1294

코로스　　　그러면 당신들은 신이면서, 그리고 죽은 이 여인의　　　1298
　　　　　　형제이면서, 왜 죽음의 신들을
　　　　　　이 집으로부터 막아주지 않은 건가요?　　　1300

카스토르　　　운명과 필연이, 반드시 그래야만 하는 일로 이끌었기 때문이다.
　　　　　　그리고 포이보스의 입에서 나온 현명치 않은 말 때문이다.

엘렉트라　　　저도 이야기에 동참할 수 있나요, 튄다레오스의 자식들이여?　　　[1295]

카스토르　　　그대에게도 허용하노라. 나는 이 살인 행위를　　　[1296]
　　　　　　포이보스의 책임으로 두고 있으니.　　　[1297]

엘렉트라　　　그럼, 어떤 아폴론, 어떤 신탁이 나로 하여금　　　1303
　　　　　　어머니를 죽인 자가 되도록 정했나요?

146　디글의 제안에 따라 1295~1297행을 1302행 다음으로 옮겼다. 이 부근의 순서와 대사
　　　배당에 대해서 학자들 사이에 여러 가지 주장이 있다. 예를 들면, 데니스턴은 1295행을
　　　원래 자리에 그냥 두고, 그것을 오레스테스에게 배당한다.

카스토르　　공동의 행위, 공동의 운명이,　　　　　　　　　　　1305
　　　　　　하지만 조상들의 하나의 미망이
　　　　　　너희 둘을 완전히 파멸시킨 것이다.

오레스테스　오, 나의 누님, 오랜 세월 뒤에야 당신을 보았는데,
　　　　　　곧장 당신의 사랑을 빼앗기는군요.
　　　　　　저는 당신을 잃고서, 당신에게서 떠나게 되었네요.　　1310

카스토르　　그녀에게는 남편과 집이 있다. 이 여인은
　　　　　　동정할 만한 일을 당한 것이 없다, 아르고스의 도시를
　　　　　　떠나는 것 이외에는.

엘렉트라　　하지만 다른 어떤 탄식이, 조상들의
　　　　　　땅 경계 밖으로 떠나는 것보다 더 큰가요?　　　　　1315

오레스테스　그런데 저는 아버지 집에서 떠나갈 것입니다,
　　　　　　그리고 다른 도시에서 행하는 투표에 의해
　　　　　　어머니 죽인 일을 심판받을 것입니다.

카스토르　　용기를 가져라, 너는 팔라스의 경건한 도시에
　　　　　　다다를 것이다. 그러니 견디어라.　　　　　　　　　1320

엘렉트라   가슴에 가슴을 맞대고 포옹하자꾸나,

가장 사랑스런 동생아!

어머니의 살인의 저주가 우리를

조상들의 집으로부터 끊고 떼어놓는구나!

오레스테스   다가서요, 서로 껴안아요. 그리고 마치 내가 죽은 것처럼,   1325

무덤에서 하듯 만가를 불러주세요.

카스토르   아아, 너는 신들조차 듣기에

두려운 말을 하였구나.

내 이런 말을 하는 것은, 나와 하늘의 존재들에게도

큰 고통에 처한 필멸의 인간들에 대한 동정이 있기 때문이다.   1330

오레스테스   저는 당신을 더는 보지 못할 거여요.

엘렉트라   나도 너의 눈 앞에 다가서지 못할 것이다.

오레스테스   이것이 당신에게 보내는 저의 마지막 말이어요.

엘렉트라   오, 잘 있거라, 도시여!

그리고 시민들이여, 그대들도 부디 잘 지내시기를!   1335

오레스테스   오, 가장 신실한 누이여, 이제 떠나시는 건가요?
엘렉트라   나는 가노라, 부드러운 얼굴을 눈물로 적시며.

오레스테스   필라데스여, 평안히 가시게! 그리고 엘렉트라와   1340
            참으로 결혼해 주시게.

카스토르   결혼은 그들이 신경 쓸 일이다. 그보다는 저 개들을
            피해서 아테나이를 향해 떠나가거라.
            저들은 너를 해치고자 무서운 발걸음을 던지고 있으니,
            손에 뱀을 두른, 피부 검은 여신들이,   1345
            무서운 고통에서 이득을 누리는 이들이.
            한데 우리 둘은 시켈리아 바다로 서둘러 가런다,
            물에 잠긴 배들의 이물을 구해내기 위해.
            우리는 창공의 불꽃 사이로 다니면서,
            혐오스런 자들에겐 도움을 주지 않지만,   1350
            살아 있는 동안 신성한 것과 정의로운 것을
            친하게 여기는 사람들이라면, 이들을 힘든
            고통으로부터 풀어주고 구해낸다.
            그러니 누구도 불의를 저지를 뜻은 품지 못하게 하라,
            그리고 맹세를 저버린 자와는 함께 항해하지 말게 하라.   1355
            나는 신으로서 필멸의 인간들에게 이것을 말하노라.

코로스　평안히 가십시오. 한데 인간들 중 누구든, 평안할 수 있는 사람,

그리고 어떤 불운에 고생을 겪지 않는

사람은 행복하게 사는 것입니다.

장 타셀, 「이피게니아의 희생」(1650년대)

도메니키노, 「이피게니아의 희생」(1609년경)

엘렉트라(그리스 화병 파편에서)

아가멤논의 무덤에서 엘렉트라와 오레스테스가 만나는 장면(기원전 4세기)

윌리앙 아돌프 부그로, 「복수의 여신들에게 쫓기는 오레스테스」(1862년)

존 싱어 사전트, 「복수의 여신들에게 쫓기는 오레스테스」(1921년)

프란체스코 멜치, 「레다와 아이들」(1508-1515년)

아드메토스와 알케스티스가 신탁을 받고 있는 장면

외젠 들라크루아, 「알케스티스를 데리고 오는 헤라클레스」(1862년)

폴 세잔, 「알케스티스를 데리고 오는 헤라클레스」(1867년)

알케스티스

등장인물　　아폴론

　　　　　　죽음의 신

　　　　　　코로스(페라이 시민들로 구성)

　　　　　　하녀

　　　　　　알케스티스

　　　　　　아드메토스

　　　　　　에우멜로스(알케스티스와

　　　　　　　아드메토스의 아들)

　　　　　　헤라클레스

　　　　　　페레스(아드메토스의 아버지)

　　　　　　하인

아폴론	오, 아드메토스의 집이여, 여기서 나는 하인의
	식탁을 받아들이는 걸 참아냈구나, 신(神)이면서도.

그것은 제우스의 탓이었다, 그분이 내 아들 아스클레피오스를

죽였기 때문이다, 그의 가슴에 화염을 던져서.[147]

나는 이 일에 화가 나서 제우스의 불을 만들어낸 자들을,   5

퀴클롭스들을 죽였노라. 그러자 아버지께서는 나로 하여금, 필멸의

인간에게 종살이하여 이것을 보속(補贖)하도록 강제하셨다.

그리하여 나는 이 땅으로 와서 친구를 위해[148] 소를 돌보았고,

오늘까지 이 집을 안전하게 보호해 왔다.

왜냐하면 나는 경건한 자로서 경건한 인간, 페레스의   10

아들을 만났기 때문이다. 나는 그를 죽음으로부터 막아주었다,

운명의 여신들을 속여서. 그 여신들은 내게 동의했다,

아드메토스가 저승에 있는 자들 가운데로 다른 사람을

시신으로 대신 보낸다면, 즉각적인 죽음을 피할 수 있다고.

그래서 그는 모든 친구들에게 가서 시험해 보았지만,   15

---

147 아스클레피오스는 신적인 재주를 지닌 의사였는데, 테세우스가 오해 때문에 자기 아들 힙폴뤼토스를 죽게 하자, 그 청년을 다시 살려냈다고 한다. 하지만 죽은 사람이 살아나면 이 세계의 질서가 무너지기 때문에, 제우스는 벼락을 던져 아스클레피오스를 죽게 만들었다.

148 여기 '친구'라고 옮긴 단어는 희랍어로 '크세노스(ξένος)'인데, 다른 지방에 사는 사람으로서 서로를 방문하면 접대하는 관계를 가리킨다. 그냥 '주인'이라고 옮길 수도 있겠지만, 아드메토스와 아폴론이 아주 긴밀한 관계(어쩌면, 애인)였다는 이야기도 있어서 이 단어를 택했다.

[아버지도, 그를 낳은 늙은 어머니도 시험했지만,]
그는 아내를 제외하고는 누구도 찾아내지 못했다, 자기 대신 죽어서
더는 햇빛을 보지 않겠노라고 하는 사람을.
그는 지금 집 안에서 마지막 숨이 꺼져가는 그녀를 두 팔로
안고 있다. 오늘 그녀가 죽어서, 삶으로부터   20
떠나가는 것으로 정해져 있었기 때문이다.
하지만 나는, 집 안에 있다가 오염과 마주치지 않도록,
떠나가노라, 친근하기 그지없는 이 집의 지붕을.
한데 벌써 저기 죽음의 신이 다가오는 게 보이는군,
죽은 자들의 사제가. 그는 그녀를 하데스의 집으로   25
이끌어 갈 참이군. 저자는 아주 적절한 시간에 도착했네,
그녀가 죽어야만 하는 이날을 지켜보고 있다가.

죽음   아니, 아니,
왜 당신이 이 집 곁에 있는 거요? 왜 그대가 여기 얼쩡거리는 거요,
포이보스여? 또다시 하계(下界) 신들의 명예를 한정하고   30
중지시킴으로써 불의를 저지르려는 거요?
그대는 만족하지 못한 거요, 속임수 기술로
운명의 여신들을 비틀거리게 만들고,[149] 아드메토스의

---

149   아폴론은 운명의 여신들을 술 취하게 해서, 아드메토스에 대한 양보를 받아냈다고 한다.

죽음을 막아냈으면서? 지금은 다시 이 여자 곁에서

손에 활을 들어 무장하고 지키고 있는 거요?   35

자기 남편을 구해내기 위해, 스스로 죽겠노라고

이 일을 떠맡고 나선, 펠리아스의 딸 곁에?

아폴론   기운 내시오! 정의와 현명한 이성을 나는 품고 있다오.

죽음   당신이 정의를 품고 있다면, 대체 그 활의 용도는 뭐요?

아폴론   나는 늘 이것을 들고 다니는 게 버릇이라오.   40

죽음   게다가 정의에 어긋나게 이 집을 도와주는 게 당신 버릇이겠지.

아폴론   친한 사람의 재난에 마음이 무거워서 그러는 거요.

죽음   그러면 이 두 번째 시신에게서도 나를 떼어놓을 심산이오?

아폴론   아니, 나는 첫 번째 사람도 당신에게서 폭력적으로 빼앗진 않았소.

죽음   그렇다면 어떻게 그 사람이 땅 밑이 아니라, 땅 위에 있는 거요? 45

아폴론   아내와 맞바꿔서 그런 거지, 그녀를 찾아서 당신이 지금 온 거고.

죽음   그럼, 난 최소한 그녀만큼은 저승에 속하도록 땅 아래로 이끌어

가겠소.

아폴론   데려가시오. 당신을 설득할 수 있을지 확신이 없어서 하는 말이오만.

죽음   죽어야 할 사람을 죽게 하는 것이라면야 설득되지. 그게 내 할

일이니까.

아폴론   아니, 그게 아니라 죽으려는 사람에게서 죽음을 미뤄달라는 거요.

50

죽음	당신의 뜻과 열의는 내 인정하겠소.
아폴론	그럼, 알케스티스가 노년에 도달할 방도는 없겠소?
죽음	없소! 나도 이런 명예를 즐긴다는 걸 알아두시오!
아폴론	그러면 당신은 영혼 하나 데려가는 것 이상은 얻는 게 없을 거요.
죽음	젊은 사람이 죽으면 나는 더 큰 상을 얻는 거요. 55
아폴론	하지만 그녀가 늙어서 죽으면, 더 성대하게 장례를 받을 것이오.
죽음	포이보스여, 그대는 지금 가진 자들을 위한 법을 세우고 있는 거요.
아폴론	무슨 말씀이시오? 당신이 그토록 현명한데도 알려지지 않았던 거요?
죽음	그럴 능력 있는 자라면 늙어서 죽는 쪽을 구입할 것이란 말이오.
아폴론	당신이 그 은혜를 내게 허락해 줄 생각은 없소? 60
죽음	전혀 없소! 당신은 내 방식을 잘 알고 있잖소?
아폴론	필멸의 인간들에게는 밉살스럽고, 신들에게는 혐오스러운 방식이지.
죽음	당신이 가져서는 안 되는 그 어떤 것도 당신은 가질 수 없을 것이오.

아폴론	분명히 당신은 굴복하게 될 거요, 당신이 사납긴 하지만서도.
	그러한 인간이 페레스의 집으로 올 것이오, 65
	에우뤼스테우스의 명에 의해, 바람 사나운 지역으로부터
	트라케 말들의 무리를 데리러 가는 자가.
	그는 아드메토스의 이 집에서 접대를 받고서는,

힘으로 이 여자를 그대에게서 빼앗아낼 것이오.

그렇게 되면 내가 당신에게 보낼 감사의 인사는 없게 될 것이며,   70

그럼에도 그대는 이 일을 행하게 될 것이오. 그리고 내게 미움받을

것이오.

(아폴론 퇴장)

죽음   그대가 많이 지껄인다 하더라도 더 많이 얻어내진 못할 것이오.

그러니 이 여자는 하데스의 집으로 내려갈 것이오.

나는 그녀에게로 다가가노라, 칼로써 제의를 시작하기 위해.[150]

누구든지 그 머리의 터럭을 이 칼이 신성하게 만든 자는   75

저승 신들에게 속한 성스러운 존재가 되기 때문이다.

(죽음의 신이 아드메토스의 집 안으로 들어간다.)

코로스   도대체 왜 궁전 앞이 조용한 것일까?

왜 아드메토스의 집이 조용한 것일까?

친구들 중 누구도 근처에 없구나,

내게 말해 줄 수 있는 사람이, 왕비께서   80

이미 죽어 내가 슬퍼해야 하는지, 아니면 펠리아스의 딸

알케스티스가 아직 살아서 이 햇빛을

---

150   죽음의 신은 일종의 사제로서, 희생물의 머리 터럭 자르는 것으로 죽음의 제의를
시작하겠다는 뜻이다.

보고 있는지를. 그녀는 내게, 그리고 모두에게

자기 남편을 위한

최고의 아내로 여겨졌는데.   85

(좌1)

── 혹시 누구 듣고 있소, 탄식하는 소리나

손으로 가슴을 두드리는 소리,

아니면 모든 일이 끝나서 애곡하는 소리를?

── 전혀 아니라오, 그리고 하녀들 중 누구 하나

문가에 서 있지도 않네그려.   90

오, 파이안[151]이시여, 당신이

재난을 몰아내주는 이로서 나타나주셨으면!

── 그녀가 이미 죽었다면, 이렇게 조용하진 않을 것이오.

── 시신이 집에서 밖으로 옮겨내어지지는 않았으니까.

── 어찌 아시오? 나는 단정하지 못하겠소. 당신이 확신하는

이유는 뭐요?   95

── 그녀가 이미 죽었다면, 어찌 아드메토스가

사랑하는 아내의 무덤을 보살피지 않고 버려두겠소?

[151] '치유자 아폴론'의 별칭.

(우1)

이 집 문 앞에는, 보통 관습에 따라

죽은 사람의 문가에 두는 것 같은, 샘에서 길어 온

손 씻는 물이 보이질 않네그려.   100

── 문전에는 죽은 자를

애통해하는, 잘린 머리카락도

전혀 없고, 젊은 여자들이

손으로 가슴 두드리는 소리도 울리지 않네그려.

── 그렇지만 분명 오늘이 그 정해진 날이라오.   105

── 오늘이라니, 무슨 뜻으로 하는 말이오?

── 그녀가 땅 밑으로 가야만 하는 날이라고요.

── 당신은 내 영혼을 찔렀소, 내 가슴을 찔렀소.

── 훌륭한 사람들이 죽어 사라지면, 오랜 세월

충실하던 사람이라면 누구든지,   110

슬퍼해야 하는 게 관례라오.

(좌2)

땅의 그 어느 곳에도

그대가 순례자를 보낼 곳은

없다네, ─ 뤼키아를 향해서건,

물기 없는 암몬 제우스의   115

거처를 향해서건 ─,[152]

이 불행한 여자의 영혼을

구해내기 위해서. 죽음이 그녀에게 가차 없이

다가오기 때문이라네. 하지만 내가 그리 향해 나아갈,

신들의 희생 제단은 어디 하나 없다네.   120

(우2)

만일 포이보스의 아들[153]이 살아서

이 햇빛을 보고 있다면,

그녀 한 사람만은 어두컴컴한 거처와

하데스의 문을 떨쳐버리고   125

돌아왔을 텐데.

왜냐하면 그는, 제우스께서 보낸

벼락불이 그 자신을 때려 데려가기 전에는,

죽음에 제압된 자들을 다시 일으켰었기 때문이라.

---

152 소아시아 뤼키아 지역 파타라에 있던 아폴론의 신탁소와 이집트 시와(Siwa) 오아시스에
있던 제우스의 신탁소를 가리킨다. 보통 아폴론의 신탁은 델포이에서, 제우스의 신탁은
도도네에서 받지만, 여기서 훨씬 먼 신탁소를 제시한 것은 그만큼 절박한 상태라는
뜻이다.

153 아스클레피오스.

하지만 이제 나는 삶에 대한 어떤 희망을 지닐 것인가?   130

[왜냐하면 왕들이 벌써 모든 제의를 다 봉행했고,
모든 신의 제단에는
피 흐르는 제물들이 그득하지만,
불행에 대한 그 어떤 치유책도 전혀 없기 때문이라.]   135
(한 하녀가 집에서 나온다.)

── 한데 여기 집에서 어떤 하녀가 나오는구려,
눈물에 젖은 채. 나는 어떤 운에 대해 듣게 될 것인가?
(하녀에게) 만일 주인들에게 무슨 일인가 일어났다면, 슬퍼하는 것도
이해할 수 있소. 하지만 나는, 그녀가 아직 살아 숨 쉬고 있는지,
아니면 벌써 스러졌는지 알고 싶소.   140

하녀   당신은 그녀가 살아 있다고도 죽었다고도 말할 수 있어요.
코로스   어떻게 같은 사람이 죽었으면서, 또 살아 눈 뜨고 있을 수 있소?
하녀   그녀는 이미 머리가 기울어지고 숨이 가늘어지고 있어요.
코로스   오, 불행하신 분, 얼마나 훌륭하신 분이 얼마나 훌륭한 아내를
          놓치는 것인지!
하녀   한데 주인께서는 그것을 모르세요, 직접 겪기 전에는.[154]   145

코로스	그녀가 생명을 유지할 희망은 더 이상 없소?
하녀	예정된 날이 압박하고 있으니까요.
코로스	그녀를 위한 제물들은 준비되고 있는 거요?
하녀	남편이 그녀와 함께 묻을 장식들은 다 준비되어 있어요.

코로스 그녀로 하여금 알게 하시오, 그녀는 큰 명성을 얻으며 죽어가고

있다는 것을,   150

그리고 그녀는 해 아래 있는 여자들 가운데 월등하게 으뜸이라는

것을.

하녀 어떻게 으뜸이 아니겠어요? 누가 그것을 반박하겠어요?

다른 여자가 그녀를 능가한다고 어떻게

말할 수 있겠어요? 여자가 남편을 존중한다는 것을,

대신 죽고자 하는 것보다 더 잘 보여줄 방법이 어디 있겠어요? 155

한데 이것은 온 도시가 다 잘 알고 있지요.

하지만 집 안에서 그녀가 한 일을 들으면 경탄할 거여요.

왜냐하면, 그녀는 정해진 날이 왔다는 것을

154 144~145행은 149행 다음으로 옮기자는 제안도 있다. 그러면 연결이 좀 더
자연스러워지긴 한다. (남편의 행동에 대한 언급-남편을 위한 탄식-남편이 아내의 훌륭함을
잘 모른다는 개탄-아내로 하여금 명성이 있다는 걸 알게 하라는 발언.) 하지만 일상의 대화가
꼭 그렇게 논리적이진 않기 때문에, 그냥 그대로 두어도 좋다는 주장도 있다. 여기서는
사본들에 전해지는 위치에 두었다.

알게 되자, 강에서 길어 온 물로 하얀 피부를

씻어냈고, 삼나무로 지은 집에서 의상과   160

장신구를 꺼내어 격식에 맞게 치장했지요.

그러고는 헤스티아의 제단 앞에 서서 이렇게 기도했지요.

'여주인이시여, ── 저는 땅 아래로 떠나가니 ──,

마지막으로 당신께 엎드려 간청하겠습니다.

저의 아이들을 보살펴주소서. 사내아이에게는 사랑스런   165

아내를 짝지어주시고, 여자아이에게는 고귀한 남편을 주소서.

아이들이, 자기들을 낳은 어미가 스러진 것처럼,

때도 되기 전에 죽지 말게 하시고, 오히려 행복하게

조상들의 땅에서 삶을 즐겁게 채우도록 하소서.'

그러고는 아드메토스의 집에 있는 모든 제단들을   170

찾아가 화환으로 두르고 기원하였습니다,

도금양의 어린 가지에서 잎들을 나누어내면서,[155]

울지도 않고 탄식하지도 않고. 그리고 다가오는

불행도 그녀 용모의 타고난 아름다움을 전혀 바꿔놓지 못했습니다.

그런 다음, 침실로 뛰어들어 쓰러져서는, 거기 있는   175

---

[155] 도금양은 여러 용도로 사용되었는데, 여기서는 무덤을 장식하던 용도에 가깝다. 172행은
직역하면 '가지에서 잎을 찢어냈다.'지만, 가지에서 잎을 훑어낸 것이 아니라, 각각의
제단을 장식하기 위해 잎이 붙은 가지들을 큰 가지에서 나누어낸 것으로 보는 게
타당하겠다.

침상을 눈물로 적시며 이렇게 말했죠.

'오, 침상이여, 여기서 나는 처녀의 순결을

그 사람에게 바쳤지, 내가 대신 죽는 그이에게.

잘 있거라! 나는 너를 미워하지 않으니까. 하지만 너는 나

하나만을[156]

파멸시켰구나. 나는 너와 남편을 배신하는 걸 피하려고   180

죽는 거니까. 그런데 너는 어떤 다른 여자가 차지하겠구나.

그녀는 나보다 현숙하진 않겠지만, 아마 더 행복하겠지.'

그러고는 쓰러져 침상에 입을 맞췄고, 침대 바닥을 온통

홍수처럼 눈에서 쏟아지는 눈물로 적셨지요.

그리고 충분히 많은 눈물을 흘렸을 때,   185

쓰러질 듯한 걸음으로 침상에서 떠나 나왔지요.

하지만 여러 차례 침실에서 나오다가는 돌아섰고,

다시금 잠자리로 돌아가 자신을 던졌습니다.

아이들은 엄마의 옷자락을 부여잡고

울었죠. 그녀는 그들을 품에 안고서, 곧 죽는 사람이 그러하듯,   190

---

156   전해지는 사본에 '모넨(μόνην)'(여성 목적격)으로 되어 있는 것을, 현대 학자들은 대개 '모논(μόνον)'(중성 주격)으로 고치는데, 그러면 '너만이 나를 죽게 했구나.'가 된다. (원래의 전승대로 하자면 '너는 나 하나만을 죽게 했구나.'가 되어, 왠지 억울한 심정이 드러나는 듯해서 알케스티스의 덕에 흠이 갈 수도 있다.) 하지만 아내가 죽고 나서도 남편은 계속 행복하게 살 것이므로, '나만을'로 해도 괜찮다는 주장도 있다. 한편 원래의 전승을 따르되, '세상 모든 여자들 가운데 나만 유일하게'로 해석하려는 시도도 있다. 알케스티스 같은 일을 당한 사람이 없다는 것이다. 이 번역에서는 원래의 전승을 따랐다.

때로는 이 아이에게, 때로는 저 아이에게 입을 맞췄습니다.

집안 하인들은 모두 여주인을 위해 비통해하며

울었지요. 그녀는 각 사람에게 오른손을 내밀었고,

아무리 신분이 낮은 사람이라도 그녀가 말을 건네지 않거나?

그에게서 응대를 받지 않은 사람은 없었습니다.   195

아드메토스의 집 안에서 일어난 불행은 그러한 것이었습니다.

주인께서 돌아가셨다면 그는 물론 떠나갔겠지요. 하지만 지금 그는 죽음을 피해서

그와 같은 고통을 겪고 있습니다. 그가 결코 잊을 수 없을

고통을요.[157]

코로스　분명히 아드메토스께서도 이러한 불행에 괴로워하고 계시겠지요,

그렇게 훌륭한 부인을 잃어야만 한다면?   200

하녀　그분은 사랑하는 부인을 팔에 안고서 울고 계셔요.

그리고 자신을 버리지 말아달라고 간청하고 있죠, 불가능한 것을

구하며.[158] 그녀는 질병으로 쇠진하여, 불이 꺼져가고 있으니까요.

그의 팔에 불쌍하게 기댄 채 몸이 축 늘어져 있지만,

157　'언젠가 다시 기억하게 될 고통'으로 옮길 수도 있다. 그럴 경우 아드메토스의 각성이
　　강조된다.

158　죽어가는 사람에게 자기를 떠나지 말라고 간청하는 것이 당시의 관습이었던 듯 보인다.

그럼에도 잠깐이라도, 아직 숨이 붙어 있는 동안,   205
태양의 빛살을 보기를 원하고 있어요.
[그녀는 이걸 결코 다시는 보지 못할 것이고, 지금 마지막으로
햇살과 태양의 둥근 원을 바라보는 게 될 테니까요.]
한데 저는 들어가서, 당신들이 와 있다는 걸 알리겠어요.
왜냐하면 모든 사람이 통치자들을 향해 호감을 가져서,   210
불행 중에도 호의적으로 곁을 지켜주는 것은 아니니까요.
하지만 당신은 옛날부터 내 주인들의 친구였지요.

코로스   (좌)
        — 오, 제우스시여, 우리 통치자들에게 닥친
        불행에서 빠져나갈 어떤 길이,
        재난에서 풀려날 어떤 방도가 있습니까?
        — 아아, 아아,
        이제는 우리가 머리를 자르고,   215
        검은 상복을 걸쳐 입는 것 외에는
        다른 길이 없는 것입니까?
        — 무섭고 무서운 일이오, 친구들이여, 하지만 그래도
        우리는 신들께 기원할 것이오.
        왜냐하면 신들의 능력은 더할 수 없이 크니 말이오.   220
        — 오, 왕이신 파이안이여,

아드메토스를 위하여 이 불행에서 벗어날 어떤 방도를 찾아주소서.

── 보내주소서, 보내주소서. 이전에도

이런 일에서 벗어날 길을 찾아주셨으니, 이번에도

죽음에서 벗어나게 해주소서,

무참한 살해자 하데스를 막아주소서.   225

(우)

── 아아, 슬프도다,

오, 페레스의 아들이여, 그대는 아내를 빼앗기고

어떠한 삶을 살아간단 말입니까?

── 아아, 아아,

이것은 칼로 목을 그어 마땅한 일이요,

높이 달아맨 올가미에

목을 들이밀어도 모자랄 불행입니다.

── 오늘 그는 그냥 친구가 아니라,   230

가장 친근한 여인이 죽은 것을

보게 될 터이니 말입니다.

── 보시오, 보시오,

이 여인과 남편이 집 밖으로 나오고 있소.

── 외치라, 오, 탄식하라, 오, 페라이

땅이여, 가장 훌륭한   235

여인이 질병으로 생명의 불이 꺼져,
땅 밑으로, 저승을 다스리는 하데스에게로 가는 것을!

내 결코 말하지 않으리라, 결혼이 고통보다
더 많은 즐거움을 가져온다고는. 이전 사람들을
보고 판단하기에도, 또 우리 왕의 이 불운을   240
보면서 생각하기에도 그러하도다. 그는 가장 뛰어난
이 아내를 잃고서, 앞으로의 시간 동안
살 가치 없는 삶을 살게 될 것이기에 하는 말이라.

알케스티스   (좌1)
　　　　태양이여, 낮의 빛이여,
　　　　하늘을 달려가는   245
　　　　구름의 소용돌이여!

아드메토스   그것은 당신과 나를 보고 있소, 불행을 당한 두 사람을,
　　　　그 때문에 당신이 죽을 만한 그 어떤 짓도 신들께 저지르지
　　　　않았는데도.

알케스티스   (우1)
　　　　땅이여, 집의 지붕들이여,

그리고 조국 이올코스의

처녀 적 잠자리여!

아드메토스 몸을 일으키시오, 오, 불쌍한 여인이여, 나를 버리지 말아주시오.

250

능력을 지닌 신들께 불쌍히 여겨달라고 빌어보시오.

알케스티스 (좌2)

보여요, 보여요, 호수에 뜬, 두 개의 노가 딸린

배가. 죽은 자들의 뱃사공

카론이 삿대에 손을 얹고

벌써 나를 부르고 있어요. '그대 왜 지체하는가?   255

서두르라! 그대는 방해가 되고 있도다!' 하고요. 정말로 이렇게

그는

나를 재촉하며 서두르고 있어요.

아드메토스 아아, 당신은 내게 쓰디쓴 그 배 여행에 대해

얘기했소. 오, 불행하구나, 우리는 무슨 일을 당하는 것인가!

알케스티스 (우2)

누군가 나를 끌고 가요, 끌고 가요! 누군가 나를 ── 당신에게는

보이지 않나요? —— 죽은 자들의 마당으로 끌고 가요,　　　　260
어둡게 빛나는 눈썹 밑으로
쏘아보면서. 날개 달린 하데스여요.
뭘 하려는 거예요? 놓아요! 나는 가장 비참한 존재로서
어떠한 길로 나아가는 것일까?

아드메토스　친구들에게 슬픈 길이오, 그중에서도 특히 나와
아이들에게! 우리에게 이 고통은 공동의 것이오.　　　　265

알케스티스　(딸림노래)
(하녀들에게) 이제 나를 놓아다오, 놓아다오.
나를 눕혀다오, 내 다리엔 힘이 없으니.
하데스가 다가왔고, 어두운
밤이 눈 위로 기어오르는구나.
얘들아, 얘들아, 이제 더는,　　　　270
더는 너희에게 엄마는 없단다.
잘 지내면서, 얘들아, 이 빛을 보아 누리거라.

아드메토스　아아, 슬프도다! 그 말은 듣기에 괴롭고,
내게는 모든 죽음보다 더 쓰라리도다.
신들의 이름으로 청하니, 부디 나를 버리려 하지 마시오,　　　　275

당신을 잃게 될 아이들의 이름으로 청하오,

그러지 말고 일어나시오, 힘을 내시오.

당신이 스러지면 나는 존재할 수 없을 테니 말이오,

우리가 사는 것도, 그러지 못하는 것도 당신에게 달려 있소.

우리는 당신의 사랑을 그토록 존중하기 때문이오.

알케스티스   아드메토스여, 당신이 나의 상황이 어떤지 아시기에 하는

   말인데요,   280

   죽기 전에 내가 원하는 것을 당신께 얘기하고 싶어요.

   저는 당신을 나보다 앞세우고, 내 생명과 맞바꿔

   당신으로 하여금 이 햇빛을 계속 보게 하기로 결정하고서

   죽어가고 있어요. 내가 당신을 위해 죽지 않고,

   오히려 텟살리아인들 가운데서 내가 원하는 대로 남편을 얻고,   285

   부유한 집에서 권력을 누리며 살 수도 있었는데 말이죠.

   하지만 저는 당신을 빼앗긴 채 고아가 된 아이들과 함께

   살아가는 걸 원치 않았어요. 그리고 저는 젊음도

   아깝게 여기지 않았어요, 그것을 가져 누리며 크게 즐거워했지만

말이죠.

   하지만 당신을 심어주신 아버지와 낳아주신 어머니는 당신을

배반했어요.   290

   그분들은 적절하게 죽을 만한 나이에 도달했고,

멋지게 자식을 구해내고 명예롭게 죽을 수 있었는데도요.

당신은 그분들의 외아들이고, 당신이 죽으면

다른 아이가 태어날 희망이 전혀 없었으니까요.

그랬더라면 나도 당신도 남은 시간 동안 살았을 것이고,   295

당신은 아내를 잃고 홀로되어 탄식하지도 않았을 것이고,

고아가 된 아이들을 키우지도 않았을 텐데요. 하지만 신들 중

어떤 분이 일이 이렇게 되게끔 만들었던 거여요.

그건 지나가죠. 이제 당신은 제게 이 일에 대해 감사할 것을

기억하세요.

저는 당신에게 결코 가치가 같은 감사를 요구하진 않을 거여요,   300

— 그 어떤 것도 목숨보다 더 값나가지는 않으니까요, —

그저 합당한 걸 청할게요. 당신도 동의하실 거여요. 당신도, 정신을

제대로

유지하는 한, 저 못지않게 이 아이들을 사랑하시니 말이어요.

이 아이들이 내 집의 주인이 되는 걸 용인하시고,

새 결혼으로 계모를 이 애들 위에 올려놓지 마세요.   305

저보다 못한 여자가 질투 때문에

당신과 나의 아이들에게 손을 댈 테니까요.

이 일만큼은 절대 하지 마세요, 저는 당신께 청합니다.

왜냐하면 뒤에 들어온 계모는 전실(前室)의 자식을

미워하고, 독사보다 더 온화하지 않으니까요.   310

그리고 남자아이는 아버지를 든든한 탑으로 지니고 있지만,

[그에게 말을 걸기도 하고 대답을 듣기도 하지만,]

(딸에게) 너는, 오 내 딸아, 어떻게 제대로 처녀답게 보살핌 받을 수 있겠니?

어떤 여자가 네 아버지의 배우자로 들어오는 걸 네가 보게 되겠니?

그녀가 너에 대한 부끄러운 소문을 지어 퍼뜨려서,   315

너의 젊음이 한창일 때 네 결혼을 망치지나 않을까 모르겠다.

엄마는 네 결혼을 돌보아주지도 못하고,

네가 아이 낳을 때에 곁에서 격려해 주지도 못할 테니,

애야, 그때야말로 엄마보다 더 도움 되는 이는 없을 때인데.

나는 죽어야 하니 말이다. 게다가 이 불행이 내일이나,   320

아니면 이달의 세 번째 날[159] 다가오는 게 아니라,

바로 당장 나는 존재하지 않는 자들 가운데 헤아려질 거란다.

잘들 지내고, 즐겁게 살아라. 그리고 남편이여, 당신은

최고의 아내를 얻었었노라고 자랑할 수 있어요.

애들아, 너희는 최고의 어머니에게서 태어났노라고 자랑해도

된단다.   325

---

159 '내일이나 모레나'였으면 좋겠지만, 원문에 '모레'에 해당되는 말(직역하면 '세 번째 날') 다음에 '달의'라는 단어가 이어져서 많은 학자들이 고심해 왔다. 알케스티스가 죽는 날이 그 달의 첫날이어서, '모레'가 '달의 세 번째 날'이 된다는 해석도 있지만, 뭔가 속담 구절이 끼어들어 갔다는 주장도 있다.

코로스　　　힘을 내십시오. 저는 이분 앞에서 확언하기를 망설이지 않으니까요.

　　　　　　이분은 그것을 행할 것입니다, 그가 이성을 잃어버리지 않는 한.

아드메토스　그 일들은 이뤄질 것이오, 이뤄질 것이오, 두려워 마시오. 나는 당신을,

　　　　　　살아 있을 때도 아내로 가졌고, 당신이 죽은 다음에도 그대는 내 유일한

　　　　　　아내라 불릴 것이며, 당신 대신 누구도 결코, 텟살리아의 여인 누구도　　　　330

　　　　　　아내로서 이 사람을 남편이라 부르지 못할 것이오.

　　　　　　당신처럼 그렇게 고귀한 아버지에게서 태어난 이도 없고,

　　　　　　당신처럼 용모가 특출하게 빼어난 여자도 없소.

　　　　　　또, 아이들과 관련해서는 이미 충분하오. 나는 이들에게서 즐거움을

　　　　　　누릴 수 있기만 신들께 기원하오. 당신에게선 누리지 못했기 때문이오.　　　　335

　　　　　　그리고 당신에 대한 고통은 한 해만이 아니라,

　　　　　　내 삶이 유지되는 한 품고 가겠소, 여인이여.

　　　　　　하지만 나를 낳은 여인은 미워하고, 내 아버지는

　　　　　　적대할 것이오. 그들은 말로만 친구이지 행동으로는 아니니

알케스티스　　　　　　　　　　　　　　　　　　　　　　　　　　　　　**345**

말이오.

　반면에 당신은 나의 생명을 위해 가장 소중한 것을　　　　　340

주고서, 나를 구해냈소. 그러니 내가, 당신 같은

아내를 잃고서 탄식하는 게 잘못이겠소?

나는 주연(酒宴)도, 술자리 모임도 중단하겠소,

화관들도, 내 집을 차지해 온 음악들도.

나는 이제 더는 뤼라에 손도 대지 못할 듯하며,　　　　　345

리뷔아 피리에 맞춰서 노래 부를 마음도 일어나지

않을 듯하니 말이오. 당신이 내게서 삶의 즐거움을 앗아갔기

때문이오.

　그리고 목수들의 솜씨 좋은 손에 맡겨 당신의 형체를

똑같이 만들어서 침대에 모셔둘 것이오.

나는 그것에게로 쓰러져 팔을 두르고,　　　　　350

당신의 이름을 부르며 내 품 안에 사랑하는

아내를, 실제로는 갖고 있지 않지만 품고 있다고 여기겠소.

물론 차가운 즐거움이오, 내 생각도 그렇소. 그래도 이렇게 해서

영혼의 무거운 짐을 풀어 견뎌낼 수 있소. 그리고 꿈속에서

오가며 당신이 나를 기쁘게 해줄 수 있을 거요. 밤에라도 사랑하는

이들을　　　　　355

보는 것은 즐거운 일이니까, 그것이 머무는 동안만이라도.

하지만 만일 내게 오르페우스의 혀와 음악이 있다면,

그래서 데메테르의 딸과 그녀의 남편을

노래로써 홀리고 당신을 하데스로부터 데려올 수 있다면,

나는 저승에 내려갔을 것이오. 그리고 플루톤의 개도   360

노를 젓는 영혼 인도자 카론도, 나를 막을 수

없었을 것이오, 내가 당신의 생명을 빛 속에 다시 데려다놓기 전엔.

하지만 상황이 이러니, 당신은 저기서 나를 기다리시오, 내가

죽을 때.

그리고 집을 마련해 두시오, 나와 한집에 살도록.

나는 이 아이들에게, 나를 당신과 같은 삼나무 관 안에   365

넣으라고 얘기해 둘 테니 말이오, 나의 허리를 당신 허리에

바짝 붙여 넣으라고. 왜냐하면 죽어서도 나는 결코,

유일하게 내게 충실했던 당신에게서 떨어지지 않으려는 것이오.

코로스   진정코 저도 친구로서, 친구인 당신이 이 여인 때문에 겪는

고통에 공감합니다. 그녀는 그럴 만한 가치가 있는 분이니까요. 370

알케스티스   오, 얘들아, 너희는 직접 이것을 잘 들었다,

아버지가 말씀하신 것을, 다른 여자와 결혼해서 그녀를

너희 위에 두지도 않을 거고, 나를 존중치 않는 일도 없을 거라고.

아드메토스   나는 지금도 그것을 확언하며, 또 그걸 완수해 낼 것이오.

알케스티스   그걸 조건으로 해서, 이 아이들을 내 손에서 받으세요.   375

아드메토스   받겠소, 사랑스런 손으로부터 사랑스런 선물을 받는 거요.

알케스티스   당신은 이제 나 대신 이 아이들에게 어머니가 되어주세요.

아드메토스   정말 내가 그렇게 해야겠지요, 이들이 당신을 빼앗겼으니.

알케스티스   오, 얘들아, 살아 있어야만 하는 때에, 나는 저승으로 떠나는구나.

아드메토스   슬프도다, 당신을 여의고서 나는 대체 어떻게 해야 하나?   380

알케스티스   시간이 당신을 누그러뜨릴 거여요. 죽은 사람은 아무것도
         아니니까요.

아드메토스   나를 당신과 함께 데려가시오, 신들의 이름으로 청하니, 저승으로
         데려가시오.

알케스티스   저는, 당신 대신 저 혼자 죽는 걸로 만족해요.

아드메토스   오, 신이시여, 어떠한 아내를 제게서 앗아가시는 것입니까?

알케스티스   이제 정말 어둠이 내 눈을 짓누르네요.   385

아드메토스   당신이 나를 정말 떠나간다면, 나는 망하고 말았구려, 여인이여!

알케스티스   저는 더 이상 존재하지 않으니, 저를 없다 하셔도 돼요.

아드메토스   얼굴을 드시오, 당신 아이들을 버리지 마시오!

알케스티스   그러려 해도 되지 않아요. 하지만, 잘 있거라, 얘들아.

아드메토스   애들 쪽을 보시오, 보시오!

알케스티스   저는 이제 없어요.   390

아드메토스   무슨 짓이오? 떠나는 거요?

알케스티스   잘 지내세…….

아드메토스   불행한 나는 끝장났구나!

코로스   그녀는 떠나가버렸습니다. 아드메토스의 아내는 이제 존재하지
              않습니다.

에우멜로스[160](좌)

              슬프다, 나의 불운이여! 엄마가 땅 밑으로

              떠났구나, 더 이상 해 아래 있지

              않는구나, 오, 아버지,   395

              불쌍한 그녀는 내 삶을 두고 떠나 나를 고아로 만드셨어요.

              보세요, 보세요, 그녀의 눈을, 그리고

              옆으로 축 처진 팔들을.

              들어보세요, 들으세요, 오 어머니, 부탁드려요.   400

              제가 당신을, 제가, 어머니,

              부르고 있어요, 당신의 어린 아들이

              당신의 입에 매달려서.

아드메토스   그녀는 듣지도 보지도 못한단다. 그러니 나와

---

160   전해지는 사본들에는 '에우멜로스'라는 이름이 적혀 있지만, 원래는 그냥 '아이'라고 되어
          있었을 거라는 추정에 따라 현대에는 대개 '아이'라고만 적는다. 하지만 나로서는, 한국의
          독자들이 이런 이름에 익숙해지자면 한 번이라도 더 마주치는 게 좋다고 생각해서
          이름을 노출했다. 『일리아스』 2권과 23권에도 등장하는 이름이며, 아버지가 음악을
          좋아해서 그런지, '좋은 멜로디'라는 뜻이다.

너희 둘은 재앙의 무거운 타격에 맞은 거란다.   405

에우멜로스 (우)

저는 아직 어린데, 아버지, 사랑하는 어머니를

잃고서 외로이 남겨졌어요. 오,

잔인한 일을, 나는

당했어요, 오, 나의 한 핏줄 소녀여, 너도 그걸 함께 겪었구나.[161] 410

……

……오, 아버지,

당신은 무익하게, 무익하게 결혼하신 거여요, 당신은 노령의

목적지에 그녀와 함께 다다르지도 못하셨어요.

그분은 그 전에 스러지셨으니까요. 그런데 당신이 떠나감으로

해서,

어머니, 우리 집은 소멸해 버렸어요.   415

코로스   아드메토스여, 이 재난을 견뎌내야 합니다.

당신은 인간들 중에, 훌륭한 아내를 놓쳐버린 첫 번째 사람도

마지막 사람도 전혀 아니기 때문입니다. 잘 알아두십시오,

우리 모두에게는 죽음이라는 부채(負債)가 있다는 것을.

161 이 부분에서 한 행 반 정도가 사라진 것으로 보인다.

아드메토스 나도 잘 알고 있소. 그리고 전혀 예상치 못한 채 이 재난과   420
　　　　　마주친 것도 아니라오. 나는 그것을 알기에 오랫동안 괴로워해
　　　　왔다오.
　　　　어쨌든, 나는 이 죽은 이를 장례 치르기 위해 준비할 터이니,
　　　　그대들은 곁에 서서 머무르며 화답해 주시오,
　　　　저 아래 계신 신, 헌주(獻酒)를 받지 않으시는 분께 바치는 애도의
　　　　노래에.
　　　　그리고 나는 내가 다스리는 모든 텟살리아인들에게   425
　　　　이 여인에 대한 애곡에 동참할 것을 선포하겠소,
　　　　머리를 짧게 자르고 검은 옷을 갖추고서.
　　　　또한 당신들, 사두마차에 멍에 얹는 자들도, 한 마리 말을
　　　　부리는 자들도, 강철로써 그들 목덜미의 갈기를 베어내시오.
　　　　그리고 달이 열두 번 차오를 때까지, 온 도시에 걸쳐   430
　　　　피리 소리도, 뤼라의 울림도 생겨나지 않게 하시오.
　　　　나는 다른 누구도, 이 여인보다 내게 더 가깝고
　　　　더 훌륭한 이로서 장례 치르지 않을 것이니 말이오. 그녀는 내가
　　　　바치는
　　　　명예에 걸맞은 사람이오, 그녀만이 나 대신 죽었기 때문이오.

　　　　(하인들이 시신을 옮겨 내간다.)

코로스   (좌1)

오, 펠리아스의 딸이여,   435

햇빛 없는 하데스의 집에서

평안히 지내시기를!

그리고 하데스와, 검은 머리의 신,

죽은 자들을 실어 나르며

키의 손잡이를 잡고   440

앉아 있는 노인[162]은 아시기를!

진정 월등히, 월등히 으뜸인 여인을

아케론강[163] 건너로, 노를 둘 갖춘

배로써 실어 옮기고 있다는 것을!

(우1)

그대에 대해 자주자주 가객(歌客)들이   445

노래하리라, 일곱 음조를 지닌

산(山) 거북 껍질 뤼라로써, 또한 반주 없는 찬가로써,

한 해가 순환하여 스파르타에

카르네이아 달[164]의 시기가

---

162 카론.
163 저승의 강들 중 하나.

돌아오고, 밤새도록 높이 뜬   450
달을 비출 때면,
또한 풍요롭고 행복한 아테나이에서도 그럴 때면.
그러한 노랫가락을 그대는 죽어서
가인(歌人)들에게 남겼도다.

(좌2)
내게 그런 능력이 있었으면!   455
그대를 하데스의 집으로부터,
코퀴토스[165]의 흐름으로부터,
저승 강에 노를 저어
햇빛 속으로 데려올 그런 능력이!
왜냐하면 그대는, 오 여인 중 유일한 이여, 오 사랑스런 이여,   460
그대는 감연히 남편을
자기 목숨과 맞바꿔 하데스로부터
구해냈기 때문이라. 여인이여, 그대 위에
흙이 가벼이 떨어지기를! 한데 만일 그대 남편이
새로운 결혼을 추구한다면, 진정 그는 나에게,   465

---

164 8월 말에서 9월에 걸친 달(아테나이 달력으로는 '메타게이트니온' 달)로, 스파르타에서는
아폴론을 위한 '카르네이아' 축제가 벌어지던 때이다.
165 저승의 강들 중 하나.

그리고 당신 자녀들에게 미움받는 존재가 될 것이라!

(우2)
그의 어머니도, 늙으신 아버지도
자식 대신 흙 속에 몸을 숨겨
묻히기를 원치 않았고,
……[166]

잿빛 머리카락을 지닌 그들은 잔인하게도,
자신들이 낳은 자식을 지킬 용기를 보이지 않았도다.   470
반면에 그대는 싱싱한
젊음 속에 젊은 남편을 위해 죽어 떠나갔도다.
나도 그와 같은 사랑으로 짝지어진
아내를 만났으면! 그러한 몫은
인생에 극히 드문 것이니. 하지만 진정 그녀는 나와 더불어
고통 없이 평생을 함께할 수 있었으면!   475

(헤라클레스 등장)

헤라클레스 이방인들이여, 이곳 페라이 땅의 거주자들이여!

---

166 이 부분에서 한 행이 사라진 것으로 보인다.

내가 아드메토스를 집 안에서 만나볼 수 있겠소?

코로스 장   페레스의 아들은 집 안에 있소이다, 헤라클레스여.

         하지만 말해 주시오, 대체 어떤 필요가 당신을 텟살리아 땅으로

         보내어, 이곳 페라이 도시로 오게 했는지를.   480

헤라클레스   나는 티륀스의 에우뤼스테우스를 위해 어떤 노역을 수행하는

         중이오.

코로스 장   그래서 어디로 가는 중이오? 어떤 방랑을 위해 멍에 지워진 거요?

헤라클레스   트라케에 사는 디오메데스의 사두마차를 향해서요.

코로스 장   한데 그걸 어찌 수행하시려오? 그의 접대 방식을 모르는 건

         아니겠죠?

헤라클레스   모르오. 나는 비스토니아인들의 땅엔 가본 적도 없소.   485

코로스 장   당신은 싸우지 않고서는 그 말들의 주인이 될 수 없을 거요.

헤라클레스   하지만 나로서는 그 노역도 사양할 수 없소이다.

코로스 장   그럼 당신은 그를 죽이고서 돌아오거나, 죽어서 거기 머물게 될

         것이오.

헤라클레스   내가 그런 달리기 경주를 치르는 게 처음은 아닐 것이오.

코로스 장   한데 당신이 그 주인을 제압한 다음엔 뭘 더 얻으려는 거요?   490

헤라클레스   말들을 티륀스의 군주에게로 끌어갈 것이오.

코로스 장   턱에 재갈을 밀어 넣기가 쉽지 않을 텐데요.

헤라클레스 그놈들이 코에서 불을 뿜지만 않는다면 괜찮소.

코로스 장 하지만 그것들은 턱을 날래게 놀려 사람을 찢어버린다오.

헤라클레스 말이 아니라 산짐승의 먹거리를 얘기하는구려.   495

코로스 장 당신은 피로 범벅된 구유를 보시게 될 것이오.

헤라클레스 그런데 그것들을 기른 자는 대체 어떤 아비의 자식이라고 뻐기고

있소?

코로스 장 아레스의 아들이고, 황금을 잔뜩 입힌 경방패의 제왕이라오.

헤라클레스 그러면 당신은 이 노역을 내 운명에 어울리는 것으로 제시하는

셈이오.

그것은 늘 어렵고 가파른 데로 향해 가니 말이오.   500

내가, 아레스가 낳은 자식들과 전투로써 맞붙어야만 한다면

말이오. 처음엔 뤼카온[167]과, 그다음엔

퀴크노스[168]와 싸웠고, 그리고 이번엔 세 번째 겨루기를 향해서

말들과 주인을 한데 묶어 싸우러 가는구려.

하지만 알크메네의 아들이 적대적인 손길 앞에서   505

---

167 요정인 퓌레네와 아레스 사이에 태어난 아들로, 헤라클레스에게 도전하여 단독 대결을
벌였다는 인물이지만, 그에 대해 알려진 게 거의 없다. 뤼카온은 『아폴로도로스 신화집』
2권 5장 11절에 나오는 아레스의 아들 퀴크노스와 같은 인물로 보인다.

168 아레스와 펠로피아 사이에 태어난 아들. 502행의 퀴크노스(퀴카온)보다 훨씬 유명한
동명이인이다. 『아폴로도로스 신화집』 2권 7장 7절, 에우리피데스 「헤라클레스」 391행,
헤시오도스 「헤라클레스의 방패」 327행 이하에 소개되어 있다.

움츠리는 것을 볼 사람은 결코 있지 않을 것이오.

코로스 장   한데 저기 이 땅의 통치자인 아드메토스
                자신이 집에서 나와 다가오는군요.

(아드메토스 등장)

아드메토스   평안하십시오, 오 제우스의 아드님, 페르세우스의 혈통이여!
헤라클레스   아드메토스여, 그대도 평안하시오, 텟살리아인들의 왕이여!   510
아드메토스   저도 그러고 싶습니다. 어쨌든 당신이 호의를 품고 있음은 잘 알고
             있습니다.
헤라클레스   이 애도의 짧은 머리는 무슨 일을 뜻하는 건가요?
아드메토스   저는 오늘 어떤 죽은 이를 장례 치를 참입니다.
헤라클레스   그렇다면 신께서 당신의 자녀들을 위해 재난을 막아주시길!
아드메토스   제가 낳은 자식들은 집안에 살아 있습니다.   515
헤라클레스   아버지라면 떠나셨다 해도, 나이로 보아 적절하겠소만.
아드메토스   그 양반도, 그리고 나를 낳은 여인도 살아 계신다오, 헤라클레스여.
헤라클레스   설마 당신 부인 알케스티스가 죽은 건 아니겠지요?
아드메토스   그녀에 대해서는 제가 이중적인 이야기를 할 수 있겠습니다.
헤라클레스   그녀가 죽었다는 거요, 아니면 아직 살아 있다는 거요?   520
아드메토스   그녀는 존재하고, 또 더 이상 존재하지 않습니다. 하지만 저를

괴롭게 합니다.

헤라클레스 전혀 더 많이 알게 되질 않는구려. 의미 없는 말을 하시니 말이오.

아드메토스 그녀가 어떤 운명을 만나야 하는지 당신은 모르십니까?

헤라클레스 그건 알지요, 당신 대신 그녀가 죽어 떠나기로 동의했다는 것
　　　　　말이오.

아드메토스 그러면, 그녀가 그것에 찬성했다면 어떻게 여전히 살아 있는
　　　　　거겠소?　　　　　　　　　　　　　　　　　　　　　　　525

헤라클레스 아, 부인에 대해 미리 슬퍼하지 말고, 그날까지 미뤄두시오.

아드메토스 죽기로 되어 있는 사람은 죽은 것이고, 여기 있어도 더는 있지 않은
　　　　　것입니다.

헤라클레스 살아 있는 것과 그렇지 않은 것은 전혀 다른 걸로 여겨진다오.

아드메토스 헤라클레스여, 당신은 그렇게 생각하시지만, 저는 다르게
　　　　　생각합니다.

헤라클레스 그런데 왜 슬퍼하시는 거요? 죽은 사람은 친구 중 누구요?　　530

아드메토스 여자입니다. 그 여인에 대해 우리는 막 애도하는 참이었습니다.

헤라클레스 가문 바깥 사람이오, 아니면 당신과 친족이었던 이요?

아드메토스 바깥 출신이지만, 이 집안에 꼭 있어야 했던 여인입니다.

헤라클레스 그러면 어째서 당신의 집에서 삶을 마쳤소?

아드메토스 아버지가 죽은 후, 여기서 고아로 지냈답니다.　　　　　　535

헤라클레스 아아,
　　　　　아드메토스여, 내가 당신을 애도하는 중에 만나지 않았더라면

좋았을 것을!

아드메토스 　대체 무슨 일을 하시려고 그런 암시적인 말씀을 하십니까?

헤라클레스 　다른 친구의 화덕을 향해 가려는 거요.

아드메토스 　그건 안 됩니다, 오 왕이시여! 그런 불행은 닥치지 않기를!

헤라클레스 　애도 중인 사람에게 손님이 오면 짐이 된다오.　　　　540

아드메토스 　죽은 사람은 죽은 것입니다. 그러지 말고 집 안으로 드시지요.

헤라클레스 　슬퍼하는 사람들 곁에서 손님이 잔치를 벌이는 건 부끄러운

　　　　　　일이오.

아드메토스 　제가 당신을 모시려는 손님방은 외따로 있습니다.

헤라클레스 　나를 보내주시오, 그러면 당신께 큰 감사를 드리겠소.

아드메토스 　당신이 다른 이의 화덕으로 가시는 건 있을 수 없는 일입니다.　545

　　　　　　(하인에게) 너는 이분을 모시고 가라. 집에서 멀찍이 떨어진 곳의

　　　　　　손님방을 열어드리고, 책임 맡은 자들에게 일러라,

　　　　　　음식을 잔뜩 가져다드리도록. 그리고 마당으로 통하는 중문을

　　　　　　안에서 잘 닫아두어라. 잔치를 즐기는 분들이 애곡 소리를 듣거나,

　　　　　　손님들이 언짢아지는 것은 마땅치 않은 일이다.　　　　550

　　　　　　(헤라클레스가 하인과 함께 나간다.)

코로스 　　무슨 짓을 하시는 건가요? 이렇게 큰 재난이 앞에 놓여 있는데,

　　　　　　아드메토스여, 대담하게 손님을 맞아들이시다니요? 그대는 어찌

그리 무감각하신가요?

아드메토스 하지만 만일 내가 손님으로 찾아온 저분을 내 집과 도시로부터
밀쳐냈더라면, 당신은 나를 더 칭찬했을 것 같소?
전혀 아닐 거요. 내 재난은 조금도 더 줄어들지 않는 반면,   555
나는 손님에게 더 불친절한 자가 되었을 것이니 말이오.
그러면 불행들에 덧붙여서 이것이 다른 불행으로 얽혔을 것이오,
내 집이 손님들을 배척하는 집으로 불리게 된다는 점 말이오.
게다가 나 자신은 목마른 아르고스 땅으로 갈 때마다,
이분이 아주 훌륭하게 접대하는 걸 받곤 한다오.   560

코로스 하지만 당신 말씀대로 친구인 분이 오셨는데,
어떻게 현재의 불운을 숨길 수가 있었나요?

아드메토스 하지만 그가 내 재난에 대해 조금이라도 알았다면,
그는 내 집으로 들어오려 하지 않았을 거요.
그리고 아마도, 내가 그렇게 행동한다면 누구에게도 현명한 걸로

565

보이지 않고, 누구도 나를 지지하지 않을 거요. 나의 홀들은
손님을 밀쳐내거나, 무시할 줄을 모른다오.

코로스   (좌1)

오, 손님에게 친절하고, 언제나 후하게 대접하는 주인에게 걸맞은
집이여,

너를, 좋은 뤼라를 갖추신 퓌토의 아폴론도   570
머무르기에 알맞다 여기셨고,

너의 풀밭에서 목자 노릇 하기를

견디셨도다,

비탈진 언덕을 따라   575
너의 가축들을 위해 짝지어 주는 음악을,

목자들의 음악을 연주하면서.

(우1)

그 가락에 즐거워 점박이 스라소니들도 함께 어울리고,

누런 사자의 무리는 오트뤼스산¹⁶⁹의 계곡을   580
버리고 다가왔도다.

당신의 키타라에 맞춰,

포이보스여, 얼룩무늬 사슴은

춤추었도다, 잎이 높이 달린 전나무 밭을   585
가벼운 발로 건너와서,

169   텟살리아 지역에 있는 산.

마음 즐거운 노래에 흥겨워하며.

(좌2)

그리하여 우리 왕은 양들이 많고 많은

집에 거주하시도다, 물 맑은

보이베이스 호수 곁에. 그분은 경작지와 590

평탄한 풀밭의 경계를,

태양신의 어둑한

마구간 쪽[170]으로는 몰롯시아인들의

하늘에 놓았으며,

또 아이가이온 바다의 항구 없는 해변, 595

펠리온산 자락까지 다스리신다.[171]

(우2)

지금도 그는 문을 활짝 열어

손님을 받아들였도다, 물기 젖은 눈시울로,

집 안에서는 사랑하는 아내의 방금 죽은

---

170 서쪽.

171 아드메토스의 영역이 서쪽으로는 에페이로스의 몰롯시아, 남쪽으로는 오트뤼스산,
동쪽으로는 펠리온 산줄기로 에워싸인 파가사이만 주변 해안까지라고, 즉 텟살리아 평원
전체라고 주장하는 것이다.

시신 앞에서 애곡하면서도. 그의 고귀한 본성은   600
손님에 대한 존중으로 움직여가기 때문이라.
훌륭한 사람들에게는 모든 것이
가능한 법. 나는 그들의 현명함에 경탄하노라.
그러므로 내 마음속에는, 신께 경건한 사람에게는
모든 일이 잘되리라는 확신이 자리를 잡는다.   605

(아드메토스가 시신을 든 하인들과 함께 나온다.)

아드메토스 호의를 품고 곁을 지키는 페라이 시민들이여,
이제 모든 준비를 갖춘 시신을 하인들이
높이 들어 무덤과 화장단을 향해 실어 가고 있소.
그대들은 죽은 여인이 집을 나서서 마지막 길을
가고 있을 때, 관습에 맞춰 인사를 드리시오.   610

코로스   한데 저기 당신의 아버지께서 노령의 발걸음으로
다가오는 것이 보입니다. 그리고 그의 동행들이 당신 아내에게 바칠
장식을, 죽은 자들을 위한 치장을 손에 들고 오는 게 보이네요.

(페레스 등장)

페레스   아들아, 나는 너의 재난을 함께 슬퍼하러 여기 왔단다.

왜냐하면 너는 누구도 부인할 수 없게, 고귀하고 현명한   615

아내를 잃었으니 말이다. 하지만 이 일을, 견디기

힘들긴 하겠지만, 그래도 견뎌내야만 한단다.

어쨌든 이것을 받아서, 그녀와 함께 땅 밑으로

떠나보내거라. 이 여인의 시신은 존중을 받아야만 하지.

그녀는 너의 목숨을 구하려 대신 죽었으니까, 애야.   620

그리고 나로 하여금 자식 없는 자가 되지 않도록 해주고, 너를

빼앗긴 채 고통스런 노령에 시들어가지도 않게끔 해주었으니까.

또 용감히 이 고상한 업적을 이루어, 모든

여인들의 삶을 더 명예롭게 만들어주었으니까.

오, 이 사람을 구해준 여인이여, 넘어지던 우리를   625

일으켜 세운 이여, 평안하시라. 하데스의 집에서도

모든 일이 당신에게 잘되기를! 나는 이러한 결혼이야말로 인간에게

유익하다고 선언하노라, 그렇지 않다면 결혼은 무익한 것이라고.

아드메토스   아버지는 제게 초대를 받아 이 장례에 오신 것도 아니고,

아버지가 지금 친구들에게 와 있는 것도 아님을 선언합니다.   630

이 여인은 당신의 장식품을 결코 걸치지 않을 것입니다.

그녀는 무엇 하나 당신 물건이 아쉽지 않은 상태로 묻힐 테니까요.

당신이 고통을 함께하겠다면, 제가 죽으려 했을 때 그러셨어야지요.

하지만 당신은 한쪽으로 비켜서서, 노인이면서도 다른 젊은 사람에게

죽는 걸 떠넘기고는, 이 시신에 애곡하시겠다는 겁니까?   635

그러니 당신은 제 이 몸의 진짜 아버지가 아니었던 겁니다.

그리고 저를 낳았다고 주장하며 제 어머니라고 불리는 분도

저를 낳은 게 아니었어요. 저는 노예의 피에서 태어나

몰래 당신 부인의 젖가슴 밑으로 옮겨진 것입니다.

당신은 자기가 누구인지 시험을 받게 되자 본색을 드러내신 겁니다.   640

그러니 저는 제가 당신의 아들로 태어난 게 아니라고 생각합니다.

정말로 당신은 비겁함에 있어 모든 사람을 능가하십니다.

당신은 그 나이가 되어서, 인생의 끄트머리에 다다랐으면서도,

당신 자식을 위해 죽으려 하지도 않고,

그럴 용기를 내지도 않았죠. 오히려 당신들은 낯선 지방에서 온   645

이 여인이 죽게 하셨지요. 저는 그녀만을 정당하게

내 어머니이고 아버지라고 여길 것입니다.

그런데 당신은 이 싸움을 멋지게 싸워내실 수도 있었죠,

당신의 아들을 위해 대신 죽으신다면요. 당신이 살 시간은

아주 짧게만 남아 있으니 말이죠.   650

[그러면 남은 시간 동안 저도 살고 그녀도 살아서,

제가 홀로되어 불행을 탄식하는 일은 없었을 텐데 말입니다.][172]
그리고 당신은 행복한 사람이 겪을 법한 일들을
경험하셨어요. 당신은 권력을 누리면서 젊음을 보냈으며,
이 집안의 상속자로서 아들인 제가 태어났어요,   655
당신이 자식 없이 죽어서 주인 잃은 집을 다른 사람들에게
남기고, 그들이 그것을 노략질하는 일이 없도록 말이죠.
그리고 당신은, 제가 당신의 노령을 존중하지 않아서, 그냥 나를
배반하고
나로 하여금 죽게 두었노라고는 말하지 못할 것입니다. 저는 당신을
향해
정말로 존중하는 마음을 품고 있었으니까요. 그런데 이에 대해 660
이러한 보답을 당신도, 그리고 저를 낳은 여인도 해주셨군요.
그러니 당신들은 얼른 다른 자식들을 낳는 게 좋겠습니다,
당신들의 노령에 봉양하고, 당신이 죽으면
시신을 염해서 내다 장례 치러줄 자식들 말입니다.
나로서는 나의 이 손으로 당신을 묻지 않을 참이니까요.   665
당신에 관한 한, 저는 이미 죽었어요. 반면에 다른 구원자를
만나서 제가 햇빛을 보고 있으니, 저는 제가 그 사람의
아들이고 노령의 봉양자라고 선언합니다.

172　거의 같은 구절이 295~296행에 이미 나왔다.

사실 노인들이 노령과 긴 수명을 개탄하면서,

죽기를 기원하는 것은 공연한 짓입니다.   670

막상 죽음이 가까이 다가오면, 누구도 죽기를

원하지 않고, 노령도 그들에겐 전혀 힘겹지 않게 되지요.

코로스   두 분 다 그만두시지요, 지금 닥친 재난만으로도 충분합니다.

오, 아들이여, 아버님의 마음을 자극하지 마세요.

페레스   오, 아드님, 당신은 대체 누구를 그런 나쁜 말로 몰아세우고 있다고

675

생각하시오? 은화를 주고 구입한 뤼디아 출신 노예요, 아니면

프뤼기아 출신이오?

너는 내가 텟살리아 출신 아버지에게서 합법적으로 태어난

자유로운 텟살리아 시민이라는 것을 알지 못하느냐?

네놈이 지금 지나친 오만을 부리고 있는데, 그런 어린애 같은

소리를

우리를 향해 던져 보내고도 무사히 빠져나가지는 못하리라.   680

나는 너를 집안의 주인이 되게끔 낳아주고

길러주었다. 하지만 너를 위해 대신 죽어줄 의무를 빚지진 않았다.

나는 그런 법을, 아비들은 자식들을 위해 대신 죽어야 한다는 법을

조상들에게서 물려받지 않았고, 헬라스의 법도 마찬가지다.

운이 나쁘든 좋든, 너는 그것을 네 몫으로 갖고   685
태어난 것이다. 우리에게서 네가 얻어야 하는 것들은 지금 네가 다
지니고 있다.

너는 큰 땅을 다스리고 있으며, 나는 네게 또 넓고 넓은 경작지를
남겨줄 것이다. 나도 내 아버지에게서 같은 것을 물려받았으니
말이다.

내가 네게 대체 무슨 부당한 짓을 했더냐? 네게서 무엇을
빼앗았더냐?

나를 위해 대신 죽지 말거라, 나도 너를 위해 대신 죽지 않으마.   690
너는 햇빛을 보면서 즐거워하고 있다. 아비는 그게 즐겁지 않으리라
생각하느냐?

사실 저승에서 보내는 시간이 길기는 할 거라고
나도 생각한다. 반면에 삶은 짧지. 하지만 그래도 달콤하단다.

그래서 너도 뻔뻔하게 죽음에 대항해서 싸웠고,
정해진 운명을 넘어 살아 있는 것이 아니냐,   695
이 여인을 죽게 만들고서! 그러고는 나의 비겁함을
지적하느냐, 오, 그 누구보다 더 비겁한 자여, 여자보다도 못한
주제에?

그녀는 이 훌륭하고 젊음 넘치는 너를 위해 죽었는데?
너는 현명하게도 결코 죽지 않을 방도를 찾아낸 셈이로구나,
매번 그때의 아내로 하여금 너를 위해 죽도록   700

설득할 수 있다면 말이다. 그러고도 너는 그걸 하지 않으려는
친구들을 비난하느냐, 너 자신은 비열한 자이면서?
입을 다물어라. 그리고 생각해 보아라, 네가 너 자신의 목숨을
사랑한다면,
다른 모든 이도 제 목숨을 사랑하지 않을지. 그런데 네가 우리에게
욕설을 퍼붓는다면, 너는 거짓되지 않으나 나쁜 말을 많이 듣게 될
것이다. 705

코로스　지금도, 그리고 이전에도 너무 많은 나쁜 말들이 오고 갔습니다.
노인이시여, 당신 아들을 향한 비난을 그치십시오.

아드메토스　아니, 말해 보시지요, 나도 말을 했으니. 하지만 만일 당신이 진실을
들으면서도
괴로우시다면, 당신은 제게 그런 잘못을 저질러서는 안 되었던
겁니다.

페레스　내가 너를 위해 죽는다면, 그게 더 큰 잘못을 저지르게 될 거다. 710
아드메토스　그러면 한창때인 사람이 죽는 것과 노인이 죽는 게 같습니까?
페레스　우리는 한 번 살지, 두 번 사는 게 아니다.
아드메토스　그러면 제우스보다도 더 오래 사시지요!
페레스　너는 부당한 일을 당하지도 않았으면서 부모를 저주하는 게냐?

아드메토스 당신이 장수를 갈망하신다는 걸 깨달았기 때문이지요. 715

페레스 하지만 너도, 너 대신 이 시신을 내어 가고 있지 않느냐?

아드메토스 이 시신은 당신의 비겁함의 표상입니다, 오, 가장 저열한 이여!

페레스 그녀는 최소한 우리를 위해 죽은 것은 아니다. 너는 그건 언급하지
않는구나.

아드메토스 아아, 언젠가 제가 필요한 날을 맞이하시길!

페레스 더 많은 여자와 결혼하렴, 그래서 더 많이 죽게끔! 720

아드메토스 이 일은 당신을 향한 비난거리가 될 겁니다, 당신이 죽기를 원치
않으셨으니.

페레스 신의 이 빛살은 사랑스럽지, 사랑스러워.

아드메토스 당신의 기백은 저열하고, 남자들에게 속한 기백이 아니지요.

페레스 너는 시신을 들어 옮기면서 노인을 비웃지는 못한다.[173]

아드메토스 하지만 당신이 죽음을 맞이하실 때는, 불명예스럽게 죽을
것입니다. 725

페레스 내가 죽은 다음에는 나쁜 소릴 들어도 상관없다.

아드메토스 아아, 아아, 노령은 얼마나 뻔뻔함으로 가득한가!

페레스 이 여인은 뻔뻔하지 않았지. 한데 너는 이 여인이 어리석다는 걸
알았구나.

아드메토스 떠나시오, 그리고 나로 하여금 이 시신을 매장하도록 냅두시죠.

---

173 너무 축약되어 무슨 말인지 알기 어렵지만, '최소한 너는 죽은 노인을 운구하면서 그
노인을 비웃는 즐거움은 누리지 못하고 있지 않은가?'라는 뜻으로 보인다.

페레스   가겠다. 한데 너는 그녀를 직접 죽인 자로서 그녀를 매장할 거고,

730

나중에 네 처족들에게 그 대가를 치르게 될 것이다.
그리고 진실로 아카스토스[174]가 자기 누이의 피에 대해 네게
보복하지 않는다면, 그는 더는 남자들 가운데 속하지 않을 것이다.

아드메토스   이제 꺼지시오, 당신도, 그리고 당신과 함께 살아온 여인도!
그리고 자식이 있지만, 당신들에게 걸맞은 대로, 자식 없이   735
늙어가시오. 당신들은 이제 나와 같은 지붕 밑으로
들어갈 일이 없으니. 만일 내가 공식 선언을 통해 당신의 가문이
내 아버지 가문이란 걸 부정할 수 있다면, 나는 부정했을 것이오.
(페레스 퇴장)
(하인들에게) 우리는, 발 앞에 닥친 불행을 견뎌야만 하니,
나아가자, 시신을 장작더미 위에 안치해야 하니.   740

코로스   아아, 아아, 용기에 있어서 굳건했던 여인이여,
오, 고귀하고 월등히 뛰어났던 여인이여,
평안하시라! 저승의 헤르메스와 하데스께서

---

174   이올코스 왕. 영웅들에게 아르고호 모험을 시켰던 펠리아스의 아들이자, 그 모험의
참여자. 알케스티스의 오라비.

당신을 호의적으로 받아주시길! 만일 그곳에서도 훌륭한 이들에게
뭔가 더 많은 것이 주어진다면, 이런 것을 몫으로 받아   745
하데스의 신부 곁에 자리 잡으시길!

(모두 퇴장)

(하인 등장)

하인   (혼잣말로) 나는 벌써 많은 손님을, 그것도 온갖 나라에서
        아드메토스 님의 집으로 온 사람들을 보아왔고,
        그들에게 식사를 제공했지. 한데 이번 손님보다
        더 악랄한 자는 결코 이 집의 화로로 받아본 적이 없네.   750
        이자는 우선 주인이 고통을 당하는 걸 보면서도
        들어서는 감히 문지방을 넘어섰지.
        다음으로, 주인집의 재난을 알았으면서도,
        접대 음식을 주는 대로 절제 있게 받아먹을 것이지,
        그러기는커녕 우리가 뭔가 안 가져다주면 가져오라고 성화를
해댔지.   755
        그러고는 손에 담쟁이를 두른 잔을 쥐어 들고,
        검은 포도송이에서 태어난 술을 물도 섞지 않은 채 들이켜고 있네,
        포도주의 불길이 그를 휘감아서

뜨겁게 달굴 때까지. 머리에는 도금양 가지로 화관을 두르고,
음악도 아닌 것을 꽥꽥대면서. 그래서 두 가지 가락이 들리게
되었지.   760
　　한편에선 저자가, 아드메토스 집안의 재난은 전혀 존중치 않고
노랠 불러젖혔고, 다른 한편에선 우리 하인들이 여주인을 위해
울고 있었으니까. 하지만 손님에게 물기에 젖은 눈을
보여주진 않았지. 아드메토스 님이 그렇게 명하셨으니까.
그리고 나는 지금 집 안에서 손님을   765
모시는 참이지, 웬 막돼먹은 도둑놈이자 날강도를.
한데 우리 마님은 집을 벗어나 떠나가셨고, 나는 따라가면서
손을 뻗어 내 여주인을 위해
애곡하지도 못했네. 그녀는 나와 하인들 모두에게
어머니였는데. 그분은 수많은 나쁜 일을 막아주시곤 했지,   770
남편의 역정을 누그러뜨리며. 그러니 내가 저 나그네를,
불행 속에 도착한 자를 미워하는 게 정당한 것 아닌가?

(헤라클레스 등장)

헤라클레스　이 사람아, 뭘 그리 엄숙하고 걱정스레 보고 있나?
　　　　　시중드는 사람은 손님에게 음울한 표정을 보여서는
　　　　　안 되네, 살가운 마음으로 대접해야지.   775

그런데 자네는 주인의 친구 되는 사람이 곁에 있는 걸 보면서도

밉살스런 표정으로 인상을 찌푸리고

맞이하고 있네, 이 집 바깥의 고통에 너무 열심을 보이면서 말이지.

자, 이리 오게나, 자네가 좀 더 현명한 자가 되도록.

자네는 인간의 일이라는 게 어떤 건지 아는가?   780

아마 모르겠지. 사실 자네가 어찌 알겠나? 그러니 내 말을

들어보게.

　　모든 인간은 죽음을 빚지고 있다네,

　　그리고 인간 중 누구도, 내일까지

　　자기가 살아 있을지 아는 이가 없다네.

　　운이 어디로 나아갈지는 분명치 않아서,   785

　　그것은 가르칠 수도 없고 기술로 포착할 수도 없다네.

　　그럼, 이걸 듣고 내게서 배웠으니

　　마음을 가볍게 가지게나. 자, 마시게, 삶이란 그저 하루씩만

　　자네 것이고, 나머지는 운수에 달렸다고 생각하게나.

　　그리고 신들 가운데 인간에게 월등히 으뜸으로 달콤하신   790

　　퀴프리스[175]를 존중하게나, 그 여신은 호의적인 분이니.

　　다른 모든 것은 내버려두고, 내 말을

　　따르게나, 내가 자네에게 올바른 말을 하는 걸로 보인다면 말이지.

175　아프로디테.

아마 그렇게 보이겠지? 그러니 지나친 슬픔일랑 던져버리고

나와 함께 마시지 않겠나, [이런 불운은 벗어던지고,   795

화관으로 두른 채로]¹⁷⁶? 그리고 내 확실히 알지,

술잔의 오고 감이 내리 덮치면, 그것은 자네를 지금의

음울한 표정과, 마음 뒤엉킨 데서부터 풀어주리라는 것을 말이야.

인간 된 존재라면 인간의 것을 생각해야 하는 법이네.

적어도 자네가 나의 판단을 따른다면 말이지, 엄숙하고   800

인상 찌푸린 자들 모두에겐

그 삶이 진정한 삶이 아니고, 재앙인 걸세.

하인   그건 우리도 잘 아는데요, 지금 우리 처지가

         잔치도 웃음도 어울리지 않는 상황이라고요.

헤라클레스 죽은 여인은 다른 집 여자 아닌가? 지나치게   805

         슬퍼하지 말게나. 이 집의 주인들은 살아 있으니.

하인   어떻게 살아 있어요? 당신은 이 집에 닥친 불행을 모른단 말이어요?

헤라클레스 혹시 당신 주인이 내게 뭔가 속인 게 아니라면 말이지.

하인   그분은 지나치고 지나치게 손님에게 친절해요.

176   [ ] 안의 구절은, 829, 832행을 약간 변형해서 조합한 것이어서, 후대에 잘못 끼어들어 간
      것이라 보는 학자들이 많다.

헤라클레스 외부인이 죽었다고 해서, 내가 잘 대접받으면 안 된다는 건가? 810

하인 하지만 그녀는 아주 정말로 지나치게 외부인이었죠.

헤라클레스 정말로, 뭔가 재난이 있는데도 그가 내게 말을 안 해준 건
아니겠지?

하인 편하게 지내세요. 주인들의 불행은 우리에게나 문제이니까요.

헤라클레스 그 말은 집 밖의 고통에 대한 언급이 아니로군!

하인 아니지요. 만일 그랬더라면 당신이 술 취한 걸 보아도 제가 성내지
않았을 테니까요. 815

헤라클레스 그럼, 내가 친구에게 된통 당했다는 건가?

하인 당신은 집으로 받아들여지기에 합당한 때에 오신 게 아니어요.
[우리에겐 슬픈 일이 있으니까요. 당신도 짧은 머리와
검은 옷들을 보시잖아요.

헤라클레스   한데 죽은 사람이 누구인가?]

〈헤라클레스〉 아이들 중 하나나 노인이신 아버지가 죽어 떠난 건 아니잖나? 820

하인 그러니까요, 아드메토스의 부인께서 돌아가신 겁니다, 손님.

헤라클레스 무슨 소린가? 그런데도 자네들은 나를 대접하고자 했단 말인가?

하인 그분은 당신을 이 집에서 밀쳐내는 걸 부끄러워했으니까요.

헤라클레스 오, 불행한 이! 당신은 어떠한 아내를 놓친 것인가요!

하인 그녀뿐만이 아니라, 우리 모두가 죽은 것이지요. 825

헤라클레스   나도 물론 그의 눈물 젖은 눈과 짧은 머리와

표정을 보고 알아차리긴 했었는데, 그가 다른 집 사람의

시신을 무덤으로 나르는 중이라고 말하면서 나를 설득했었지.

나는 내키지 않는 마음을 억누르고 이 집의 문턱을 넘은 다음,

손님에게 친절한 이 사람의 집에서 술을 마셔댔지,   830

그가 이런 일을 당하는 중이었는데. 그런데도 내가 지금 머리에 화관을

두르고서 흥청거리고 있단 말인가? (하인에게) 한데, 여보게! 자네가 그런 큰

불행이 집안에 드리워져 있는데도 내게 말하지 않았으니 말이지,

그녀를 어디서 장례 지내고 있는가? 내가 어디로 가야 그를 찾을

수 있겠나?

하인   곧장 라리사로 향하는 길 쪽으로   835

도시 바로 바깥에서 반들반들한 무덤을 볼 수 있을 것입니다.

헤라클레스   (혼잣말로) 오, 많은 것을 견뎌낸 나의 마음과 손이여,

이제 저 티륀스의 여인, 엘렉트뤼온의 딸 알크메네가

제우스께 어떤 아들을 낳아주었는지 보여주어라!

이제 나는 방금 죽은 여인 알케스티스를 구해내어   840

다시 이 집 안으로 데려다 자리 잡게 하고,

아드메토스에게 은혜를 갚아야 하니 말이다.

내 가서, 검은 날개를 지닌, 죽은 자들의 지배자

타나토스를 막아내리라, 생각건대 아마도 그가 무덤 가까이서

희생 제물의 피를 마시고 있는 것을 발견할 수 있으리라.   845

그리고 내가 숨어 있던 곳에서 뛰쳐나가 그를

잡으면, 내 두 손을 둘러 감았을 때

그를 빼낼 수 있는 자 결코 없도다,

그가 옆구리 고통을 견디다 못해, 여인을 내게 넘겨주기 전에는.

하지만 내가 그 사냥감을 놓치고, 그자가   850

피 엉킨 제물에 다가오지 않는다면, 나는 저승에 있는 자들의

왕과 코레[177]의 햇빛 없는 집으로 내려가리라.

그리고 알케스티스를 위로 데려가겠노라고 청할 것이고,

그럴 수 있다고 믿노라, 그녀를 친구의 손에 건네주기 위해서.

그는 나를 자기 집으로 받아주었고 밀쳐내지 않았구나,   855

심대한 재난에 타격을 입었는데도,

고상한 사람으로서, 나를 존중하여 사실을 숨기고는.

텟살리아 사람 가운데 누가 이 사람보다 더 손님에게 친절했던가,

헬라스에 살고 있는 자 가운데 누가? 하지만 그는 고상한
사람으로서

---

177   페르세포네.

저열한 인간을 환대했다고 말하게 되진 않으리라.　　　　　　　

(헤라클레스가 나가고, 그와 엇갈려 아드메토스가 들어온다.)

아드메토스　아아,

저주스러운 길이여, 주인 잃은 방들의

고통스러운 모습이여,

아아, 내 신세, 내 신세여, 아이아이, 아이아이

나는 어디로 갈까, 어디에 멈출까, 무엇을 말할까, 또 무엇을 말하지

말까?

어떻게 하면 죽을 수 있을까?

진정 어머니는 나를 불운한 운명을 지닌 자로 낳았구나!　　　　865

스러진 이들이 부럽구나, 저들이 그립구나,

정말로 저들의 집에 살고 싶구나!

나는 햇살을 보면서도 즐겁지 않고,

땅 위로 발길을 옮기면서도 즐겁지 않으니 말이다.

그러한 여인을 타나토스는 내게서 빼앗아　　　　　　　　　　870

하데스에게 인질로 건네주었구나!

(좌1)

코로스　나아가소서, 나아가소서, 집 안 깊은 곳으로 들어가소서.

아드메토스	아이아이!
코로스	그대는 애곡할 만한 일을 당하셨습니다.
아드메토스	오오!
코로스	당신은 정말 고통스러운 일을 지나오셨습니다, 저도 잘 압니다.
아드메토스	아아, 아아!
코로스	그러시는 것은 저승으로 가신 여인께 아무 도움도 되지 않습니다.

875

아드메토스	아아, 내 신세, 내 신세!

코로스	사랑하는 그대 아내의 얼굴을 결코 다시
	마주 보지 못하는 것은 슬픈 일이지요.

아드메토스	그대는 내 마음을 아프게 하는 것을 상기시켰소.
	왜냐하면, 신실한 아내를 놓치는 것보다 남편에게
	더 큰 불행이 무엇이겠소? 차라리 그녀와 결혼해서
	이 집에 함께 살지 않았더라면 좋았겠소.
	나는 인간 중에 결혼하지 않고 자식도 없는 이들이 부럽소.
	그들에게 속한 목숨은 하나이고, 그것을 위해 걱정하는 건
	그저 적절한 부담일 뿐이니 말이오.
	반면에 아이들이 아픈 것과 그들의 결혼 침상이
	죽음에 약탈당하는 것을 보는 건

880

885

380

견딜 수 없는 일이오, 온 생애 동안
자식 없이 결혼 않고 살 수도 있는데 말이오.

(우1)

코로스 　　맞서 싸울 수 없는 불운이, 불운이 닥쳤습니다.

아드메토스 　아이아이!

코로스 　　그대는 결코 고통의 한계를 정할 수 없습니다. 890

아드메토스 　오오!

코로스 　　견디기 어려운 일입니다만, 그래도…….

아드메토스 　아아!

코로스 　　버텨내십시오. 그대는 잃어버린 첫 번째 사람도 아닙니다…….

아드메토스 　아아, 내 신세, 내 신세여!

코로스 　　아내 잃은 첫 사람이. 필멸의 인간들 각자에게는
　　　　　　저마다 다른 재난이 나타나 괴롭히는 법입니다.

아드메토스 　오, 땅 아래 있는 사랑하는 이들에 대한 895
　　　　　　크나큰 고통과 슬픔이여!
　　　　　　그대는 왜 내가 무덤의 우묵한 구덩이 속으로
　　　　　　몸을 던져, 월등하게 으뜸인 저 여인과 함께
　　　　　　죽어 눕는 것을 막았습니까?

그랬더라면 하데스는 한 영혼 대신 가장 충실한   900
두 영혼을 묶어 가졌을 텐데 말입니다, 함께
저승의 호수를 건너온 두 영혼을.

(좌2)

코로스　　　나의 친척 중에 이런 이가 하나
있었습니다, 그에게 하나뿐인 아들이, 그 죽음에
애곡해 마땅할 젊은이가 집 안에서   905
죽었지요. 하지만 그는
그 불행을 온전하게 절제 있게 견뎌내었죠, 자식 없이
백발이 되고
이제 깊숙한 노령을 향해   910
기울어가는데도.

아드메토스　오, 집 안의 모습이여, 내 어찌 들어가리오,
어떻게 거기에 살리오, 행운이 바뀌어
떨어졌으니! 아아, 중간에 정말 많은 일이 있었지.
예전에 펠리온산의 소나무 횃불과 더불어,   915
결혼 축가와 더불어, 사랑하는 아내의
손을 부여잡고 안으로 들어갔었지.
요란하게 외치는 잔치꾼 무리가 뒤따랐고,

사람들은 저 죽은 여인과 나를 축복했었지,
훌륭한 조상을 두고, 양가 모두 으뜸인 집에서   920
태어나 우리 둘이 한데 묶였다고.
한데 이제 결혼 축가와는 반대되는 만가(輓歌)가,
흰 의상 대신 검은 상복이
나를 안으로 데려가는구나,
비어버린 결혼 침상으로.   925

(우2)

코로스   이 고통은 행운 가운데 있던
         당신에게, 불행을 겪어본 적 없는 당신에게
         닥쳐왔습니다. 하지만 그대는 생명과 목숨을
         구해냈습니다.
         당신의 아내는 죽었고, 당신의 사랑에서 떠나갔습니다.   930
         이게 무슨 새로운 일인가요? 벌써 많은 사람을
         죽음이 그들의 아내로부터
         떼어놓았습니다.

아드메토스 친구들이여, 나는 아내의 운이 내 것보다   935
         더 낫다고 생각하오, 겉보기엔 그렇지 않은 듯하지만 말이오.
         이제 그 어떤 고통도 그녀에게 닿지 않을 것이고,

그녀는 명예롭게 많은 괴로움을 놓아 보냈으니까요.

반면에 나는, 살아서는 안 되는 사람이었는데, 운명을 피하여

괴로운 삶을 이어갈 것이오. 나는 이제야 깨닫고 있소.   940

왜냐하면 이 집으로 들어가는 걸 내가 어찌 견디겠소?

누구에게 말을 건네고, 누구에게서 말을 건네받으며

즐겁게 들어갈 수 있겠소? 또 어디로 돌아서겠소?

우선 집 안에서는 쓸쓸함이 나를 몰아낼 테니 말이오,

아내 없는 침상을 내가 볼 때면,   945

그리고 그녀가 앉곤 하던 의자들과, 온 집 안에 걸쳐

먼지투성이 바닥을 볼 때면. 그리고 아이들이 무릎 앞에 쓰러져

엄마를 찾으며 울 때면, 또 하인들이 집으로부터

어떤 여주인을 잃었는지 탄식할 때면.

집 안의 일은 이러하고, 집 밖에서는 또 나를   950

텟살리아인들의 결혼식과 여자들로 가득한

모임들이 몰아낼 것이오. 나는 내 아내의 동년배들을

보는 걸 견뎌내지 못할 테니 말이오.

게다가 혹시 누가 나와 적대하게 되면, 이렇게 말할 것이오.

'저 부끄럽게 살아 있는 자를 보라, 그는 죽음을 감수하지 못하고,

                                                        955

비겁하게도 자기가 결혼한 여자를 대신 주고서

하데스를 피했도다! 그러고도 남자로 보이긴 하는 걸까?

한데 그는 자기 부모님을 미워한다지, 자신은 죽기를
원치 않으면서 말이야.' 나는 다른 불행에 더해서 이런 소문까지
얻게 될 것이오. 그러면 삶이 내게 더 무슨 이득이 되겠소,
친구들이여,   960
　나쁜 말을 듣고 비참하게 살아가는 나에게?

(좌1)

코로스　　나는 무사 여신들의 예술도 섭렵하고
　높은 지식을 두루 경험했으며,
　많고 많은 이론들을 접해보았지만,
　필연보다 강한 것은 결코   965
　보지 못했네. 그것을 치유할 약은
　오르페우스의 목소리를 적은
　트라케의 서판에서도
　찾아볼 수 없었네, 또한 포이보스께서
　여러 고통에 시달리는 인간들을 위해   970
　아스클레피오스 일족에게 주신
　처방의 약물들 가운데서도.

(우1)

　이 여신에게만 유일하게

우리가 찾아갈 제단도 목상(木像)도
없으며, 이 여신은 제물에도 주의를 기울이지 않도다.   975
여주인이시여, 내게는 이전의 삶에서보다
더 큰 모습으로 다가오지 마소서.
제우스조차도 당신과 더불어
고개 끄덕이신 그 일을 이루시기 때문이어라.
당신은 칼뤼베스인들의 무쇠조차   980
힘으로 제압하시며,
당신의 엄혹한 의지에는
그 어떤 것에 대한 존중도 없음이라.

(좌2)
한데 그 여신께서 그대를 피할 길 없는 손의 결박 속에 붙드셨도다.
하지만 견디시라. 그대는 애곡으로써 죽은 자들을   985
결코 아래에서 위로 끌어 올릴 수 없을 터이니.
신들의 자식들조차 죽음 속에
스러져 어둠의 존재가 되었음이라.   990
그 여인은 우리와 함께 있을 때도 사랑받았고,
죽어서도 여전히 사랑받으리니,
그대는 모든 여인 가운데 가장 고상한 그녀를
혼인의 침상에 의해 아내로서 그대와 묶었소이다.

(우2)

그대 아내의 무덤이 스러져간 사자(死者)의 처소로   995

여겨지게 하지 마시라, 오히려 신들처럼

존경받게 하시라, 길 가는 사람들의 경배 대상이 되도록.

그러면 가파른 그 길로 들어선 사람은   1000

이렇게 말하리로다.

"옛날 이 여인은 남편을 위해 죽었으며,

이제는 행복을 주는 신이 되었구나.

오, 여주인이시여, 평안하시라, 그리고 우리에게 좋은 것을

허락하시라!"

그들은 이러한 말을 그녀에게 건넬 것이라.   1005

(헤라클레스 등장)

그런데 아드메토스여, 저기 알크메네의 아들이

아마도 그대의 화덕을 향해 다가오는 것 같군요.

헤라클레스 아드메토스여, 사람은 친구를 향해 자유인답게 솔직히

말해야 하고, 가슴속에 조용히 꾸짖음을 숨겨 지니면

안 되는 법이오. 나는 친구로서 당신의 불행에   1010

가까이 곁에 서서 지켜볼 자격이 있었소이다.

하지만 당신은 자신의 아내가 죽어서 누워 있는 것을

괘념치 않고, 나를 집 안으로 들여 접대하고자 하셨소,

다른 집의 재난 때문에 바쁜 일이 있다면서.

그래서 나는 머리에 화관을 두르고는, 불행을 만난   1015

당신의 집 안에서 신들께 헌주를 부어 바쳤다오.

그래서, 나는 이런 짓을 당했으므로 일단 당신을 비난하고

비난하오.

하지만 당신이 이 불행 속에서 더 괴로워하기를 바라는 건

아니라오.

그건 그렇고, 내가 몸을 돌려 다시 이리로 온 까닭을

말하리다. 이 여인을 데려다가 나를 위해 맡아주시오,   1020

내가 비스토네스인들의 왕을 죽이고서,

트라케의 말들을 이끌고 이리로 올 때까지.

한데 혹시 내가 만나고 싶지 않은 일을 당한다면(나는 귀환을

기원하니 말이오.),

이 여인이 당신 집안일을 돌보게끔 당신에게 넘기겠소.

그녀는 내가 큰 고생을 해서 손에 넣었다오.   1025

어떤 이들이 모든 이에게 개방된 시합을 개최한 걸

발견하고는, 선수에게 걸맞은 노역인지라,

거기서 이 여인을 승리의 상으로 얻어서

데려오는 참이라오. 왜냐하면 가벼운 경기의 승자들은

말을 데려가도록, 그리고 권투나 레슬링같이 좀 더 큰 경기의   1030
승자들은 소 떼를 가져가도록 되어 있었으니 말이오.
여인은 이것들에 덧붙여진 상이었소. 그런데 마침 거기 있었던 내게
이 명예로운 상을 그냥 지나치는 것은 부끄러운 일이었소.
어쨌거나, 내가 말한 대로 그대는 이 여인을 돌봐주셔야 하오.
나는 이 여인을 도둑질한 게 아니고, 애를 써서 얻어가지고   1035
이리 왔으니 말이오. 그리고 시간이 지나면 아마 그대도 나를
칭찬하게 될 것이오.

아드메토스   제가 제 아내의 불행한 운명을 숨긴 것은, 그대를
　　　존중치 않아서도 아니고, 그대를 수치에 빠뜨리기 위해서도
　　아니었습니다.
　　　그보다는 그대가 다른 어떤 주인의 집을 향해 떠나시면,
　　　그것이 이미 있는 고통에 덧붙어 또 하나의 고통이 될 것
　　같아서였죠.   1040
　　　저의 재난은 저 혼자 슬퍼하는 것으로도 충분했습니다.
　　　한데 그 여인은, 혹시 가능하다면, 왕이시여, 당신께 간청합니다만,
　　　텟살리아인들 가운데 저와 같은 일을 당하지 않은
　　　어떤 다른 사람이 맡도록 시키시지요. 페라이 사람들 가운데는
　　　당신의 친구들이 많이 있으니까요. 제게 불행을 상기시키지
　　말아주십시오.   1045

저로서는 이 여인을 집 안에서 보면서 눈물 흘리지
않을 길이 없을 것입니다. 이미 앓고 있는 저에게 병을
덧붙이지 말아주십시오. 저는 이미 재난으로 충분히 짐이
무거우니까요.

게다가 젊은 여인이 집 안 어디에 머물 수 있겠습니까?
옷과 치장으로 보아 그녀는 젊은 게 분명하니 말입니다.　　　　1050
우선, 그녀로 하여금 남자들과 같은 지붕 아래 머물도록
하겠습니까?

그러면 그녀가 젊은이들 사이에서 운신하면서 어떻게 손을 타지
않겠습니까? 한창때 젊은이들을 통제하는 것은, 헤라클레스여,
쉬운 일이 아닙니다. 그런데 저는 당신을 위해 돌볼 책임이
있습니다.

아니면 그녀를 죽은 여인의 방으로 들여보내 돌볼까요?　　　　1055
하지만 제가 어떻게 그녀를 저 여자의 침상 위에 눕게 하겠습니까?
저는 이중의 비난이 두렵습니다. 하나는 대중에게서 오는 것입니다,
혹시 누가, 제가 은인인 여자를 배반하고 다른 여자의
침상으로 몸을 던졌다고 비난할까 하는 것이지요.

게다가 저는 저 죽은 여인에 대해서도 많은 주의를 기울여야
합니다.　　　　1060

그녀는 저의 존중을 받을 자격이 있지요. (여자를 향해) 한데, 오,
여인이여,

그대가 대체 누구건 간에, 그대는 알케스티스와 똑같은 생김새를
지녔음을 알아두시오. 게다가 몸매도 비슷하구려!
(헤라클레스에게) 아아, 신들의 이름으로 청하건대, 이 여인을 제
눈으로부터
멀리 치워주시오, 이미 타격받은 제게 타격을 더하지 않도록.   1065
저는 이 여인을 보면서 제 아내를 보는 것 같으니
말입니다. 그녀는 제 가슴을 휘젓고, 저의 눈에선
샘물 같은 눈물이 터져 나옵니다. 오, 불행한 나여!
이제 와서 나는 이 쓰라린 고통을 맛보는구나!

코로스   저로서는 운수의 변화에 대해 좋게 말할 수가 없군요.   1070
하지만 신께서 주신 것은, 그게 무엇이든 받아 견뎌야 합니다.

헤라클레스   내가 그대의 아내를 저승의 집으로부터 햇빛 속으로
데려다가, 그녀를 그대에게 호의로 넘겨줄 수 있는
그런 능력을 가지고 있다면 좋을 텐데!

아드메토스   저도 당신이 바라는 걸 잘 압니다. 하지만 그런 바람에 무슨 득이
있을까요?   1075
죽은 자가 빛으로 돌아오는 것은 불가능합니다.

헤라클레스 너무 격하게 굴지 마시고, 절제하시오.

아드메토스 옆에서 격려하는 건, 고통을 당하고서 맞서는 것보다 쉬운 일이죠.

헤라클레스 하지만 계속해서 탄식한다고 해서 무슨 득이 있겠소?

아드메토스 저도 잘 압니다만, 어떤 욕구가 저를 몰아갑니다.　　　　1080

헤라클레스 죽은 자에 대한 사랑이 눈물을 불러서 그런 거요.

아드메토스 그녀는 제가 말할 수 있는 것 이상으로 저를 죽였습니다.

헤라클레스 그대는 훌륭한 아내를 잃었소, 그걸 누가 부정하겠소?

아드메토스 그렇게 해서 이 사람은 더는 삶을 즐기지 못하게 되었죠.

헤라클레스 시간이 불행을 누그러뜨려 줄 것이오, 아직은 그게 생생하지만. 1085

아드메토스 그 '시간'이란 게 죽음이라면, 시간에 대해 그렇게 말할 수 있겠죠.

헤라클레스 여인과 새로운 결혼이 그대의 그리움을 멎게 할 것이오.

아드메토스 조용히 하십시오. 무슨 말씀이십니까? 그러실 줄은 생각도 못
　　　　　했습니다.

헤라클레스 대체 왜 그러시오? 정말로 결혼하지 않고 침대를 비워두실 작정이오?

아드메토스 저와 함께 잠자리에 들 여자는 결코 없습니다.　　　　1090

헤라클레스 그게 죽은 여인에게 뭔가 득이 되리라 생각하는 건 아니겠지요?

아드메토스 그녀는 어디에 있든지 간에 존중을 받아야만 합니다.

헤라클레스 나로선 칭찬하고 또 칭찬합니다만, 그대는 어리석다는 평판을
　　　　　자초하는 거요.

[아드메토스 그대가 나를 결코 신랑이라고 부르게 되지 않으리란 점을
　　　　　칭찬하십시오.

헤라클레스 나는 그대가 배우자에게 충실한 친구라는 점을 칭찬하오.]¹⁷⁸ 1095

아드메토스 그녀가 살아 있는 건 아니지만 그녀를 배신하느니, 차라리
　　　　　죽겠습니다.

헤라클레스 그럼 이제 그대의 고상한 방식대로 이 여인을 집 안으로
　　　　　받아들이시오.

아드메토스 그러지 마십시오, 그대에게 생명을 주신 제우스의 이름으로
　　　　　간청합니다.

헤라클레스 하지만 이 일을 행치 않으면 그대는 실수하시는 게 될 것이오.

아드메토스 하지만 그걸 행하면 저는 괴로움으로 가슴이 찢어질 것입니다. 1100

헤라클레스 따르시오, 곧 이 호의가 마땅히 했어야 하는 일로 드러날 테니.

아드메토스 아아, 그대가 경쟁에서 이겨 이 여인을 얻어 오지 않았더라면
　　　　　좋았을 것을!

헤라클레스 하지만 그대도 승자인 나와 함께 공동으로 승리를 누리는 거요.

아드메토스 좋은 말씀입니다만, 그 여인은 다른 데로 떠나보내시지요.

헤라클레스 필요하다면 떠나갈 것이오, 하지만 우선 그게 필요한지
　　　　　살펴보시오. 1105

아드메토스 필요하지요, 물론 당신이 제게 화를 내지 않으신다면 말입니다만.

헤라클레스 나도 뭔가 아는 바가 있어서 이렇게 열심히 권하는 거요.

178 이 두 행은 후대의 삽입이므로 삭제해야 한다는 주장이 우세하다. 1094행은 331행을
　　조금 바꾼 것이고, 1095행은 한 줄씩 말하기의 틀을 맞추기 위해 들어간 것이라는
　　해석이다. 1094행의 희랍어 구문도 불완전하다.

아드메토스 그럼 그대가 이긴 걸로 하죠. 하지만 제게 전혀 즐겁지 않은 일을
　　　　　하시는 겁니다.

헤라클레스 아니, 그대가 나를 칭찬하게 될 일이오. 그저 따르시오.

아드메토스 (하인들에게) 데려가라, 꼭 이 여인을 집으로 맞아들여야 한다면.

1110

헤라클레스 여인을 그대 하인들에게 맡기면 아니 되오.

아드메토스 원하신다면 그대 자신이 그녀를 집 안으로 인도하시지요.

헤라클레스 나로서는 그녀를 그대 손에 맡길 것이오.

아드메토스 저는 손댈 수 없습니다. 하지만 그녀가 집으로 들어가는 건
　　　　　가능합니다.

헤라클레스 나는 단지 그대의 오른손만을 신뢰하오.　　　　　　　　1115

아드메토스 왕이시여, 그대는 이 일을 하고자 원치 않는 저를 강요하시는군요.

헤라클레스 인내심을 갖고서 손을 뻗어 이 여인에게 손을 대시오.

아드메토스 손을 뻗기는 합니다만, 고르곤의 머리를 베기 위해서인 듯합니다.

[헤라클레스　　　　　　　　잡으셨소?

아드메토스　　　　　　　　　　　　예, 잡았습니다.

헤라클레스　　　　　　　　　　　　　　　　그럼, 잘 데리고 있으시오,
　　　　그리고 그대는
　　　　앞으로 제우스의 아들이 훌륭한 손님이라고 말하게 될 것이오.][179]

179　1119~1120행이 전체적인 대화의 흐름에 방해가 된다고 보아 삭제해야 한다는 의견도
　　　있지만, 이와 비슷하게 한 행을 세 조각으로 나눈 사례가 이미 391행, 알케스티스의 죽음

(여인의 베일을 벗기며) 이 여인을 보시오, 혹시 그대의 아내와 비슷하게

보이는지. 그리고 괴로움을 그치고 즐거움으로 돌아서시오.

아드메토스 오, 신들이시여! 뭐라 말해야 할까요? 이는 예상 밖의 놀라운 일입니다!

제가 정말 제 아내를 보고 있는 걸까요,

아니면 신이 보낸 어떤 거짓된 즐거움이 제 정신을 나가게 한

걸까요?

헤라클레스 그렇지 않소, 그대는 부인을 보고 계시는 거요.

아드메토스 하지만 혹시 이게 저승 존재의 환영일지 모르니 조심하십시오.

헤라클레스 그대는 나를 손님으로 맞을 때 심령술사를 들인 게 아니라오.

아드메토스 하지만 저는 방금 묻은 제 아내를 보고 있는 것 아닌가요?

헤라클레스 확실히 그렇소. 하지만 그대가 이 행운을 믿지 않는 것도 놀랍지

않소.

아드메토스 살아 있는 제 아내에게 하듯 손을 대고, 말을 걸어도 되나요?

헤라클레스 말을 걸어보시오. 그대는 원하던 모든 것을 갖고 있으니 말이오.

장면에도 쓰였으므로 삭제하면 안 된다는 주장도 있다.

아드메토스   오, 가장 사랑하는 여인의 얼굴과 모습이여,

　　　나는 전혀 뜻밖에 그대를 되찾았소, 결코 다시 보게 되리라고

　　　생각지 않았는데.

헤라클레스   그대는 되찾았소. 하지만 신들의 질시가 생겨나지 않기를!　　1135

아드메토스   오, 가장 크신 신 제우스에게서 고귀하게 태어나신 아들이여,

　　　행복을 누리시길! 그리고 그대를 낳으신 아버지께서 그대를

　　　보호하시길! 그대만이 나의 운수를 다시 일으키셨으니.

　　　그런데 그대는 어떻게 이 여인을 저 아래에서 이 햇빛 속으로

　　　데려오셨습니까?

헤라클레스   신들 가운데 그녀를 차지한 자와 맞붙어 싸웠다오.　　1140

아드메토스   어디서 타나토스와 그런 싸움을 치렀다는 말씀이신지요?

헤라클레스   바로 무덤 곁에서요. 숨어 있다가 두 손으로 붙잡았던 거요.

아드메토스   그런데 이 여인은 왜 아무 말도 없이 서 있는 건가요?

헤라클레스   그대는 이 여인이 말하는 걸 들을 수 없도록 되어 있소,

　　　그녀가 저승의 신들에게 거룩하게 바쳐진 데서　　1145

　　　풀려날 때까지, 그리고 세 번째 날이 돌아올 때까지.

어쨌든 이 여인을 안으로 데려가시오. 그리고, 아드메토스여,
앞으로도 정의롭게 살면서, 손님들을 경건하게 대하시오.
그럼, 잘 지내시오. 나는 가서, 폭군인 스테넬로스의 아들[180]을 위해
앞에 놓인 노역을 완수할 것이오.   1150

아드메토스 저희 집에 머물러, 같은 화덕 곁에서 지내시지요.
헤라클레스 나중에 그러게 될 것이요, 하지만 지금은 서둘러 가야 하오.

아드메토스 그러면, 행운을 누리시길, 그리고 얼른 내달려 돌아오시길!
(백성들에게) 도시와 온 나라 네 구역에 명하노니,
이 좋은 행운을 축하하여 가무단을 구성하고,   1155
제단들에 신들께 바치는 황소 제물로써 연기를 솟게 하라.
이제 우리가 이전보다 행복한 삶으로 돌아섰기
때문이라. 나는 진정 행복하다는 것을 부인하지 않겠노라.

코로스 놀라운 일들은 여러 형태를 가졌으며,
신들은 예상치 못한 많은 것을 이루신다.   1160
그러리라 싶은 것들은 이뤄지지 않는 반면,
분간치도 못하던 것들의 길은 신께서 찾아내신다.

---

180 에우뤼스테우스.

이 일도 이와 같이 이루어졌도다.[181]

181 이 마지막 5행은 「안드로마케」, 「헬레네」, 「박코스의 여신도들」을 끝맺는 데도 사용되었고, 첫 줄이 약간 다르긴 하지만 「메데이아」도 마찬가지로 끝난다. 학자들은 이 구절들이 애당초 「알케스티스」를 위해 만들어진 것이 아닌가 보고 있다. (현재까지 전해지는 에우리피데스의 작품 중 「알케스티스」가 가장 오래된 것이다.)

작가 연보

BC 480년경	아테나이에서 출생
455년	도시 디오뉘시아 비극 경연 최초 출품
441년	비극 경연 대회 첫 우승(작품명은 알려져 있지 않음)
438년	「알케스티스」 상연(소포클레스가 우승함)
431년	「메데이아」 상연(3등)
428년	「힙폴뤼토스」 상연(우승)
416년경	「엘렉트라」 상연
408~406년	「박코스의 여신도들」과 「아울리스의 이피게네이아」 집필(저자 사후에 공연하여 우승)
407/6년	마케도니아에서 사망

에우리피데스

작품에 대하여

1 에우리피데스 비극의 특징

에우리피데스는 매우 지적인 작가여서, 그의 작품을 그저 감성만으로 대하면 그 참된 가치를 알아채기 힘들다. 그는 자신이 문학의 역사라는 긴 흐름 속에 있다는 것을 의식하고 관객/독자들도 그것을 함께 느끼도록 하고 싶었던 듯하다. 그는, 말하자면 이야기의 자연스러운 흐름을 중시하는 '아리스토텔레스 시학'(에우리피데스는 아리스토텔레스보다 3세대 정도 앞서 살았으니, 조금 이상한 표현이기는 하다.)에 대항하여, 거의 '브레히트 시학'을 주창한 사람이라 할 수 있다. 에우리피데스의 작품에는 어떤 인위성이 있는데, 그걸 숨기지 않고 오히려 거의 과시했다는 의미에서다.

먼저 그 인위성을 구성하는 두 가지 특징을 보자. 우선 '설명적 도입부'. ('도입부'라는 용어는 그다지 인상적이지 않아서 나도 좀 고민이 되지만, 더 나은 번역어를 찾지 못해 그냥 이 말을 쓰고 있다. 이것은 희랍 비극에서 '첫 합창이 나오기 전의 부분'을 가리키는 prologos라는 말을 옮긴 것으로, 원래는 상당히 전문적인 의미를 지닌 용어다.) 에우리피데스는 그 도입부에서 첫 번째 등장인물로 하여금, 이제 막 관객이 볼 내용 이전에 어떤 일이 있었는지, 앞으로 사건이 어떻게 전개될 것인지 상세히 설명하게 만들었다.

(이런 설명을 미리 듣고도 정작 독자가 직접 읽어보면 그다지 대단한 특징으로 느껴지지 않을 수 있는데, 나로서는 그 도입부에 얼마나 많은 고유명사가 나오는지 헤아려보라 권하고 싶다. 지명과 인명이 빼꼭해서 신화에 익숙하지 않은 독자라면 각주를 읽느라고 본론에 들어가기도 전에 진이 다 빠질 지경이다. 이렇게 고유명사가 많이 나온다는 것은 이 부분에 담긴 정보의 양이 대단하다는 뜻이다.)

그러면 에우리피데스가 이런 장치를 선택한 이유는 무엇인가? 비극 작가들은 모두 신화의 내용을 소재로 삼았다. 그래서 후대로 갈수록 사용 가능한 신화가 줄어든다. 이미 남들이 이용한 이야기를 다시 쓰기는 힘들기 때문이다.

그래서 에우리피데스는 다른 방법을 사용했다. 신화를 자기 식으로 바꾼 것이다. (물론 다른 작가들도 크든 작든 비슷한 일을 하긴 한다.) 하지만 그럴 경우 관객이 이야기를 따라올 수 없는 경우도 있다. 그래서 그 어려움을 넘어서기 위해 발명한 것이 이런 식의 설명적인 도입부이다.

아직 이 장치에 대해 설명할 게 더 있지만, 우선 이것과 연결된 다른 특성을 먼저 보자. 작품의 맨 마지막에 나오는 '기계장치에 의한 신(deus ex machina)'이 그것이다. 시인은 자기가 새로 만든 상황에 따라 이야기를 진행시켜 왔지만, 마지막에는 관객이 이미 알고 있는 결과로 돌아가야 한다.

그래서 그는 작품 끝부분에 신을 등장시켜 사태를 정리하게 만들었다. 그 신은 기중기 같은 것을 타고 건물 위에 나타나므로 '기계장치에 의한 신'이다. 그러니까 이 장치는 '설명적 도입부'와 짝을 지어서, 에우리피데스로 하여금 전래의 신화에 구애되지 않고 자기 식의 이야기를 펼치게 해주는 수단인 것이다.

이제 다시 '설명적 도입부'로 돌아가자. 앞의 논의로는 다 해결되지 않은 대목이 남아 있기 때문이다. 에우리피데스 작품의 도입부에서는 보통 앞으로의 사건 진행이 상당 부분(때로는 거의 완전히) 소개된다는 점이다. 아니, 자기가 들려줄 얘기를 미리 누설해서 김을 빼다니? 대체 어쩌자고 작가는 스스로 '스포일러'가 되는 것일까?

한 가지 설명은, 이것이 호메로스 이래의 전통이라는 점이다. 그리고 그 전통은, 옛사람들이 오늘날의 우리와는 달리 (알프레드 히치콕 감독의 개념을 빌리자면) '서프라이즈'보다는 '서스펜스'에 가까운 쾌감을 추구했기 때문이라고 설명할 수 있다.

사건 진행 과정, 혹은 결말을 숨겼다가 갑자기 내놓아 관객/독자를 놀라게 하기보다는, 미리 그것을 조금 흘려놓음으로써 관객으로 하여금 정말 예고대로 이야기가 진행되는지, 자신이 예상한 대로 이야기가 흘러가는지 긴장해서 주목하도록 만들었다는 것이다.

하지만 에우리피데스 이전에는, 아이스퀼로스에게서도 소포클레스에게서도 이런 특징이 보이지 않으니, 이것이 꼭 전통 때문에 사용된 거라고 해야 하는지 의문이 생긴다. 그보다는 오히려 에우리피데스가 다른 효과를 추구했기 때문이라고, 그러니까 관객/독자들이 전체의 틀을 미리 갖고서 이야기를 관찰하길 원했기 때문이라고 하는 게 나을 것이다.

이런 틀을 갖고 있는 관객이라면 그냥 이야기에 몰입하기보다는 전후를 따져보는 일종의 논평자가 될 가능성이 크다. 즉, 작품을 하나의 인위적 산물로 대하게 되는 것이다. (에우리피데스로부터 2000년도 더 지나서 베르톨트 브레히트가 요구하게 될 관객의 태도이다.)

그리고 이렇게 될 때 적어도 두 가지 이점이 생긴다. 하나는 현재의 작품을 이전의 다른 작품과 비교해 볼 수 있다는 점이고, 다른 하나는 현재의 세태를 작품에 도입하는 데 부담이 적어진다는 점이다. 에우리피데스는 이 두 가지 점 모두에서 이전 작가들에게서는 없던 성과를 거두고 있다.

예를 들어, 에우리피데스가 자신의 「엘렉트라」에서 아이스퀼로스의 「제주를 바치는 여인들」 내용을 인용하고 비판할 때, 관객/독자들은 몰입해서 이야기를 듣던 입장에서 빠져나와 문학의 역사를 의식하며 두 작가의 차이를 비교하는 논평자가 된다. 그러니까 관객은 이야기 속에 빠져들어 인물들 곁에 가 있는 게 아니라, 그 이야기를 하나의 작품, 즉 인위적 산물로 의식하고 거리를 두게 되는 것이다. (바로 이것이 우리가 에우리피데스 작품에서 감동을 느끼기 어려운 이유이다. 많은 경우, 감동은 동일시에서 생긴다. 즉, 우리가 등장인물 중 하나에 자신을 투사하는 경우다.)

그뿐 아니라, 이 경우 등장인물까지도 자신이 작품 속 존재라는 걸 (거의) 의식하게 된다. 에우리피데스의 주인공인 엘렉트라가 아이스퀼로스의 '알아보기' 장면을 비판하는 순간, 이것은 곧 자신과 같은 이름을 가졌던 이전의 여주인공이 보인 순진한 태도를 비판하는 것이고, 그럼으로써 그녀는 이야기의 틀 밖으로 튀어나와 자신도 그런 작품 속 인물임을 인정하는 게 될 것이다.

에우리피데스의 작품에 늘 '설명적 도입부'와 '기계장치에 의한 신'이 짝지어 등장하는 것도 방금 말한 내용과 연결된다. 관객들은 그의 신작을 맞을 때마다 이 한 쌍의 장치가 나오는 걸 당연시하게 되고, 그 틀은 에우리피데스의 인장(印章), 또는 그만의 특별한 사인(signature)이 된다. 즉 수용자들이 그의 이야기 속에 빠져들기 이전에 그것을 특정 작가의 작업 산물이라고 의식하게 되고('또 예의 그 장치군! 역시 에우리피데스야!'), 나아가 모든 비극, 모든 문학 작품을 그런 시각에서 보게 된다는 것이다.

(다른 한편, 이 한 쌍의 장치는 에우리피데스 특유의 세계로 드나드는 입구와 출구로서, 어찌 보자면 그는 이것을 일종의 오케아노스로 이용한 것인지도 모르겠다. 오케아노스 저편에서는 무슨 일이든지 일어날 수 있다. 이 진입 장벽을 넘어 에우리피데스의 세계로 들어온 사람은, 그냥 현실도 아니고 다른 이야기들같이 전적인 몰입의 환상계도 아닌, 반쯤 꿈에 잠겨 있으면서도 그것이 꿈임을 의식하는, 흔치 않은 경험으로 들어서는 것이다.)

이 책에 묶인 작품 가운데 「알케스티스」의 마지막 구절이 다른 몇 작품에서 반복된다는 점도 이와 연관이 있을 것이다. 그것은 '에우리피데스 작품'이라는 일종의 상표다. '당신들은 에우리피데스가 지어낸 이야기를 보았소. 이제 그만 깨어나시오!'

한편 위에서 꼽은 두 가지 이점 중, 작가가 자기 시대의 상황을 작품에 반영할 수 있다는 점 역시 관객/독자의 몰입이 깨지고 작품 내용에서 거리를 두게 된다는 점과 연관이 있다. 에우리피데스는 특히 당시의 지적 풍토, 그러니까 소피스트들이 활발히 활동하고, 여러 쟁점에 대한 논의들이 매우 논리적인 방식으로 전개되던 상황을 작품에 많이 반영하고 있다.

대표적으로 「메데이아」에서, 이제 더는 사랑하지 않게 된 부부가 서로에게 누가 더 잘해주었는지 하나씩 꼽아보는 부분이다. 메데이아가, 여자가 영리하다는 평판을 얻으면 어떤 불이익이 있는지 꼽는 장면, 여자가 남자에 비해 불행하다는 근거를 차례로 제시하는 장면도 마찬가지다. 이런 논리적인 장면들은 관객으로 하여금, 작품 속에 펼쳐지는 신화적 과거가 아니라 자신들이 살고 있던 '지금 여기'를 떠올리게 하여 몰입을 저지하고, 나아가 이야기 내용에 집중하기보다는 매 순간 각 부분에서 논의되는 질문들을 향해 샛길로 빠져나가, 가능한 답변과 반론을 생각하게 한다.

그러면 이야기 흐름은 한 줄기로 모인다기보다 이리저리 갈라지게 되고, 도도한 대하(大河)가 되기보다 마치 삼각주에 다다른 강물처럼 각기 지류가 되어 제 갈 길로 가버리게 된다. (우리는 이런 식의 이야기 진행을 헬레니즘 서사시인 『아르고호 이야기』에서, 그리고 헬레니즘 문학 이론에 강력한 영향을 받은 오비디우스의 『변신 이야기』에서도 발견하게 될 것이다.)

그런데 이런 구성은 이야기로서 결함이 있는 것 아닌가 하는 의문을 가질 사람도 있겠다. 그런 식으로 해체된 얘기를 내놓아서 무슨 득이 있는지 하는 것이다. 그렇지만 이런 작법은, 우리 현실이 이야기와는 다르다는 깨달음, 이야기라는 것은 현실 속에 벌어지는 여러 사건 중에서 몇 가지만 간추려서 서로 연결시킨 것이라는 의식을 반영한다.

작가/이야기꾼은 현실에서 벌어지는 여러 사건 중에서 몇몇을 뽑아내서 그것들이 어떤 논리에 따라 일어난 것이라고 주장하는 셈이다. 이런 의식은 대안적 창작으로 이어진다. 그렇게 해서 나온 작품은 이야기가 한 줄기로 이어지기보다는 여러 갈래로 갈라지고 낱낱의 요소로 흩어진다. 독자들은 특히 「엘렉트라」에서 그런 특징들을 확인하게 될 것이다.

한편, 이러한 '해체적인' 특징은 에우리피데스가 코로스를 운용하는 방식에서도 보인다. 그의 시대에 와서 코로스는 점차 작품 속 등장인물이기를 그치고, 장면과 장면을 나누어주는 막(幕)과 같은 역할로 변해가는 경향이 생겼다. 그래서 이들이 부르는 노래도 등장인물로서, 또는 (학자들이 이들의 역할로 적시하는 대로) '이상적 관객'으로서 그 상황에 맞아 들어가는 노래를 하기보다는, 이야기 진행과 전혀 상관없는 노래를 부르는 경우가 많아진다. 결국 대화 장면과 합창이 별 연관이 없는, 통합적이기보다 분산적인 구성이 되고 만다.

물론 이런 특징에 대한 다른 설명도 가능하다. 에우리피데스의 작품에 음모극이 많다는 점이다. 그런데 음모가 꼭 가져야 하는 특성은 은밀함이다. 하지만 희랍극의 관행에서는 배우들이 코로스 없는 데서 은밀히 계획을 세우고, 자기들끼리만 비밀을 독점할 길이 없다. 따라서 매번 음모를 꾸밀 때마다 주인공들은 코로스에게 비밀을 지켜달라고 요청해야 하고, 점차 이 전래의 장치는 거추장스러운 것이 되어간다.

그래서 코로스는 점차 비중이 축소되어 노래의 길이도 짧아지고, 노래를 할 때도 코로스 단독으로가 아니라 배우와 노래 대화를 교환하는 것으로 바뀌어가며, 아예 배우가 혼자 노래하는 것으로 대체되는 경우도 빈번해진다. 따라서 코로스는 살아 있는 사람으로 구성되어 있지만, 더는 인물이 아니고 그저 비극의 형식적인 요소가 되어가고 그럼으로써 작품의 인위성을 더욱 두드러지게 한다.

앞에 말한 '현실의 반영'과 연관된 다른 몇 가지 특성이 있다. 작품 속 인물들이 매우 현실적인 모습으로 그려지고, 신화 속 존재들이 가지던 어떤 고귀함, 탈속(脫俗)한 느낌, 서사시적 위엄 등이 사라져버린다는 점이다.

이아손 같은 신화적 영웅이 한낱 범부로 그려지고, 미노타우로스와 맞싸웠던 테세우스 같은 영웅도 이제는 늙어서 총기가 흐려지고, 사리 분별을 잃은 노인으로 나온다. (소포클레스가 「콜로노스의 오이디푸스」에서 보여주었던 거의 신적인 광채를 지닌, 내면의 힘이 무시무시한 박력으로 분출하던 노인 오이디푸스와 얼마나 다른가!) 그에 맞춰 현실 속의 살림 도구들이 세세히, 거의 누추하고 구질구질하게 거명되고, 새로 제시되는 어떤 정보든 그 출처를 해명하는 사태가 생겨난다.

이상에서 언급된 에우리피데스의 특징을 요약하자면 인위성과 세속성이라고 할 것이다. 그 인위성은 주로 작품 맨 앞과 맨 뒤의 두 장치, '설명적 도입부'와 '기계장치에 의한 신'에서 비롯되는 것으로, 우리로 하여금 작품 속으로 빠져들기보다는 작품에서 거리를 두고 관찰하여 그것을 다른 작품들과 비교하고, 또 우리의 삶과 대비해 보도록 유도한다. 이런 성향은 코로스의 비중을 줄이고 그 역할을 인위적인 장치로 바꾼 것과도 연관되며, 또한 작품 속 내용이 우리 현실의, 더러는 누추하고 다소간 진부한 생활이 되게 한다.

에우리피데스 작품의 일반적인 특징들을 언급하였으니, 이번에는 이 책에 묶인 각 작품의 얼개와 주목할 점을 살펴보자. 장면들을 자세히 살피기엔 지면이 모자라니, 각 작품이 크게 어떤 틀로 이루어졌는지를 중심으로 설명하겠다.

2 「메데이아」

에우리피데스의 대표작으로 꼽히는 작품이다. 모든 것을 버리고 한 남자에게 헌신했던 여인이 그 남자에게 버림받고, 자기 아이들을 죽여서 남편에게 복수한다는 내용이다. 작품 전체는 크게 둘로, 즉 여자가 복수의 수단을 얻어가는 부분과 그것을 실행하는 부분으로 나뉜다.

이 중에서 앞부분이 더 큰 비중을 차지하는데, 그것은 여주 인공이 여러 남자들과 차례로 만나는 장면으로 마디가 나뉘고 있다. 그중 세 번은 남편 이아손과의 만남이어서, 이 만남을 기본 틀로 해서 다른 남자들과의 만남을 중간에 끼워 넣은 것으로 볼 수도 있다. 남편과의 만남은 '불화-거짓된 화해-불화'로 변해 간다.

첫 만남은 메데이아와 코린토스 왕 크레온의 만남이다. 크레온은 영리하기로 소문난 메데이아가 자기 딸(이아손의 새 아내)을 해칠까 염려해서, 메데이아에게 당장 떠나기를 요구한다. 하지만 메데이아는 그의 약점('그는 자식에게 약하다.')을 금세 간파하고, 그 딸의 이름으로 자기 자식들을 위해 떠나갈 곳을 모색하게 해달라며 하루의 말미를 얻어낸다. 이 부분에선, 자식이라고 하는 중요한 요소가 모습을 드러내기 시작하고, 메데이아가 '시간'을 얻어냈다는 점이 핵심이다.

두 번째는 남편 이아손과의 만남이다. 이아손은 메데이아의 태도를 비난하고, 자신이 아이들을 위해 혈통 높은 형제를 낳아주기 위해 새 결혼을 한 것이라고 주장한다. 그는 아내에게

금품과 추천장을 전달하기 위해 방문한 것이다. 메데이아는 거절하고 그를 쫓아 보낸다. 이 부분에서도 자식이라는 요소가 반복적으로 강조된다.

세 번째는 아테나이 왕 아이게우스와의 만남이다. 그는 자식 얻을 방도를 구하고자 델포이에 갔다가, 이해하기 어려운 신탁을 받고는 그 뜻을 알기 위해 트로이젠으로 현자 핏테우스를 찾아가는 중이다. 메데이아는 자신의 약초 지식을 이용하여 그에게 자식 낳을 길을 주겠노라면서, 자기가 아테나이로 가면 보호해 줄 것을 청한다. 아이게우스가 그에 동의함으로써 메데이아는 도망칠 '장소'를 얻는다.

네 번째는 다시 이아손과의 만남이다. 메데이아는 생각이 달라졌다면서 남편을 부른다. 자기가 추방되는 것은 받아들일 터이니, 아이들만이라도 이곳에 머물게 해달라고 공주를 통해 부탁하겠노라고 한다. 아이들을 통해 선물을 보내어 공주의 마음을 얻겠다는 것이다. 이아손은 마지못해 동의하고, 선물을 든 아이들을 데리고 나선다. 메데이아는 복수의 '수단'을 얻었다.

다섯 번째는 전령의 보고이다. 이아손의 새 아내인 공주가 선물(독 묻은 관(冠)과 드레스)을 걸쳤다가 불에 타서 죽고, 왕도 딸을 껴안고 슬퍼하다 함께 타 죽었으며 왕궁에 불이 났다는 소식이다. 메데이아는 자기 계획이 제대로 실행된 것을 기뻐하지만, 다른 한편 아이들을 죽일 수밖에 없음을 슬퍼한다. 그녀의 마음이 이리저리 변하면서 아이들을 안아보고 냄새를 맡고 하는 장면이 가슴 아프다.

여섯 번째 만남은 '기계장치에 의한 신' 장면이다. 이아손이 아이들을 걱정하여 달려오고, 다음 순간 메데이아가 용이 끄는 수레에 두 아이의 시신을 함께 실은 채 높이 나타난다. 그녀는 남편을 꾸짖고, 그의 비참한 말로를 예언한 후 떠나버린다.

'정상적인 비극'과 닮은 데가 많은 작품이라서 에우리피데스만의 특징을 흘려 지나치기 쉬운데, 이아손과 메데이아가 논쟁하는 장면, 그 전에 메데이아가 코로스 앞에서 여자가 영리하다는 평판을 받으면 어떤 점에서 불리한지, 여자가 남자보다 얼마나 불행한지 따져보는 장면 등에서 '분산성', 즉 독자로 하여금 한 방향으로 몰입하지 못하게 하는 장치가 들어간 점을 주목하기 바란다. 유명한 대목도 몇 개 있는데, 메데이아가 "아이 한 번 낳느니, 전쟁에 세 번 나가겠다."라고 말한 구절이나, 이아손이 "여자를 통해 아이를 얻지 말고, 어디서 달리 얻을 수 있었으면 좋겠다."라고 말하는 대목이 그러하다.

마지막 '기계장치에 의한 신' 장면에서, 늘 신이 나타나는 자리에 자식 죽인 여자가 나오고, 그녀가 아무 벌도 받지 않고 떠나가는 것도 당시의 관객에게 놀라운 대목이었을 텐데, 그 의미가 무엇일지 한번 생각해 볼 만하다. (다른 글에 썼지만 나의 해석은, 비이성과 광기의 시대가 도래했음을 알리는 장면이라는 것이다.)

3 「힙폴뤼토스」

젊은 새어머니가 전실(前室) 자식을 사랑하다가 둘 다 파멸하게 된다는 내용의 작품이다. 주제가 자극적이어서인지 현대까지도 여러 작가에 의해 새롭게 재창작되는 작품이기도 하다. 테세우스의 마지막 아내 파이드라는 아프로디테의 농간에 의해, 테세우스와 아마존 여인 사이에 태어난 힙폴뤼토스를 사랑하게 된다.

파이드라의 유모는 그 사실을 힙폴뤼토스에게 전하고, 청년이 그 사랑을 거절하자 파이드라는 그를 모함하는 편지를 남기고 자결한다. 테세우스는 그것을 읽고 아들을 저주하여 추방하고, 힙폴뤼토스는 바다에서 괴물 소가 튀어나오는 바람에 죽게된다.

상반되는 성격(사랑에 대한 지나친 집착 vs 사랑에 대한 지나친 절제)을 지닌 남녀 간의 사건을 다룬 작품답게, 전체가 대칭적으로 구성되어 있다. 맨 앞의 '설명적 도입부'는 '사랑의 여신' 아프로디테에게, 마지막의 '기계장치에 의한 신' 장면은 '절제의 여신' 아르테미스에게 배당되어 있다. 두 여신은 이 세계를 지배하는 상반된 힘을 대표하면서, 동시에 신들에게 공통된 무자비한 속성을 보여준다. 어찌 보자면 이 둘은 무심하고도 잔인하게 관철되는 자연의 법칙을 상징하는 듯도 하다. 중간 부분은 '여자들끼리의 만남-남녀의 만남-남자들끼리의 만남'으로 짜여 있다. '파이드라와 유모의 대화-유모와 힙폴뤼토스의 대화-힙폴뤼토스와 테세우스의 대화'이다.

이 작품을 읽을 때는 '말하기'와 '침묵하기' 사이의 번갈음(이 대립을 통합적으로 보여주는 것이 '말없이 말하는' 편지이다.), 각 인물이 애초의 의도를 유지하지 못하고 곧 번복하는 점, 그리고 두 주인공 사이의 유사성과 반향(反響)에 주목하는 게 좋다.

파이드라는 애초 자기의 열정을 침묵 속에 숨기고 그냥 죽으려 했었지만, 유모의 설득에 결국 그것을 밝히고 만다. 진실을 알게 된 유모는 입을 다물고 죽겠노라고 하지만, 곧 생각을 바꿔 힙폴뤼토스의 뜻을 알아보기로 한다.

힙폴뤼토스는 처음엔 진실을 온 세상에 폭로하겠노라고 공언하지만, 결국에는 자신의 맹세에 묶여 침묵 속에 아버지의 비난과 저주를 그냥 수용하고 만다. 테세우스는 아들의 파멸을 기뻐하지만, 곧 사실을 알고 후회에 빠진다.

두 주인공 사이의 유사성과 되울림은 그 둘이 사용하는 표현들에 반영되어 있다. 파이드라는 불륜을 저지르는 여자들을 비난하면서 "그런 여자들이 남편의 얼굴을 어떻게 마주 볼 수 있는지" 개탄한다. 힙폴뤼토스는 파이드라의 사랑을 전해 듣고서,

테세우스가 귀가하면 "그녀가 남편의 얼굴을 어떻게 대하는지" 자신이 주시하겠노라고 외친다. 파이드라는, 불륜을 저지른 여자들은 그 비행을 목격한 "집 안의 벽들이 외칠까봐" 두려울 것이라 말한다. 힙폴뤼토스는 자신이 맹세에 묶여 스스로 방어하지 못하는 상황을 억울해하면서, "집 안의 대들보와 벽들이 진실을 외쳐주었으면" 하고 탄식한다.

그리고, 전체적 대칭성을 구성하는 한 부분이라고도 할 수 있는 이러한 되울림은 작품 속에 등장하는 한 구절에 의해 상징적 이미지를 얻는다. 파이드라의 대사 중 "시간이 소녀 앞에 거울 가져다놓듯"이라는 구절이다. 이 두 사람은 서로 거울에 비친 상(像)이다. 좌우가 바뀌었지만 사실상 같은 꼴이다. (오비디우스는 「변신 이야기」에서, 물에 비친 자기 모습을 사랑하다 죽어간 나르킷소스와, 그를 사랑하지만 상대의 말을 반향하는 것밖에는 할 수 없어 결국 목소리만 남기고 스러진 에코의 이야기를 나란히 그렸다. 나는 오비디우스가 에우리피데스를 모범으로 삼아, 선대 시인의 장치를 확장했다고 믿는다. 시각(視覺)뿐 아니라, 청각까지. 형태의 되비침[反影]뿐 아니라, 소리의 되울림[反響]까지. 두 인물이 서로 되비출 뿐 아니라, 각기 되비추는 장치를 지닌 것으로.)

이 작품 역시 유명한 구절들을 담고 있는데, "맹세를 한 것은 나의 혀지, 내가 아니다."라는 힙폴뤼토스의 말, 그리고 「메데이아」에 나오는 이아손의 발언과 비슷하게 '이 세상에 여자들은

사라지고, 아이들의 씨는 신전에서 구입할 수 있었으면 좋겠다.'
라는 힙폴뤼토스의 '여성 혐오 발언'이 그런 것이다.

그리고 바다에서 튀어나온 황소의 모습으로 구체화된 테세
우스의 저주는, 파이드라 집안의 황소와의 악연을 상기시키면
서, 다른 한편 인간의 가슴속에 있는 눈먼 열정이 형상화한 것이
라고 볼 수도 있다.

이상에서 주로 구조와 상징을 강조했는데, 이미지가 아주
아름다운 작품이다. 주로 파이드라가 자기 애정의 대상이 머무
는 장소를 매우 낭만적, 목가적으로 그리고 있어서인데, 코로스
역시 그에 맞춰 초원과 수풀, 바닷가 경주로 등을 노래하여 그런
분위기를 한껏 증폭한다.

그 밖에도 이 작품은 유모에게 전체 대사의 4분의 1 정도를
배당하여, 점차 이전에 없던 새로 만들어진 인물의 비중이 늘어
가는, 비극 전체의 발전 방향을 보여주는 것이기도 하다.

4 「엘렉트라」

아이스퀼로스, 소포클레스도 같은 주제로 쓴 작품이 남아
있기 때문에, 세 작가를 비교하는 데 자주 이용되는 작품이다.
그리고 내가 보기에, 에우리피데스만의 특징을 가장 잘 보여주
는 작품이기도 하다. 내용은 아가멤논 집안의 끔찍한 사연이다.

트로이아 전쟁터에서 희랍군 전체를 지휘하던 아가멤논은 승리를 거두고 집에 돌아온 직후, 자기 아내와 그녀의 애인에 의해 살해된다. 그로부터 약 10년 뒤에 아가멤논의 아들 오레스테스가 먼 땅에서 돌아와서, 자기 누이 엘렉트라와 힘을 합쳐 어머니 클뤼타이메스트라와 그녀의 애인 아이기스토스를 죽여 복수한다.

이런 골자는 세 작가의 작품에 공통되지만, 각기 그 사건에 접근하는 방식이 다르다. 학자들 사이에 주로 논의되는 쟁점은, 각 작가가 '알아보기' 장면을 어떻게 꾸몄는지, 작가가 주인공의 모친 살해를 정당화하는지 비난하는지이다.

그리고 이 두 번째 문제와 연관된 것이, 주인공들이 어머니를 먼저 죽이는지, 그녀의 애인을 먼저 죽이는지 하는 문제이다. 어머니를 나중에 죽이면 작품이 끝나기 전까지 모친 살해에 대한 반성이 한동안 지속될 테니, 그 행위를 비난하는 것이 되기 쉽다. 에우리피데스의 「엘렉트라」는 두 주인공이 어머니 죽인 것을 후회하는 것으로 되어 있다.

세 작가가 각기 강조하는 점도 서로 비교해 볼 수 있다. 아이스퀼로스는 가문의 저주와 재판 제도의 성립에 중점을 두었고, 소포클레스는 여주인공의 영웅적 모습과 극적 아이러니, 오레스테스의 정신적인 죽음을 두드러지게 그렸다. 한편 에우리피데스는 자신의 두 주인공을 아무 생각 없는, 전래의 신화가 맡긴 역할을 떠맡긴 했지만 별로 신명이 나지 않는 듯한 모습으로 그려냈다.

이렇게 역할에 걸맞지 않은 주인공과 더불어, 사연 많은 이집안의 여러 일화들이 상호 연관 없이 낱낱이 흩어진 것, 작품 속장소들이 여기저기 흩어져 하나의 그림으로 모이지 않는 점도 이작품을 문자 그대로 '해체'하게 된다. (작품 마지막에, 궁벽한 시골, 초라한 농가에 잠깐 모였던 인물들은 모두 뿔뿔이 흩어지게 된다. 작품 전체의 분산성, 해체성을 그대로 보여주는 결말이다.)

이 작품은 시작부터 관객을 안달 나게 한다. 비극의 관행이, 첫 등장인물은 대사 시작 후 몇 행 안에 자신이 누구인지 밝히고, 다른 사람이 등장하면 새 인물이 누구인지 가리켜 보이는것인데, 그 첫 인물이 자기 신분을 한동안 밝히지 않기 때문이다. 그가 36행째에 가서야 밝힌 신분 역시 놀라운 것인데, 그는'엘렉트라의 남편'이기 때문이다.

'엘렉트라'라는 이름의 뜻은 보통 '결혼 침상이 없는'으로해석되기 때문에, 이 모순된 인물은 매우 대담한 발명으로 여겨졌을 것이다. 이런 세부를 하나하나 다 따져볼 수는 없지만, 이작품은 이런 식으로 관객을 놀라게 하는 장치로 가득하다.

특히 두드러지는 것이 인물의 의외성이다. 그들은, 관객이이미 잘 알고 있는 이 집안의 사연, 자신들이 전래의 신화 속에서 맡았던 역할에 전혀 걸맞지 않은 존재들이다. 오레스테스는 아무 사전 정보도, 특별한 기백도 없이, 그저 자기 배역에 맞춰 의무를 이행하는 듯 보인다.

엘렉트라는 그보다는 좀 더 강하게 그려졌지만, 아버지의 죽음을 복수하고 정의를 세우는 일보다는, 자기 어머니가 누리는 부와 행복한 부부 생활에 대한 질투에 사로잡힌, 자기중심적이고 감상적인 인물로 그려져 있다.

반면에 '남편을 죽인 악녀' 클뤼타이메스트라는, 이전의 자기 행동을 후회하고 이제는 딸과 화해하고 싶어 하는, 딸의 현재 궁색한 처지를 동정하는 거의 온화한 어머니로, 그리고 보통은 왕위를 찬탈하고 백성들을 억압하는 것으로 그려지는 아이기스토스는 손님 접대하기를 좋아하는 호의적인 인물로 그려진다.

게다가 오레스테스와 그의 동료 퓔라데스는 상대의 초대를 받은 잔치 자리에서, 그것도 신성한 제물을 관찰하는 순간에 뒤에서 공격해서 자기들의 초대자를 참살하는 것으로 되어 있다. 전통적인 '선인'들은 거의 사악하고, 전통적인 '악인'들은 선량하다. 이 작품은 전통을 뒤엎고, 선악의 기준을 어디 두어야 할지 관객/독자들을 시험하는 작품이다.

이 작품에서 유명한 부분은, 동시에 관객/독자들의 주의를 분산시키는 장치이기도 한데, 엘렉트라의 남편이 오레스테스 일행을 맞아서 접대하기 위해 누추한 자기 집으로 초대해 들이는 대목에서, 오레스테스가 도대체 사람의 가치를 무엇으로 평가해야 하는지 생각해 보는 부분이다.

부를 기준으로 할 것인가, 가난을 기준으로 할 것인가, 아니면 무구를 보고 판단할 것인가 하는 여러 선택지를 혼자 따져보는 장면인데, 이 장면은 「힙폴뤼토스」에서 테세우스가, 사람이 거짓을 말할 때와 참을 말할 때 서로 다른 목소리를 사용했으면 좋겠다고 말하는 대목과 유사한 데가 있다. 어쨌든 사건의 진행이 갑자기 멈추고, 시간이 정지된 듯 엉뚱한 사변으로 빠져드는 이 대목은 독자의 주의도, 감동도 흩어지게 만들 것이다.

작품 구성은 전반부 남매의 만남과, 후반부 복수의 실행으로 크게 나뉘며, 맨 앞과 맨 뒤는 늘 나오는 '설명적 도입부'와 '기계장치에 의한 신'으로 되어 있다. 이 작품에서는 특히 '기계장치에 의한 신'이 큰 역할을 하는데, 어머니를 죽인 남매가 망연자실 어찌할 바를 모르고 있었기에 그렇다. 과연 신들이 나타나지 않았더라면 이 남매는 사건을 매듭지을 수나 있었을까 의문이다.

10여 년 전에 헤어졌던 남매가 서로 알아보는 장면에서 아이스퀼로스의 '알아보기' 장면을 인용하여 비판한다는 점은 앞에 언급했다. 이 작품에서는 집안의 늙은 종이 오레스테스의 미간에 난 흉터로 젊은이의 정체를 알아보는 것으로 그렸는데, 이 역시 타인이 사건을 주도하고 주인공들은 수동적으로 그걸 그저 받아들이기만 하는 작품 전체의 기조와 일치한다.

주인공은 자신을 입증할 방법을 갖지 못하고, 오히려 남들이 일방적으로 주인공의 신분을 알아보는 것은, 오레스테스가 아이기스토스를 죽인 다음에 종들 중 하나가 그를 알아보는 장면에서 한 번 더 반복된다.

그 밖에도, 사소한 기물들이 자주 열거되고, 늙은 종이 노인의 육체적 허약함을 구체적으로 묘사하는 대목 등에서 사실성, 세속성이 두드러지는 것, 코로스의 노래가 이야기 흐름과 상관이 없어지고, 노래 분량도 줄어들며, 오히려 배우가 노래하는 부분이 많아진 것도 이 작품에서 가장 잘 확인할 수 있다. 이 작품은 에우리피데스가 다른 작가들과 얼마나 다른지, 그의 특성이 무엇인지 확인하는 데 가장 좋은 자료라고 할 수 있다.

5 「알케스티스」

비극 경연 대회에서는 보통 한 작가가 네 작품을 동시에 출품했는데, 세 작품은 보통 비극이고 나머지 한 편은 사튀로스 무리가 코로스로 등장하는 '사튀로스극'이었다. 「알케스티스」는 '사튀로스극'이 들어갈 자리에 들어갔던 작품으로, 보통의 '사튀로스극'이 가지는 것과 유사한 성격도 보이고 있다.

작품 내용은 남편 대신 죽으려는 아내를, 헤라클레스가 나타나서 죽음의 신과 싸워서 구해낸다는 것이다. 전반부는 아내가 죽기 전의 상황, 후반부는 아내의 죽음 이후 상황을 그리고 있다.

맨 앞의 '설명적 도입부'는 아폴론이 맡아서 사건 개요를 설명하고, 잠시 죽음의 신과 실랑이를 하는 것으로 짜여 있고, 마지막에는 '기계장치에 의한 신' 대신 헤라클레스가 죽었던 아내 알케스티스를 데려다 남편 아드메토스에게 넘겨주는 장면을 넣었다.

이 작품은 아드메토스의 태도를 어떻게 볼 것인지를 두고 학자들 사이에 해석이 맞서고 있는데, 이상하게도 남성들은 대체로 아드메토스를 비난하는 쪽으로, 여성인 학자들은 그 남편을 옹호하는 입장으로 편이 갈려 있다. 일단 알케스티스가 죽음에 임박해서 남기는 유언을 보면, 아내가 남편에게는 그다지 관심이 없고 그저 아이들이 걱정인 것으로 보이기 때문에, 작가가 남편을 비판한다는 해석이 옳은 듯하다. (그녀는 남편의 미래에 대한 과장적 약속들에 직접 응답하지 않고, 그저 아이들에게 '아버지 말을 들었지.' 하고 확인할 뿐이다. 남편에게 남기는 말은 '안녕' 한마디뿐인데, 그마저도 마지막 모음을 생략해서 한 음절에 그친다.)

하지만 전체적인 구조와 패턴을 따질 때는 남편을 옹호하는 학자들의 분석이 더 유용하다. 아드메토스는 늘 손님을 접대하는 사람이고, 이번에도 어려운 환경 속에서지만 손님을 초대하여 정성껏 대접했기 때문에 보답을 받았다는 것이다. 즉, '아드메토스가 이전에 아폴론을 대접해서 운명의 여신을 속일 수 있었다. — 이번에도 아내가 죽었음에도 헤라클레스를 접대해서 아내를 되찾는다.'라는 것이다.

더구나 극 마지막에, 죽었던 아내를 헤라클레스가 데려다 가는, 짐짓 다른 여자인 양 잠시 맡아달라 청하는데, 아드메토스는 그것을 거절하지 못하고 결국 받아들인다. 친(親)아드메토스 해석에 따르면, 이것이 또 하나의 시험이었고, 이번에도 아드메토스는 손님을 접대하여 (손님의 요청을 거절하지 않아서) 아내를 되찾았다는 것이다.

이 작품은 죽음을 대하는 인간들의 온갖 태도가 드러난다는 점에서도 흥미롭다. 타인을 희생해서라도 목숨을 부지하려는 아드메토스, (남편이 아니라) 자녀들을 위해 자신을 희생하기로 결심한 알케스티스, 위대한 과업을 위해 위험도 무릅쓰겠다 하지만 죽음 앞에서 술을 이용해 긴장을 풀기도 해야 하는 헤라클레스, 지상에서 해를 보는 순간을 조금이라도 연장하기 위해 자식이라도 앞세워 보내려는 노인 페레스 등.

페레스와 아드메토스가 서로를 비난하며 싸우는 장면은 둘 다 추악한 인간성을 드러내 보이는 장면이기도 하지만, 제의적 의미도 없지 않다. 페레스가 상징하는 노령과 죽음이 이 집에서 몰려나는 것은, 한편으로는 첫 장면에서 아폴론이 죽음의 신과 말다툼하는 장면과 연관되고, 결국 죽음의 신이 젊음과 생명의 화신이라 할 헤라클레스에게 제압될 것을 미리 보여주는 것이기 때문이다.

한편 이 작품은 '사튀로스극'의 대용답게, 먹고 마시고 꽥꽥 노래하는 '사튀로스' 헤라클레스를 보여주고, 그를 통해 삶과 죽음을 대하는 어떤 태도를 가르치기도 한다. 헤라클레스가 술에 취해서 종에게 하는 대사, "오늘만 자기 것으로 여기고 나머지는 운명의 것으로 여기라."는, 한편 이 작품에서 가장 유명한 구절이기도 하고, 또 인생에 대해 우리가 취함직한 하나의 태도를 설파하는 것이기도 하다.

이 작품은 지금까지 남아 전하는 에우리피데스의 작품 중 가장 연대가 오랜 것인데, 어쩌면 다른 작품에서 보이는 에우리피데스의 특성이 그다지 드러나지 않는다고 볼 독자도 있겠다. 하지만 아드메토스가 헤라클레스를 속이려 사용하는 표현들의 중의적 성격, 이와 짝이 되어 나중에 헤라클레스가 아드메토스를 은근히 놀리며 중의적인 표현들을 사용하는 대목 등을 보면 작가가 자기 시대의 수사학, 연설술, 논쟁술 등을 제대로 반영하고 있음을 느낄 수 있겠다.

그리고 우리를 놀라게 하는 이 작가의 특성은 벌써 이 초기 작품(사실은 에우리피데스의 작가 경력이 한참 된 때의 작품이다.)에서 두드러지고 있다. 사실 사튀로스극 대신 그 자리에 '대용—사튀로스극'을 넣겠다는 발상 자체가 놀라운 것 아닌가!

게다가 신화적 인물이 보여주는 세속성, 소소한 기물들에 대한 언급, 구질구질한 일상의 침투(아내의 장례를 치르고 돌아온 아드메토스는 먼지 가득한 집과 울며 매달릴 아이들에 대해 탄식한다.) 등 후기 작품에 보일 특징들이 이미 여기에 상당 부분 모습을 보이고 있어서, 나로서는 이 작품 역시 당시 관객에게는 매우 놀랍고 새롭고 참신하게 느껴졌으리라 생각한다. 형식과 내용, 표현에다 쌉쌀한 뒷맛까지, 아담하고 단정한 걸작이다.

이상에서 이 책에 묶인 네 작품을, 구조와 몇 가지 주목할 점을 강조하여 간략히 소개했다. 더 자세한 설명을 원하시는 분은 나의 다른 소개서들을 찾아보시기 바란다. 무엇보다 독자께서 직접 작품을 읽고서, 자신만의 눈으로 새로운 것을 찾아내고, 새 해석을 제시하신다면 역자로서는 큰 보람과 기쁨이 되겠다. 독자들이 이 책에서 즐거움과 유익함을 함께 얻으시길 기원한다.

메데이아

1판 1쇄 찍음 2022년 5월 10일
1판 1쇄 펴냄 2022년 5월 19일

지은이 에우리피데스
옮긴이 강대진
발행인 박근섭, 박상준
펴낸곳 (주)민음사

출판등록 1966. 5. 19 (제 16-490호)
서울특별시 강남구 도산대로 1길 62(신사동)
강남출판문화센터 5층 (우편번호 06027)
대표전화 02-515-2000
팩시밀리 02-515-2007
www.minumsa.com

ⓒ 강대진, 2022. Printed in Seoul Korea

978-89-374-7024-0 (94800)
978-89-374-7020-2(세트)

잘못 만들어진 책은 구입처에서 교환해 드립니다.